冬の花火

渡辺淳一

集英社文庫

目次

冬の花火

序章

帯広《おびひろ》は札幌《さっぽろ》から急行で五時間、北海道を縦断する日高《ひだか》山脈の先に拡《ひろ》がる十勝《とかち》平野のほぼ中程にあたる。私がこの地に、三十一歳で夭折《ようせつ》した女流歌人、中城《なかじょう》ふみ子のあとを訪ねたのは、秋の早い北国ではすでに落葉の十月の末であった。

その時、帯広の空は中城ふみ子の死の相貌《そうぼう》をうつすように蒼《あお》く、どこまでも冷えていた。まことにこの北国の空は、高みも知れぬほど晴れ渡り、それゆえに見る者を頼りなく、不安な気持にかりたてる。

帯広という街が、その昔、先住民族のアイヌによって、オ・ペレペレ・ケプと呼ばれ、そこからオビヒロという呼び名が生れたことも、その時に知った。

オ・ペレペレ・ケプとは、アイヌ語で「川がいくつにも岐《わか》れているところ」という意味だというが、たしかに帯広には北海道第二の流域面積を誇る十勝川を中心に、札内《さつない》川、士幌《しほろ》川、利別《としべつ》川などが集まり、これらはやがて十勝川に合して太平洋に注ぐ。

この近くに、「狩勝《かりかち》」とか「鹿追《しかおい》」という地名があるところをみると、このあたりには鹿が多く、それを追って、先住民族が駈《か》け巡ったのかもしれない。

しかし、いま帯広の街には、百年前の開拓当時を思わせる原野の面影はどこにもない。整然と碁盤縞《ごばんじま》に区切られた路《みち》はまっすぐ延び、その左右には近代的なビルが建ち並んでいる。晴れた空の下《もと》、駅前の広場にはタクシーやバスが並び、駅前通りは人で賑《にぎ》わっている。

この駅へ降り、一歩街へ足を踏み入れた途端、私は何故《なぜ》ともなく、背中を風が吹き抜けるような冷気にとらわれた。

もちろん私の訪れた十月の末は、道東《どうとう》のこの辺りではすでに紅葉も終り、落葉の激しい晩秋であった。そこへ東京から来て、「寒い」と感じるのは当り前である。その日、帯広で見た新聞の天気予報の欄にも、東京と帯広の気温の差が、東京十三・一度、帯広三・三度と、十度近い開きがあることが示されていた。

しかし私は道産子《どさんこ》である。寒さには慣れているはずだし、晩秋の帯広の寒さを予測して、あらかじめ下着を重ね、コートも東京では珍しい厚手のものに着替えていた。それに前日は札幌に一泊して、寒さへの準備は万全のつもりであった。

それなのに一瞬、戸惑うような冷気を感じたのはどういうわけなのか。いや、それは正しく言えば、体で感じる「寒さ」とは少し違う、むしろ心で感じた冷やかさ、とでも言うべきものかもしれない。

これは奇妙な思いであった。体ではさほど寒いと感じていないのに、心のどこかで寒いと感じる。そのような錯覚がなぜ、この街で起きるのであろうか。この街にはそのような錯覚を起させるなにかがあるのだろうか。

私はぼんやりとそのことを考えながら、駅前からタクシーに乗った。そしてその理由が私なりに納得できたのは、その翌日、駅ビルの上のホテルで目覚め、そこから街の全景を眺めた時であった。

その日も冷たい北風が吹いていたが、空は前日と同様、晴れていた。

駅前からまっすぐ北へ延びる路の両側にはビルや家々の屋根が並び、その先に雪を抱いた十勝連峰が望まれる。家の途切れた先は野となり、そこを大きく蛇行した川が流れ、それによってこの街が山とつながっていることが知れた。

だがこの街から遥《はる》かな視線をさえぎるものといえば、わずかに十勝連峰のそびえる北の方角だけで、それさえも遠い空の果てに淡い一線となって望まれるだけである。少なくともこの街には、丘陵と名付けるほどの起伏はない。あるのはただ、悲しくなるほど晴れた空と、目の届くかぎり拡がっている平原だけである。まことにこの街の空の蒼さには含羞《がんしゅう》がない。

風は冷たいが晴れすぎている空と、平原のなかの低い街のたたずまいが、一歩街へ足を踏み入れた私に、異様に冷え冷えとした思いを抱かせた理由ではなかったのか。

この果てしない空と平原のなかに、浮き灯台のように生じた街で、私が初めに会ったのは歌人の舟橋精盛《ふなはしせいもり》氏であった。氏は長く帯広に住んで、『原始林』や『山脈《やまなみ》』等の歌誌にかかわり、野原水嶺《のはらすいれい》氏とともに、中城ふみ子の歌に影響を与えた人である。

私は氏を、札幌の歌誌『原始林』の主宰者である中山周三《なかやましゅうぞう》氏の紹介で知ったのだが、氏は肢《あし》の不自由なのにもかかわらず、かつてふみ子が学んだ女学校や若い恋人と歩いたであろう帯広畜産大学への道を車で案内してくれたあと、十勝大橋に近い中城ふみ子の歌碑まで連れていってくれた。

その場所は帯広神社の裏手にあり、前面には、帯広川が流れている。碑のまわりは雑草にまじって水蠟《いぼた》が生え、背景には帯広神社境内の白樺《しらかば》、水楢《みずなら》、楓《かえで》などの樹木が並んでいる。

歌碑は長方形の鉄平石《てっぺいせき》の敷台の上に、長さ一・五メートル、幅三十センチの大理石が置かれ、その右端だけが、乳房を喪《うしな》ったふみ子の悲しみを現すかのようにL型に屈曲して短くつきでている。

大理石の中央には仙台石がはめこまれ、その黒地に白く、ふみ子の筆蹟《ひっせき》で次の歌が刻まれている。

冬の皺《しわ》よせゐる海よ今少し生きて己れの無惨を見むか

十月末、碑は葉を落した裸木を背に、薄《すすき》の揺れる堤をこえて蒼ざめた空の果てを見詰めている。

この空と地のかぎりない拡がりのなかで、ふみ子がいま少し生きて見ようとした己れの無惨とはなんであったのか、いまから私はその無惨をゆっくりと辿《たど》らねばならない。

第一章　蒼《そう》　茫《ぼう》

1

　中城ふみ子（富美子）は大正十一年十一月二十五日、帯広市に生れたが、その実家は野江《のえ》家で、ふみ子は昭和十七年四月、十九歳で嫁ぎ、中城と姓を変えている。

　ふみ子の実家はかつて帯広の東一条南六丁目の一角で呉服店をしていたが、いまは市の中心街である広小路《ひろこうじ》に移り、この地では一、二を争う大きな呉服店となっている。この家の主人野江寿一氏はふみ子の妹、野江敦子《あつこ》さんの御主人であり、ふみ子が中城氏と結婚したあと、妹の敦子さんが家に残り養子縁組をしたのである。

　敦子さんはふみ子の十歳下で、すでに四十を過ぎているが、見た目はずっと若く、当然のことながら生前の中城ふみ子を髣髴《ほうふつ》とさせるほどよく似ている。背丈は百五十二、三センチでもあろうか、小柄な撫《な》で肩で、上品なおっとりした顔立ちのなかに、柔和な目がいくらか眩《まぶ》しげである。この眼差《まなざ》しは、この姉妹にきわだった特徴で、ふみ子の写真のどれを見ても、気怠《けだる》げな上瞼《うわまぶた》と長い睫《まつげ》が印象的で、女らしい情感に溢《あふ》れている。

敦子さんは夕方の忙しい時にもかかわらず、ふみ子の遺《のこ》していった日記帖《にっきちょう》や新聞の綴《と》じこみ、写真などを見せてくれたうえ、思い出を控え目に語ってくれた。

この姉妹は、たしかに顔や体つきは似ているが、性格はふみ子の積極性に対して、敦子さんの消極性と、正反対であったらしい。このことはふみ子が十九歳で早々と家を出て結婚に踏み切ったのに、敦子さんが家に残り、親に言われるままに家を継いだことからも想像できる。

ふみ子は嫁ぐ日、この下の妹に自分の思い出となるさまざまな品を残していった。このなかでも数冊の日記帖と作文ノートは、いまも懐かしいものとして敦子さんの手許《てもと》に残されている。

日記帖には普通の生活記録の他《ほか》にその時々の感想が書かれている。なかには新聞の存在意義についてとか、真実の報道とそれによってひき起される悲劇についての憤りなど、十代の若い女性とも思えぬ鋭い社会批判が記されている。これに反して作文ノートは若々しい情感に溢れ、一言一句、細かな神経が行き届いている。

敦子さんがこの姉のことでよく思い出すのは、自分の部屋で壁にもたれて本を読んでいた姿で、その時、ふみ子は必ずといっていいほどお菓子をつまんでいたことだった。お菓子がなくなると、ふみ子は敦子さんに買いに行かせる。買ってくるとお駄賃にいくつかくれて、あとはまた自分でつまみながら本を読む。

敦子さんは姉に連れられて街の喫茶店でシュークリームを食べさせてもらった記憶もある。シュークリームなど、いまでは別にどうということもないが、戦後の物資不足のときには随分贅沢《ぜいたく》で気取った食べものであったに違いない。

ふみ子の子供時代の様子は、ふみ子のいまは亡き母、野江きくゑさんの遺したアルバムや文章が、最もよく伝えている。

ふみ子は野江家にとって初めての子供だけに、両親、祖父母のいつくしみようは大変で、ふみ子はみなの愛を一身にうけて、かなり我儘《わがまま》な育て方をされたらしい。

彼女が小学校に入学した翌年、次女の美智子《みちこ》が出生し、このため両親の自分への愛が幾分減ったと感じたふみ子は、「美っちゃんどうして死なないの」と言って親達を驚かせたという。後年、死を前にして示した異様な執着心と独占欲は、すでにそのころから芽生えていたのであろうか。とにかく小さいときから大変なおしゃまで、「大きくなったらなにになるの」と聞かれると、きまって「お蔵のいっぱいあるお金持のお嫁ちゃんになる」と言って笑わせた。

ふみ子は小学校では成績はよかったが、急に沢山の友達の間に出されたせいか、初めのうちはあまり友達を欲しがらず、「いつも木陰でしょんぼりと立っていて、友達と馴《な》染《じ》もうとしない」と先生からよく注意を受けたらしい。元気に遊ぶ友達から離れて、このころから一人、感性の世界に遊んでいたのかもしれない。

　そのせいか、同級の友達の印象もあまり鮮明ではなく、小学校時代の同級生である鴨《かも》川《がわ》寿美子《すみこ》によると、やせっぽちで背が高く美しかった、という以外、これといったそのころの思い出は残っていない。

　しかし同じ学級の河内都《かわちみやこ》は、机が隣り合っていたせいもあってか、とくに親しく、ふみ子が賢いうえに可愛《かわい》らしい容姿なので、いつのまにか、彼女がお姫さまのように振舞うのは仕方がないことなのだと思いこまされていたという。

　このころから、ふみ子は部厚い童話や少女小説の本を教室まで持ちこみ、休み時間はもちろん時には授業時間中にまで読み耽《ふけ》るようになった。そのせいか物識《ものし》りで、勝気な性格も手伝って腕力もないのに男の子とよく喧嘩《けんか》をし、河内はいつもふみ子の楯《たて》の役をさせられた。このようにふみ子はちょっと見た目には目立たないおとなしい子であったが、ごく一部の気を許した友達には我儘で自己中心的な気性を見せてもいた。

　だが彼女らが、ふみ子像として鮮やかに思い出せるのは、やはり女学校にすすんでからで、ここではたしかに一風変った女学生であった。

　女学校へすすんでも、ふみ子は痩《や》せていて、そのことから「キュリー嬢」という綽名《あだな》をつけられていた。前記、鴨川の記憶によればふみ子は体操はまったく駄目で、理数科もあまり良くはなかったが国語作文等は得意であった。そのため作文をよく先生に朗読され、ふみ子は自分の文章が読まれるのを、うっとりとした眼差しできいていた。だが時にその美文調を指摘され、「真実性がない」と批判されたりすると、ふみ子は露骨に不機嫌になった。

鴨川は先生から文集を返してもらったあと、よくふみ子と小使室の隅や図書室で交換して読みあったが、そのころから、ふみ子の作文は女学生とは思えない、気取って大人《おとな》びた書き方だったという。

二人は女学校時代も背丈がほとんど変らず、隣り合せの席に並んでいたが、ふみ子は授業中、よく先生の目を盗んでは詩の書きかけをノートの端に書いて渡してよこした。ふみ子にとって講義は退屈そのものであったのか、授業に出ながら頭は絶えず別の空想を思い浮べていたらしい。

いずれにせよ、ふみ子はガリ勉タイプの女学生ではなかった。女学校時代も真面目《まじめ》にノートを取ったり、先生の話を真剣にきくことはあまりなく、詩や文をつくり、その合間にノートを取るといった授業態度だったが、それでも結構成績はよかった。

もちろんこれには頭のよさもあろうが、かなり要領のいいところもあり、試験の前になると、きまって友人を自宅に呼び寄せ、彼女らのノートを見ながら、試験に出そうなところを話させては理解する。

河内や鴨川はよくこうしてふみ子に呼び出された。しかしお互い女学生同士、試験とはいえ他人の家で一夜を過すのもまた楽しいものに違いない。夜中に疲れて眠くなると、ふみ子は階下から果物や缶詰をこっそり持って来て、その空缶を窓の外の大きな看板のかげに隠して首をすくめてよろこぶ。また家が呉服屋であったところから、当時では珍しかった絹の靴下を店からちょろまかしては友達に与えて人気を集めていた。

さらには不得手の数学の点数をかせぐために、若い担任の教師にラブレターを送ったこともあった。この効果は見事で、通知簿で「優」をもらい、「先生といっても、男なのよ」と舌を出したりした。

我儘で悪戯《いたずら》っぽい性格は、すでにこのころはっきりした形をとって現れていた。性行録では一年の「寡言《かげん》」が二年目から「多弁」になり、挙動・勤怠などの評価が、はじめの「平静、優雅」「規律正」「勤勉」などから「普通」へ下るように、女学校の学年が上るにつれ、ふみ子は単なるお利口さんから派手好きな生徒に変っていった。

ふみ子の上級生であった浜中千枝《はまなかちえ》は、ふみ子が女学校に入ってきた時、〝一年生のくせにお化粧をして登校し、少し生意気な感じの子〟といった記憶をもっているが、たしかに教師や上級生からはなにを考えているのかわからない、いわゆる注意人物であった。

女学校という華やかな場と、感情の発達する年代に達して、それまで息づいていたふみ子の自意識はようやく目覚め、それとともに欲しいものが手に入る呉服店の娘という環境が、ふみ子を一層、派手で早熟な娘に変貌させていったのであろう。

この女学校で最も人々の注目をひき、華やかな印象を与えたのは学芸会の舞台であった。ここでふみ子は一年と二年の時は舞踊をした。だがそれらは群舞でソロではなかった。他人より、より華やかに、そして人々の中心になることを望んだふみ子は、三年生になると一人で踊りたいと申し出て断わられた。憤慨したふみ子は、ただちに舞踊を止《や》め、演劇部に移ったが、ここでも自分から主役の座を要求した。

いかにふみ子が美しく多才でも、途中から演劇部に来た者をすぐ主役に抜擢《ばってき》するわけにはいかない。結局この要求もいれられず演劇をあきらめたふみ子は、今度は文芸部に移籍する。こちらのほうは翌四年生の春、文芸部部長に推《お》されてようやく落着いた。

このころから乱読をはじめ、なかでも川端康成《かわばたやすなり》の「乙女《おとめ》の港」が中原淳一《なかはらじゆんいち》の絵とともに、『少女の友』に載っているのに熱中し、絵を切抜いてはスクラップにし、しきりに淳一の字体を真似《まね》たりした。

ふみ子の、やや右肩上りの男っぽい字体は、このとき身についたもので、その筆蹟《ひっせき》は遺詠を書いた生原稿まで、終生変らなかった。

女学生によくある「S」という関係はここでもさかんで、ふみ子は上級生・下級生、両方から引く手あまたのもてようであった。上級生からは、おきゃんな可愛い子と思われ、下級生からは奔放な大人びたお姉さまと思われた。

そして近付いてくる「姉妹」たちに、ふみ子は甘美な美文調の文章を送り、それらによってさらに周りの者を魅《ひ》きつけて満足していた。

美しく派手で、それゆえに一部の同級生に反感を買い異分子扱いもされたが、それだけに女学校時代のふみ子にはまたファンも多かった。

野江ふみ子がこの庁立帯広女学校を卒業したのは昭和十四年であった。この年の春、ふみ子は卒業とともにかねての希望どおり東京の家政学院に進学した。両親は家に残って家事の手伝いでもすることを望んだが、ふみ子は勝手に願書を出して試験を受けてしまった。当時のふみ子にとって帯広はすでに狭く、常識的な人間の目ばかり多過ぎた。もっと自由な東京へ出て新しい世界を見たい、その希望どおり、ふみ子は帯広を去る。はじめて大都会に出て、ふみ子の目はたちまち好奇心に輝いた。

当時、第二次世界大戦こそまだはじまっていなかったが、日本は中国に侵攻を重ね、街は次第にカーキ色の国防色が溢れだしていた。このなかでふみ子は妖精《ようせい》のような小さな体をフレアーのある長いスカートに包み、そのころは派手すぎるということで批判されていたパーマネントをかけ、街を闊歩《かっぽ》した。半年遅れて上京した河内都が、お化粧をしないでふみ子に会いに行って散々に注意され、まる一日、お化粧の講習を受けるはめになったのもこのころである。

家政学院は二年間で終る。学校は名のとおり、「家政」を中心に教えるが、ふみ子が最も興味をもったのは、一般教養として教わった国文学であった。

このころから、ふみ子ははっきり自分は女流作家になるのだと宣言していた。「わたしの家は帯広一の大金持よ」と友達に吹聴《ふいちょう》しては、家から送ってくる学資で気前よくおごり、友達を配下におさめた。

さらには与謝野晶子《よさのあきこ》の歌集『乱れ髪』を読んで、「わたしだってこれくらいなら作れるわ」と豪語したりした。

この時の国文学の教授は池田亀鑑《いけだきかん》氏で、ふみ子はのちに氏と何度か文通もした。

初めふみ子は自分のつくった歌をもって、池田亀鑑氏の講評を乞《こ》うた。

このとき亀鑑氏は「一生懸命なのはわかるが、少し演技的で才ばしり過ぎている。もっと素直に詠《うた》えないものかね」と、胡散《うさん》くさい顔をした。もっとも、のちのふみ子の歌は亀鑑氏もかなり評価してはいるが。

二年後の昭和十六年三月、ふみ子は家政学院を卒業した。

ふみ子は断乎《だんこ》、東京に残りたかったが、父と母が一緒に上京してきて強引にふみ子を帯広へ連れ帰った。

すでに日本が対米決戦に突入する前夜で、戦時体制一色に塗りつぶされた東京で女一人が生きていくには難しい時期であった。

帯広へ帰ったふみ子は家事を手伝いながら家にいた。しかし大戦を前にした緊迫感はこの道東の田舎町《いなかまち》にも確実に寄せてくる。

昭和十六年十二月、日本は第二次大戦に突入した。そして翌年の四月、ふみ子は見合結婚した。

相手は北大工学部出身の札幌鉄道施設部に勤める若い技師、中城弘一《こういち》であった。

少女時代からの夢見勝ちな性格からおしても、ふみ子自身は、燃えるような恋をして結ばれることを望んでいたが、当時のような戦時下で、しかも小さな街ではまず無理なことだった。どうせ華麗な恋で結ばれることが不可能なら、他の友達に負けないような素晴らしい相手を選びたい。他人に羨《うらや》まれるような結婚生活を築きたい。

これを一概にふみ子の虚栄心とは言いきれない。それは嫁ぐ女なら誰《だれ》でも願うことだろうが、ふみ子の場合は、その負けん気と常に人々の中心になっていなければという自尊心が、他人よりいくらか強かったというだけである。

この意味で北大出の国鉄に勤める若き技師である中城は、申し分なかった。ふみ子の友達ですでに嫁いだ人は幾人かいたが、人物はともかく、外見や履歴からおして中城に勝る人と結婚した者はまずいない。この婚約は皆が羨み、やはりかつてのお姫さまらしい結婚だと感心した。

結婚と同時にふみ子は札幌に移り、その年の十月、夫の転勤でさらに室蘭《むろらん》に移った。

そして翌年の五月、長男孝《たかし》を産んだ。

結婚生活として、まずは順調なすべり出しであった。

翌年の五月、中城は函館《はこだて》鉄道管理局施設部出張所長に栄転し、ふみ子も函館に移り、そこで次男が生れた。結婚前すべての人々が期待したとおり中城は順調に出世街道をすすみ、ふみ子は若い高等官夫人となり、夫の世話と育児に専念する平穏な日々が続いた。

この間、ふみ子はやや男っぽい達筆で子供達の成長の記録を書いている。


孝の記録――

孝は五月八日に生れた。午後七時三十分であった。生れた時は八百五十匁《もんめ》の体重、赤い顔して人間離れのした、小さな生きものであった。その後、五、六日して空襲があった時、私はどんなにでもしてこの子を守ろうと、心の底から奮い立つものがあった。

二カ月の終り頃《ごろ》から笑うことが出来た。

三カ月の初め頃から盛んに運動し出した。手を舐《な》めることができるようになった。

三カ月の終り頃、おふとんから動いて畳の上にとび出した。危なくて孝を置いて外出出来ない。お乳が少し足りないので粉ミルクで補っている。今日《きょう》は品切れなので牛乳を買いに行く。大分肥《ふと》って可愛らしい。朝、機嫌のよい時などは、一人で、アーアー、ウーと大声で話している。
八月十六日、孝、起床六時半、風寒し、午前中寝床で遊んでいる。タオルの湯上りで服を作ってやる。可愛い。顔を舐めてやると気持よさそうに喜んでいる。人工栄養法が今日は間違ったのか便秘気味、蚤《のみ》に刺されたあとがプツンと水ぶくれの様になって、いたいたしい。昨日《きのう》十五日で百日目だった。
十月十日、今、孝はすやすや寝ている。主人は東京。
此《こ》の頃、歯のはえ始めなので、いつも口をとがらしてプウプウとツバを出している。乳くびをぎゅっと嚙《か》むので、痛くて仕様がない。新聞なぞはビリビリ破いてしまう。手を伸ばしてつかむことができる。配給のお菓子を握らせたらよろこんでなめている。不衛生だから取りあげようとすると、わんわん泣くので仕方ない。もう私の顔をすっかり覚えてしまった。
十一月八日、
見てやって下さいと言いたい気持で
はじめて笑った子に見とれている
絶え間なくはじける様な笑い声が
孝の小さな咽喉《のど》を上って来る
母になったほこらしいこの気持を

無心の子に話してみる
何も知らない眼《め》 水晶の眼
このまま大きくなれと
母のあわれな願い

次男の徹《とおる》は不幸にして、生後三カ月で首に腫《は》れものができ、手術のあと死亡したが、その間の記録も正確で愛情に溢れている。

まさしく、よきママであり妻であった幸せな日々が、そのノートにも克明に記録されている。

しかしこの幸せの裏に、黒い影が迫ってきていることをふみ子は知らなかった。

戦争の敗色濃い二十年五月、中城は突然、札幌に転勤になった。函館鉄道管理局の出張所長として業者から供応を受けたことが明るみに出たのである。中城本人に悪意があったとは思えないが、誘われると断わりきれない気の弱さが命とりになったともいえる。

この翌年の三月、札幌で長女雪子《ゆきこ》が生れた。

ここでもふみ子は「雪子の日記」をつけ、母の喜びを歌に託している。

桜なす乙女となれと祈らゆも春の弥生《やよひ》に生れしあこそ

北国に生れし子故雪子といふいとしき雪子美しくなれ

この半年前、すでに戦争は終っていたが、左遷の不遇のなかに夫の生活は少しずつ乱れていく。

一旦《いったん》、つまずいて本流を離れた中城は、閑職をもてあまし、友人に誘われて闇《やみ》物資を流すブローカーのような仕事に手を出した。初めは衣類などの小物だけを扱っていたのが、次第に大胆になり、鉄道に関係ある鋼材や枕木《まくらぎ》にまで手を拡《ひろ》げ、本業はますます怠ける。

ふみ子が歌誌『新墾《にいはり》』に入会し、やや本気に歌をつくり出したのもこのころからである。当初の歌は少なく、内容も歌で心の憂《う》さを晴らす、といった程度のものでしかなかった。

この間も夫の荒《すさ》みは止まず、夫婦の間は少しずつ離れていった。だが、その遊離を引きとめるように二十三年の秋、三男の潔《きよし》が生れた。ふみ子が迷って迷い抜いたあとの出産であった。

左遷の札幌で才能を出せぬまま、悶々《もんもん》として楽しまなかった中城は、三男が生れた二カ月後、みずから求めて郷里の四国、高松《たかまつ》に転勤した。

ふみ子は三人の子供をつれ、家財をまとめて夫に従った。この時、ふみ子は実家から、かなりの額の経済的援助を受けたが、それもほとんどが夫の闇取引の失敗の穴埋めにつかわれただけだった。

心機一転を期して行った四国での生活であったが、それも長くは続かない。エリートであっただけに、坂を転げ出すと中城の崩れ方は早い。四国に来て半年で中城はついに国鉄もやめ、ブローカーが本職になっていた。法の網をくぐってやる仕事だけに収入は一定せず、たまにお金が入っても、ほとんど家にいれず、飲んで費《つか》ってしまう。それとともに外泊は増える。深夜、泥酔して帰ってくる中城の姿には、すでにかつての若きエリート鉄道官僚としての面影はなかった。

2

なに不自由ない少女時代を過し、人々に羨まれる結婚をしたふみ子に、はっきりと悲劇が形をとって現れたのは、昭和二十四年四月、ふみ子が生後半年を過ぎたばかりの三男、潔を背負って帯広へ戻ったときからである。

十七年四月、結婚と同時に帯広を出てからちょうど七年目の帰郷であった。

正直にいっていまのふみ子に帰郷の喜びはなかった。むしろ喜びとはほど遠い苦渋だけが胸をおおっていた。

帯広での新しい生活のために、夫と二児に先がけ、まず自分だけが乳呑児《ちのみご》を抱えてやってきた、やがて夫も子供達もくる、そしてこの地で新しい生活がはじまる、ふみ子はそう自分に言いきかせながらホームへ降りた。

だが言葉でなんと言おうと四国での生活に行詰り、夫の乱れた生活についてゆけなくなっての帰郷であることは、誰よりもふみ子自身が一番よく知っていた。失意のあと頼ってゆくところは結局実家しかなかった。かつて祝福され、人々に羨まれる結婚をしただけに、いまの姿はいっそう無残であった。

目立たぬ紺のセーターにズボン、子供を背負い、ネンネコを着て、両手に持った袋には子供のおしめと当座の着替え、それに土産《みやげ》にはるばる四国から持ってきた蜜柑《みかん》とお米が少し入っていた。それを持って階段を降りる姿は、駅でよく見かける長旅に疲れた一組の平凡な母子《おやこ》でしかなかった。

どう言い訳をしたところで、ふみ子にとってこの帰郷は屈辱であった。かつて友達のあいだで、女王様同然に振舞ったふみ子が、こんな惨めな姿で帰ってくる。だがいまはそんな見栄《みえ》や外見を気にしている余裕はなかった。知人の誰にもあわずこっそり実家へたどりつくことがふみ子の願いであった。

四月とはいえ夕暮の近づいた帯広の街はまだ肌寒く、人々はコートの襟を立て急ぎ足に過ぎていく。暮れかけた空に、大きすぎる落日が貨物庫の彼方《かなた》へ傾き、低い底鳴りをもった風が駅前の広場を吹き抜けていた。

ふみ子は両手に荷物を持ったまま、その風のなかに立っていた。

広場の先の本通りの左角には、木造の二階建ての旅館があり、右手には市内循環バスの切符売場がある。本通りはまっすぐ北へ延び、それにそって低い家並が続く。それらは、ふみ子が子供の時から見馴《みな》れてきた風景とほとんど変っていない。

だがその馴染んだはずの風景が、いまは他人のようによそよそしく素気《すげ》ない。鳴りをひそめてふみ子の一挙手一投足を見詰めるように思える。

同じ汽車で降りた人々の群が駅前広場を渡り、通りのなかへ吸いこまれていく。その最後尾が広場を渡りきったところで、ふみ子は街へ背を向けると、斜めうしろの電話ボックスへ入り、そこから家へ電話をした。

誰がでるのか、ふみ子がボックスのなかで息をひそめていると、若い女の声が返ってきた。

一声きいて、ふみ子はそれが妹の声だと知った。

「敦《あつ》ちゃん？」

「はい。あ、お姉ちゃんじゃない？　いまどこ？」

「帯広よ」

「なんだもう着いたの。お母ちゃん、いつ来るかって心配してたわ」

「この汽車の切符が偶然とれたの。ねえ、いまちょっと駅まで来てくれない？　それから、わたしが着いたこと、お母ちゃんには黙ってるのよ」

「どうして……」

敦子はききかえしたが、ふみ子はかまわず受話器を置いた。

少し前、乗降客で賑《にぎ》わっていた待合室はいまは閑散として、二、三十人の人がまだ取りはずされずに残っているストーブのまわりに集まっていた。本線のあと支線への接続を待っているのか、首にタオルを巻き長靴をはいた男達や、綿入れを着た女達は一目で農家の人達と知れた。

駅からふみ子の実家までは女の足で歩いても十分とかからない。滅多に来ない車を待つより歩いたほうが早い距離であることはよく知っている。だがどういうわけかふみ子は一人で街を歩く気にはなれなかった。汽車に乗っている間は早く着くことを願っていながら、帯広に着いたいまは実家に行くのにむしろ戸惑っていた。

敦子は電話を受けてすぐ駈《か》けつけてきたらしく、十分もせずに待合室に現れた。

「お姉ちゃん、お帰りなさい」

学校から帰ったばかりだったのか、敦子はセーラー服の上に紺のオーバーを着ていた。

「疲れたでしょう、四国からずっと乗り続け？」

「東京で一泊したんだけど」

二十四年はまだ戦後の混乱期で、食糧不足のうえに汽車の数は少なく、切符を買い求めるのがまず難事であった。幸い今度の切符は夫が鉄道に勤めていた関係でどうにか手に入れたが、子供一人をつれた長旅は容易ではなかった。食事一つするにも、行く先々の食堂で配給米の替りに受けた食券を出し、それで食事を出してもらうというやり方だった。

「大変だったわねえ」

敦子は姉の顔をみてしみじみと言う。

ふみ子はいま十歳年下の妹にまで同情されていた。稚《おさな》くて、自分とはおよそ相手にならぬ子供だと思っていた妹が、いまは一人前の大人としてふみ子を見ているのだった。

「可愛いわねえ、眠っているの？」

敦子はネンネコから頭だけ出している潔をのぞき込んだ。

「雪ちゃんと孝君は？」

「わたし一人では無理だし、学校もあるので一学期が終ってからうちの人に連れてきてもらうことにしたの」

理由はなんとでもつく。だが妻が夫と二人の子を置いて先に実家へ帰ってくる異常さは、女学生の敦子にも、わかるはずだった。

「今日着くなら、どうしてちゃんと連絡よこさなかったの？」

「切符は買っても何時の汽車に乗れるか、見当がつかなかったのよ」

「でも函館ではわかったんでしょう、そこからすぐ電報でもうてば迎えに出たのに」

たしかに敦子の言うとおりであったが、ふみ子なりに電報をうたなかった理由がある。

青函《せいかん》連絡船で函館桟橋に着いた時、ふみ子の手許には百円しかなかった。もともと高松を出た時、たいした金を持って出たわけではなかった。帯広に着くまでのふみ子の食費と子供のミルク代、それに東京で一泊するお金さえあれば足りる。帯広に着けば実家だから心配はいらないというのがふみ子の計算であった。

だが汽車が順調だったのは大阪までで、それから先は闇米の一斉検挙や、復員列車などにぶつかり大幅に遅れた。おまけに東京で一泊したあと、翌朝、乗れると思った汽車に乗れず、長い間並んだ挙句、乗ったのはその日の夜であった。その座席券も闇で買ったものである。

おかげで函館に着いた時、ふみ子の財布には赤ん坊に飲ますミルク代もなくなっていた。

無心といかなくても借りるだけなら函館は好都合な場所であった。結婚して間もなく一年間そこに住んだおかげで、いまも知人は何人かいた。その人達に頼ればミルク代くらい簡単に貸してもらえるはずだった。

しかしふみ子は彼らに頼る気はなかった。函館時代は夫が函館鉄道管理局施設部出張所長として、最も華やかだった時代である。結果からいうとその華やかさが夫の命取りになったのだが、当時はいまのような境遇になるとは思ってもいなかった。結果はともかく、その栄光の思い出のある土地で、お金を借りに行くのは、自尊心の強いふみ子にできることではなかった。

だがこれから十数時間の汽車のなかを、ミルクなしに過すことはできない。考えあぐねた末、ふみ子は毛布を一枚もって看板を頼りに駅の裏手の質屋へ行った。毛布は子供用で、船のなかや夜間冷えこむ時、それに潔をくるんで膝《ひざ》の上に抱いて寝かせた。これから先、北へ向う旅だけに不安だが、ネンネコにくるんでゆけば、なんとか間に合せられる。

質屋の暖簾《のれん》をくぐるのはふみ子にとって二度目の経験であった。一度目は高松で結婚するとき母からもらったプラチナの指輪を質に入れた。夫の収入の定まらぬまま仕方なくやったことだが、その時の経験が今度の場合は幸いした。

しかし偶然入った桟橋裏の質屋の女主人は、帯広の女学校時代の同級生の浦谷初江《うらたにはつえ》であった。まったく皮肉としかいいようがない。

女学校時代、初江は容色も十人並みで目立たない存在であった。その女性に、毛布一枚を質草に金を借りる。十年前の女学生時代のこととはいえ、自分より劣っていたはずの女性に頭を下げるのは辛《つら》かった。

だがいまさら逃れようはない。この場でいくらかでも借りなければ、その夜から母子二人が飢えてしまう。結局、初江はふみ子が質草替りにと持っていったベビー毛布を受けとらずに五百円を貸してくれた。当時の五百円といえばいまの五万円に匹敵する。ふみ子はその金を受け取ると、逃げるように店を出た。

栈橋駅へ行くアスファルトの道を歩きながら、ふみ子は口の中で「いやだ、いやだ」とくり返した。

貧しいのも、哀れなのも、憐憫《れんびん》を受けるのも、そしてそれを必要以上に感じる自分も、すべてがいやで腹立たしい。

急いで函館駅へ戻ってきたが、汽車の出発にはまだ二時間以上の時間があった。ふみ子は栈橋駅手前の雑貨店でミルクの粉を買うと、二軒先の外食券食堂へ入り、そこでお湯をもらってミルクを作った。

母が屈辱の果てに得たともしらず、潔はそれを勢いよく呑《の》んだ。その無心の顔を見ながら、ふみ子は女の立場が結婚した相手によってこうも変るものかと、情けなくそら怖《おそ》ろしかった。

函館で電報をうたず、汽車に乗っても実家へ連絡しなかったのは、この時のことでふみ子の気持がへこたれていたからだった。その金で母子とも満腹になり座席に坐《すわ》れても、ふみ子の気持は満たされなかった。

あの人にまで憐《あわ》れみを受けた。

函館から帯広への十二時間は、その哀《かな》しみと口惜《くや》しさとの闘いでもあった。そして帯広へ着いた時、まっすぐ街へ入っていくことに戸惑ったのは、この哀しみがなお、ふみ子の胸のなかで尾をひいていたからだった。

しかしふみ子は函館でのことを敦子に告げる気はなかった。告げたところでいっそう惨《みじ》めになるだけである。惨めになるのは函館の時でもう沢山だった。

「お父ちゃんやお母ちゃん、なにか言っていなかった？」

「そういえばこの前、お母ちゃんが、弘一さんにも困ったものだって言ってたわよ」

「困ったって、どういうこと？」

ふみ子は子供を背負って歩きながらきいた。

「よく聞いていなかったからわからなかったけど……」

「でもあの人は別に悪い人じゃないのよ、ただ少し気が弱いだけなの……」

母の言うとおり、夫が困った人であることは、誰よりもふみ子が一番よく知っていた。それで苦しんできたのはふみ子自身である。だが気付かぬうちにふみ子は夫を弁護していた。妹などにまでそんなふうに言われてはたまらない。

「あの人はきちんとした地位につきさえすれば伸びる人よ、才能はあるんだから」

「でも、まだ闇屋みたいなことをやっているのでしょう」

「それは時々よ、いまの仕事がつまらなすぎるから、あんなことを始めたのよ」

「よくわかんないけど、お義兄《にい》さん、どうしてあんなになっちまったのかなあ」

ふみ子の言葉をさえぎるように敦子が言ったが、それは妹が言うまでもなく、ふみ子自身が夫へ尋ねたいことでもあった。

「でも、こっちにきたらきちんとやるわね。今度お義兄さん、先生になるのでしょう、先生が闇屋なんかをやってはおかしいもの」

敦子は屈託なく笑う。ふみ子はその笑い顔のなかに十年前の自分の姿を見た。女学校三年のころのふみ子には、なんの心配もなかった。考えていることといえば制服をいかに美しく着こなし、今度はどんな作文を書いて先生や生徒を驚かすか、といった類《たぐ》いのことばかりだった。

「あなた若くていいわね」

ふみ子は敦子の若さが憎いと思った。自分ももう十歳若くて、いまのような自由な時代に女学生生活を送れたら、恋人もでき、もっと自由な青春を楽しめたはずである。

並んで歩きながら、ふみ子は平原の彼方に沈む、落日を見ていた。この夕焼は夫と子供のいる高松の夕焼よりは、冷え冷えとして大きい。

一緒に帰ろうと言ってうなずかなかった夫は、いまも海の見える街で、いくらの利益になるともしれぬ闇の仕事に、血道をあげているかもしれない。

一度、ブローカーの妙味を知ると、容易に堅気の仕事に戻れない。ふみ子の言うことなぞきこうともせず、はずみがついたように坂道を転げ落ちていく。

強引に子供一人を連れて実家に帰ったことが、その転げ落ちていく夫にどの程度の効きめがあるものか、それはふみ子にもわからない。

しかしいままでのように口でなく、実家へ戻るという行動で示したことで夫はいくらか考えてくれるかもしれない。

根は優しく、気の弱い夫であった。それを猛々《たけだけ》しく見せているのは、中学から大学まで秀才でとおしたという自負心と、なんでもできるという才能への過信であった。その自尊心のなかに意外な性格の脆《もろ》さが潜んでいることをふみ子は知っている。

いま落日のなかで、夫は子供と一緒に北へ行った妻のことを考えているかもしれない。

暮れてゆく瀬戸内《せとうち》の海を背に、子供達はその少し疲れた父親に、早くママのいる帯広へ行こう、とせがんでいるかもしれない。

「お姉ちゃん、疲れてるの？」

「大丈夫よ」

ふみ子は夕映えの空から顔を戻すと、急に娘時代の勝気な顔に戻った。

3

ふみ子の夫、中城弘一が帯広に戻ってきたのは、ふみ子の帰郷から四カ月あとの八月の暑い日盛りの午後であった。

駅頭で四カ月ぶりに見る孝と雪子は見違えるほど大きくなっていた。まさに、母親はいなくとも子は育ってゆく。ふみ子は詫《わ》びるような眼差しで我が子を見たが、子供達は屈託がなかった。

「ママ」と駈け寄ってきて、ふみ子の両手にぶら下る。

「おかえりなさい」

子供達に手をとられながら、あとから降りてきた夫に、ふみ子は軽く頭を下げた。

「うん」

夫はうなずいたが、すぐ眩しそうに目をそらした。四国での荒れた日々、愛想つかした妻の出奔、そして結局はそのあとを追って来ざるをえなかった現実、それらが自尊心の強い夫の心を傷つけているようであった。

だがいまは、過去の傷をむし返す時ではなかった。傷の詮索《せんさく》より、その傷を癒《いや》すことが先決問題であった。

久しぶりに親子五人揃《そろ》った一家は、ふみ子の両親が新しく出来た広小路の店に移ったので、そのまま古い家を借り受けて住むことになった。

こうして八月の末、二学期がはじまると同時に、夫の弘一は帯広商工高校の教師になった。途中挫折《ざせつ》したとはいえ、北大を首席で卒業した弘一は、地方の高校の教師として遜色《そんしょく》はなかった。彼はここで英語と理科を教えることになった。

再び安定した生活が一家をつつみはじめる。これで娘夫婦も落着くと、急に増えた孫達を見ながら、ふみ子の両親は安堵《あんど》した。

ふみ子はもはや夫の過去を責める気はなかった。これまであまりに順調にすすみすぎ、若くして誘惑の多いポストに坐りすぎたのが失敗であった。教師という地味な職業であれば、利権屋がとりまく心配もないし落着いた生活設計もできる。かつては夫の出世を一途《いちず》に願ったふみ子だったが、いまは家族五人揃って安穏な生活ができればいい、と自分に言いきかせた。

だが、夫には夫なりの感慨もあるようだった。朝七時に起き、八時には家を出る。そうした規則正しい生活はこの数年、夫にはなかったものだった。ふみ子は弁当一つを持って出かけて行く夫を、ある痛々しさのなかで見送った。

だが弘一はこの新しくはじまった生活に格別不平らしいことは言わなかった。実際、新しい職場は、ふみ子の父が探したもので文句をいえる立場でもなかったが、以前からみると口数は減り、一人で考えこんでいる時が多くなった。

かつての若き技師として活躍した函館時代のことを思い出してか、あるいは途中で投げ出してきた四国での仕事のことが気になるのか、弘一の考えていることはふみ子には窺《うかが》いようもない。

やがて北国に早い冬が訪れてきた。十一月、勤めて三カ月も経《た》たぬのに、弘一は学校を休むようになった。

初めは暖かい四国から寒い帯広へきて体が馴染まないうえ、慣れない教師生活で疲れるのだろうと、ふみ子も同情していたが、十二月に入ると、二日、三日と続けて休む。風邪《かぜ》をひいているとか、熱があるというわけでもない。寒い朝は誰でも床から起き抜けるのが辛いが、弘一はそのままにずるずると寝過して休んでしまう。

「弘一さん、また休むの？」

母のきくゑのきき方には非難めいた調子があった。

「急に寒くなって風邪気味なの、今日一日休めば治るでしょう」

ふみ子は夫をかばうようにことさらに陽気に答える。だが一度怠け癖のついた夫は、毎朝決った時間に出ていく生活を続ける気力はすでにないらしい。

十二月の中ごろ、耐えかねてふみ子は夫に言った。

「学校に行くのがいやなのですか」

「嬉《うれ》しいわけはないだろう」

午前の鈍い光をうけたまま、弘一は居丈高に答えた。

「でも、こんなに休んでは生徒さんが困るでしょう」

「生徒より、お前が困るのだろう」

弘一は皮肉な笑いをふみ子に向けた。

「もちろん、あなたがきちんと学校に行ってくれなければ困ります。第一、子供にしめしがつかないし、それにあの学校はお父さんが折角、お願いしていれてもらったところですから」

「お前のお父さんは偉い、お母さんも偉い、お前も偉い。俺《おれ》はお前の家にとっては厄介ものだ。闇屋あがりの、ぐうたらの亭主だ」

「そんなことを、いっているんじゃありません」

「お前が俺のところにきたのは、俺が前途有望な鉄道技師だったからだろう。それでお前の両親も必死になって嫁がせようとした。それがいまはワイフの家に居候する田舎教師に成り下っている」

「田舎教師がそんなに辛いのなら、もう少ししっかりして下さい。口先ばかり強がりをいわず、頑張って下さい」

「出かけてくる」

弘一はそのまま、オーバーを着ると行先も告げず家を出ていった。

かつてエリートコースを直進し、二十代で大きな利権を握るポストへ抜擢された弘一にとって、義父の世話で田舎教師になったことは、耐えがたいことに違いなかった。四国も都落ちで闇屋同然のことをしてはいたが、それはそれなりに自分が中心になってやっているという主体性があった。そこで一攫千金《いっかくせんきん》を夢みて、失敗はしたものの、一時その妙味を知った弘一にとって教師はあまりに地味すぎる仕事であった。

それに帯広という狭い街の人々の目も弘一には辛かった。

「あれが野江呉服店の婿さんで、鉄道の偉い役人であったのが失敗して奥さんの実家に厄介になっているのよ」

そうした視線が弘一をとり巻く。四国なら会わないで済む大学時代の友人達にもここでは会う。それらがみな零落した自分を憐れんでいるように思えてならない。

若い時、順風満帆にすすんできただけに、弘一には一つ崩れだすと、とめどなく崩れていくところがあった。人は好《い》いが、耐える気力に欠け、自尊心ばかりが先走る。

そんな夫の辛さをふみ子が気付かぬわけはなかった。いやすでにそうした夫の苦しさは充分承知している。だがそれを知ったところで、ふみ子はやはり夫の弱さが歯痒《はがゆ》い。

表面はともかく、底には弘一よりは何倍もの強さと勝気さをもっているふみ子には、過去の栄光だけを追い、現実に不満ばかりを並べたてている夫が、いかにも女々《めめ》しく怠け者に思える。もう一度優しく励ましてやれば立ち直るかと思いながら、日々の夫の怠惰を見るとそんな気も失《う》せる。弱い夫にすがるくらいなら自分一人で生きようという気持が頭を擡《もた》げる。

十二月の下旬、学校は冬休みに入ったが、弘一はしきりに家を留守にした。昔の友人と会い、なにか新しい仕事を企《たくら》んでいるらしい。

一月の半ば、三学期がはじまったが、弘一は相変らず休む日が多かった。父の豊作《とよさく》が注意し、母が心配したが、すでに効き目はなかった。

そして三月、古い年度が終るとともに、弘一は自分から商工高校を辞職して、新しく友人とつくった会社をやることになった。会社はもっともらしい名前をつけていたが、闇の物資を扱っていることに変りはなかった。

ふみ子はもうなにも言わなかった。なるようになる、行きつくところまで行けばいいのだ。

気がひけるのか小声で転職を告げる夫に、ふみ子は他人のような眼差しを向けた。

寒気がとけ、陽《ひ》は確実に温《ぬく》みを増していた。一日一日、春めいてくる息吹きのなかで、ふみ子は少しずつ夫婦の破局が近づいているのを知った。

初めはおずおずと、一日、二日と家を空けた夫が、四月に入るともはや平然と三日も四日も帰らなくなった。

五月の初め、三日ぶりに帰ってきた夫は、いままでとは別の、新しい下着をつけていた。

「どうしたの」

「汚れたから買ったのだ」

弘一は平然と答えたが、三日くらいで汚れたからといって下着を買うような夫ではなかった。

「恥ずかしいことだけはしないで」

「どうせ、俺はお前の家の恥さらしだからな」

弘一はそれだけ言って出かけたまま、十日経っても帰ってこない。

十一日目、夫はまたなにを思ったのか舞い戻ると一日ぶらぶら家にいて、珍しく子供達と遊び、夕方、ふみ子の貯金通帳を持って出かけようとした。

「もう帰ってこなくていいわ」

ふみ子は一つのくぎりがきたのを知った。

「あなたを自由にしてあげる」

「本気か」

「ええ」

自分でも驚くほど、ふみ子ははっきりと言えた。

「いいだろう、出ていってやる」

売り言葉に買い言葉であった。言いはじめたふみ子も、受けて立つ弘一も、そこまですすむとは思っていなかった。まだ和解の余地があると思いながら言葉だけが先走っていた。

荒々しく出ていく夫に、追討ちをかけるように、ふみ子は夫の衣類、下着の一切を、その日のうちに荷造りして、会社へ送り届けてやった。

一瞬のことであったが、一つのことから思いがけなく、ばたばたとことが運んだ。

「なにもそんな急に……」

別居すると知って、母のきくゑが泣き出したが、ふみ子はむしろさばさばしていた。

急に、と思うのは外見だけで、別れる条件は充分すぎるほど揃っていた。はっきりと突きとめたわけではないが、弘一には他に女があり、外泊の度に、そこで泊っているらしい。別れるきっかけの言葉を言ったのはふみ子であったが、素地をつくったのは弘一であった。ただ弘一のほうがいくらか優しく、それだけに言い出すきっかけをつかめなかっただけともいえる。

夫の布団が消え、広くなった夜の床に横になって、ふみ子は夫がたしかに自分から去っていったのを知った。

このとき、四国から潔一人を連れて実家へ戻ってから、ちょうど一年一カ月の月日が経っていた。
　うしろ背を風に吹かれてゆく夫が瞼《まなぶた》にありやがて遠のく
　夫の住む郊外ゆきの黄のバスに或る朝は乗せやるわれの憎悪を
　ふみ子の別居は正式には昭和二十五年の五月十日となっている。別居の日がこんなふうにきちんと記録されているのは、この日、ふみ子と弘一、それに仲人や両親が集まって、しばらく別居、ということに話し合いがついたからである。
　ふみ子の両親は別居は仕方がないとして、それがすぐ離婚につながることにはなお反対であった。ふみ子も強がりは言ってみたものの、まだ離婚する気持はなかった。夫を憎み、あきらめてはいても、やはり妻の座を捨てるまでの勇気はない。
　だが表面はどうつくろおうと人々の口は誤魔化《ごまか》せない。別居のことは、その月のうちにふみ子の近所の人達から昔の友人にまで拡がった。噂《うわさ》をきいて「やはり」と言う人もいたし、「どうして?」と首を傾《かし》げる人もいた。いずれにしても小さな街での別居は、人々の恰好《かっこう》の話題となった。
　仲人も両親も、別居までは納得したが、それ以上の離婚という言葉は禁忌《タブー》であった。

彼等《かれら》はできることならこのままにしておいて、折を見てまたよりを戻そうという考えらしい。

だがふみ子はいまさら夫とよりを戻す気はなかった。いまそうしたところで夫の性格が治るとは思えない。といって急いで離婚する気もなかった。しばらくこのままでいい、それは子供のためでもあり親のためでもある。そう思いながらその裏には長年親しんできた妻という座への愛着もあった。

4

戦後、十勝地区で最も初めに出た歌誌は『辛夷《こぶし》』であった。

これは戦前『潮音』の同人・野原水嶺氏が帯広柏《かしわ》小学校教諭として帯広に来て以来、開催されていた「潮音新墾十勝短歌会」が発展的解消してでき上った歌誌であった。

この歌誌は昭和二十一年末には二百八十人の会員を擁し、大樹《たいき》・上士幌《かみしほろ》・札内・新得《しんとく》といった帯広周辺の郡部にまで会員を拡げ、この地方の最大の短歌集団となり、毎月ガリ版刷りではあったが歌誌『辛夷』を出していた。

しかしこの歌誌は二十二年の夏、編集者の病気や移動が重なって休刊となり、替って野原氏自らの手による会報「辛夷だより」が発行され、これによって散逸する会員をとどめていた。

一方この歌会は、主宰者の野原氏が当時全道に強く根を張っていた歌誌『新墾』の選者を兼ねていたところから、新墾十勝支社のような性格ももっていた。

二十二年の春、札幌にいた頃、中城ふみ子はすでに『新墾』に入り、数度、歌を送った関係もあって、帯広にある『辛夷』については知っていた。だが負け犬のように帯広へ戻り、いままた夫に背かれたふみ子は、歌をつくる余裕もなく、はじめの一カ月は暗《あん》澹《たん》たる気持で家にこもりきりだった。

朝起きて子供のおむつを替え、洗濯をする。そのあと掃除をし、家事を手伝う。夜は食事のあと片付けをし、子供を寝かせる。そうした日課が毎日確実に訪れ、確実に消えていく。

家に閉じこもりきりでは体に悪いと、母が店にでも手伝いにくるように言うが、ふみ子はなにかと理由をつけて断わった。たとえ周りが理解してくれたところで、夫に去られたという負い目は簡単には消えない。

しかし小さな街のことである。夫と別居したという噂は、おさえようもなく、やがて少しずつ親戚《しんせき》が現れ、友人が現れる。初めは会いたくないと思ったのが、その人達と会っているうちに、ふみ子の傷心は少しずつ癒されていった。

一度波を乗り切るとふみ子の気持の切替えは早かった。

この外へ向って徐々に動きはじめていたふみ子を最初に誘い出したのは、女学校時代同級生だった村田祥子《むらたしょうこ》である。

祥子はこの時、すでに『辛夷』に入っていたので、ふみ子に同じ歌誌に加わるようにすすめた。

「今度はいろいろ苦労をしたのでしょう。その体験を生かしてつくってみるといいわ」

歌会に出る気はありながら、なお引っこみ思案のふみ子を、祥子はそんなふうに言って誘った。

「わたしなんかとても……」

初めは断わったが、考えてみると自分の心を正直に吐き出せるところは歌の世界しかなかった。

「思っていることを飾らず正直にうたえばいいのよ」

女学校時代、ふみ子の作文の美文調で辟易《へきえき》した思いのある祥子は、軽い仇《かたき》を討つような気持でそう言ったが、いまのふみ子にはその言葉がむしろ好ましく確かなものに思えた。

「行ってみようかしら」

「じゃ、今月から行ったら？　歌会に行くといろいろな人に会えて気も紛れるし、勉強にもなるわよ」

熱心に誘いながら村田祥子は、それがふみ子の一生を揺るがすロマンと、かずかずの傑作を生みだすきっかけになろうとは、その時、予想だにしていなかった。

第二章　野《の》火《び》

1

別居して一カ月経《た》った六月末、ふみ子は村田祥子に連れられて、はじめて帯広の短歌会に出席した。

場所は十勝川に近い帯広神社社務所の畳の大広間であった。歌会はこの広間に坐《すわ》り机をコの字形に並べ、中央の席には主宰者格の野原をはじめ、この歌会の中心的な人達が坐っていた。ふみ子は末席に村田祥子と並んで坐った。

全員が揃《そろ》い、歌会がはじまる前に、ふみ子は野原から参会者に紹介された。紹介は名前と、以前『新墾《にいはり》』に二、三度投稿したことがあるという簡単なものだった。その間ふみ子は目を伏せていたが、紹介が終ると立ち上り、「中城ふみ子です、よろしくお願いします」と一礼し首をすくめるようにして坐った。

この時、ふみ子は白いブラウスに藤色《ふじ》のジャンパースカートを着て、ウエストを紺の紐《ひも》でしめていた。頭を下げるというより腰を軽くひき、顎《あご》をついと突き出す。その仕草は、人妻とは程遠い十七、八の少女を思わせるようなあどけなさである。ふみ子が立って坐った、その動作だけで、陰気な社務所の一室は花でもひらいたような華やかさにつつまれた。

人々は一瞬その華やかさに目を奪われ、それから、ふみ子が野江商店の娘ですでに人妻であることを囁《ささや》きあった。だがその人達にしても、ふみ子が三児の母で夫が最近家を出たことを知っているのは、まだ村田祥子を含めて数人に過ぎなかった。

この歌会へ出る前、ふみ子は人妻であることを表に出そうか、出すまいかと迷っていた。人妻であることはすでに現実のことであるから、あるがままに振舞えばそれで済む。だが独身であるように振舞おうとすればそれも出来ない相談ではない。二十七歳とはいえまだその程度の演技をする自信はあった。

実際、ふみ子がこの社務所の一室に入ってきた時も、自己紹介で立ち上った時も、男達は表面は無関心を装いながら、興味深げな眼差《まなざ》しを向けていた。誰《だれ》も知らぬ土地であれば、二十二、三の独身だといったところでおかしくはない。

だが帯広では、一時かくしたところで知れるのは時間の問題であった。それに祥子の言うように、自分の心に正直に歌うとなると、歌のなかに夫や子のことは当然出てくる。すでに今度の歌会へ出した歌はそのことを詠んだものである。

考えた末、ふみ子は人妻であることをかくさないことにした。もっともそれは自分から言い出すほどのことではない。向うがきいてきたり好奇心を示してきたら、ありのままに答えるだけである。その点でかくしだてはしない。そのかわり外見だけは若く華やかに装いたい。子持ちの女のじめじめした感じにだけはなりたくなかった。

胸元にフリルのついた白いブラウスとジャンパースカートは、いまでは格別豪華なものではないが、衣類の不足していた当時としては結構目立つ服装だった。ふみ子が四国から持ち帰った衣裳《いしょう》のなかでは最も気に入っていたものの一つだった。それを見て独身と見間違う者は間違えばいい、それはわたしの責任ではないとふみ子は思った。

歌会の出席者は三十名ほどだった。数日前その各人が一首ずつ提出した歌がすでにガリ版に刷られ全員にくばられていた。出席者はそのなかからあらかじめ自分の良いと思う歌を三首選び、その歌のナンバーだけを書いて進行係に渡した。

それから野原ら歌会の幹部クラス五人が披講者《ひこうしゃ》になり、一人が初めから順に六首ずつ歌を詠み上げて批評する。

ふみ子はこれまでも歌誌に投稿し、それが採用されるかどうか気にかけながら待ったことはあった。だが今度のように大勢の人がいる歌会の席で自分の歌が詠み上げられ、面と向って批評されるのははじめてである。一体どんなふうに言われるのか、ふみ子は末席で期待と不安のいりまじった気持で自分の順がくるのを待っていた。

批評は披講者によって、歌の解説を含めて穏やかな感想にとどまる場合と、一歩きりこんで鋭い批判にまでもっていく場合と二通りあった。歌はすべて匿名であったが、同人達はお互いに誰の歌かは見当がつくらしく、中堅以上の人達の歌にはやや厳しく技術批評をくわえて言っているようである。

三人目の披講者は諸岡修平《もろおかしゅうへい》であった。諸岡はコの字形の中央の端の近くに坐り、背広にきちんとネクタイをつけ、髪はきれいに七・三に分け、隙《すき》のない整った顔だった。初めふみ子はこの男が披講者だとは思わなかった。年齢は三十近いかと思われたが、そのいくらかこけた頰《ほお》の辺りには、まだ青年の面影がある。その男が自分の歌を披講すると知って、ふみ子は折角の歌が台無しになるような不安にとらわれた。

夫ゆゑにかわくまもなき涙壺わが捨てにゆく海は小暗《を》し

諸岡は、整った顔に似つかわしいよく透る声でその歌を二度詠んだ。ふみ子は神妙に両手を膝《ひざ》の上にのせ、頭を垂れながら目だけは油断なく、諸岡と周辺の幹部クラスの人達の表情を盗み見ていた。

主宰者の野原が小刻みにうなずき、その横の年輩の男性が考えこむように腕を組んでいた。詠み終ると諸岡は一つ息をつき、それから軽く咳《せき》をした。

「この作者はもちろん人妻だと思います。夫が失意か、あるいは失職のためにか、原因はともかく辛《つら》い境遇にある。その暗い家庭のなかでじっと耐えている妻が、人知れず悲しみを捨てに行く、悲しみはそれで消えるというものではない、先に対しての光明とか希望というものはない、暗澹《あんたん》たる前途しかない。それが闇《やみ》というより〝小暗し〟という海の情景でさらに生きています」

諸岡の言葉を、ふみ子は目を伏せ、体を縮こませてきいていた。この一カ月、帯広に来て必死に隠しとおしてきたことが、いま白日の下《もと》にさらされていく。諸岡はふみ子の傷口を素手で引き裂いてみなの前に披露していく。それがふみ子にとってどれくらい辛く顔をそむけたいことかということを、この青年は気付かぬようである。

ふみ子は村田祥子に言われるまま歌会に来たことを悔いていた。こんなあばかれ方をしてまで歌会にくる必要があるのだろうか。

諸岡はそこでもう一度歌を詠み、さらに続けた。

「ここには間違いなく一つの実感があると思います。悲劇を頭のなかでの悲劇でなく、事実を踏まえたうえでの悲劇として見詰めようという素直な姿勢が感じられる。さらにここにはかなり上質の抒情《じよじよう》があります。その抒情性が小暗い海際に立つ人妻の姿を、一層鮮やかに浮び上らせていると思います。この歌は私のわりあい気に入っている歌です」

　諸岡の言い終るのを待っていたように一人の女性が手をあげた。

髪を肩口まで垂らし、やや大柄だが白い顔に目鼻立ちのはっきりした二十七、八の女性だった。

「諸岡さんがおっしゃったとおり、ここにはたしかにある種の抒情があると思います。それに異論はありません。ただわたしが気になるのは抒情の質が甘すぎるというか、こけおどしというか、つくられた部分があるような気がするのです。たとえば、〝夫ゆゑにかわくまもなき〟という表現は、いささか安易な気がします。言葉が安易であると同時にその発想に甘えているようなところがあり、それが人生全体への甘えのような感じもうけるのです。やはりこれだけでは抽象的でムードの域を出ません。それに〝涙壺〟というのがやはりひっかかります。いかにも女性らしい思いつきですが、これはあくまで思いつきで、身になった言葉ではないような気がします。〝小暗し〟という言葉はたしかに面白いのですが、全体としては観念的というか、抒情の上すべりの感じが強いように思います」

　隣にいる村田祥子がふみ子の膝をつついて、顔を近づけた。

「あの人が逢坂満里子《おうさかまりこ》よ、いま売り出し中の女流よ」

「そう」

うなずきながらふみ子は諸岡の発言を待った。奇妙なことに、ついいましがたまでいやなことを言うと思った男を、いまのふみ子は頼りにしていた。

「逢坂さんの言うことは一理あります。たしかにこの歌には観念的な一人よがりがあります。もう少し視点を据えればよりいいものになったと思います。しかしこの作者にはそうした技術的な難点を乗りこえて、なお私達の目を見張らせる良質の感性の世界があります。ある瞬間、ズバリと切りこんでくるような大胆さというか、華やかさがあります。その資質の芽がこの歌に現れているところを僕は評価したいのです」

「そうすると、歌そのものよりも可能性をかったということでしょうか」

「そういうこともあります。しかしもちろんそれだけではありません、さっき言ったように……」

「わかりました、ただ歌の評価はあくまで現実の歌についてのことですから」

もういいというように逢坂満里子が言葉を切った。諸岡は言いかけた言葉を呑《の》み、いま一度逢坂のほうを見てから次の歌に移った。

それから二首、諸岡が披講する間、ふみ子は彼の顔を見続けていた。逢坂にかみつかれた一瞬、色白の顔は薄く朱を帯びたが、いまは消え、端正な顔立ちに天井の光が影を落していた。

不思議なことに、ふみ子がはじめに覚えた悔いはすでに消えていた。自分が人妻であり、夫が乱れていることを知られたことは辛かったが、それを詠んだ歌がこのような場で真剣に討論されたことのほうが嬉《うれ》しかった。その議論は少し意地悪なところもあったが、覗《のぞ》き趣味からでなく歌のよしあしをめぐっての議論であったことが救いであった。そしてなによりもふみ子を和ませていたのは、諸岡という青年の毅然《きぜん》としているが好意ある発言をえたことであった。

五人の披講者による全部の歌についての披講はさらに三十分ほど続いた。このあとあらかじめ投票してあった選歌の結果が報告され、各々の歌の作者が発表された。投票が披講の前におこなわれるのは、披講者の意見によって選歌の自由意志が影響されるのを防ぐためだった。

一番目の歌から順に、票数と作者名が読み上げられる。

「十二番、二十一票」

司会者が読み上げた途端、人々の間から、おう、という声が洩《も》れた。それまでで最高の得点であった。

「作者は中城ふみ子さん」

もう一度騒《ざわ》めきが起き、人々の視線が一斉にふみ子に向けられた。再び祥子が膝をつく。ふみ子は視線のなかでかすかに顔を赧《あか》らめ目を伏せた。

結局、その日の歌会の最高得点は高森《たかもり》という同人で、ふみ子の歌は二位であった。得票の多い歌が必ずしもいい歌とはいえない。歌を選ぶ会員達の質によってもそれは異なってくる。実際、主宰者格の野原の歌は十三票でふみ子の下の四位であった。会員達はいい歌が高い票を得るとはかぎらないことをよく承知していた。それがあるから、票が入らなかったからといってへこたれることもない。

だが良《よ》し悪《あ》しと別とはいえ、多く得票するにこしたことはない。ずぶの素人ならともかく、ある程度歌を詠み批評力もある人達が選んだ結果である。実力どおりではないとしても、高い得票をうることはそれなりの力を認められたことであった。

まして新人でありながらいきなり最高点に近い票をとるというのは画期的なことである。人々が愕《おどろ》き、改めて注目の眼差しを向けたのも無理はなかった。

会が終り、みなが立ち上ったのはその一時間あとだった。歌の仲間達は、これから二次会に街の中心部にある同人の家へ行くらしかった。

「どうする、一緒に行ってみない？」

「でも……」

村田祥子に誘われて、ふみ子は時計を見た。九時だった。潔を母にあずけたまま、九時には帰ると言って出てきていた。この秋で二歳になる潔は八時半には眠る。寝つきのいい子だからもう眠っているかとも思うが、母では馴染《なじ》めずまだ起きているかもしれなかった。

結婚はしているが子供がなく、気軽に夜を過せる祥子がふみ子は羨《うらや》ましかった。

「はじめてなのに、のこのこついていったりしていいかしら」

「そんなこと平気よ、今夜はあなたがスターだったんですもん」

そろぞろと人の波が社務所の廊下から出口に向う。

「どうする、駄目なら無理に誘わないけど」

弱い電灯の下で潔と一つ床に寝る、二階の奥の間の暗い情景がふみ子の頭に甦《よみがえ》ってくる。これから帰っても待っているのはそこで眠るだけの時間である。

子供のことは母がなんとかしてくれるように思う。あとは初対面で二次会についていく、そのずうずうしさをどう割切るかということだけである。

「ねえ、どうするの？」

先頭の一団はすでに靴をはき、外に出はじめていた。

「やはり今日《きょう》は遠慮するわ」

調子にのって厚かましい女だとみられるのはいやだとふみ子は思った。

「そう、じゃあわたしも帰るわ」

二人は靴をはき玉砂利の道へ出た。星のない空に境内のドロの木が大きく枝を拡《ひろ》げ、その下を歌会帰りの人達が長い列になって続く。

ふと早い跫音《あしおと》が近づきふみ子がふり返ると、白い顔が笑いかけた。

「諸岡修平です。さきほどは勝手なことを言って失礼しました」

「いいえ、あんなに賞《ほ》めていただいてありがとうございました。会が終った時、お礼を申し上げようかと思ったのですが、まわりに偉い方が沢山いらしたので」

ふみ子は少し甘えた言い方をした。

「披講に礼を言われる筋はありません。しかしあれはいい歌でした、近頃《ちかごろ》にない華やいだ感じがあって、詠んだ途端に頭を打たれたような気持でした」

諸岡はふみ子と並んで歩きだした。並んでみると諸岡はそんなに大きくはなかった。小柄なふみ子も顔の高さまでは届く。

「どうも僕達は、なにがどうしたと、つまらぬことばかり詠んでいて、肝腎《かんじん》の自分の心をズバリと表現するのを忘れているような気がするのです。ズバリとそして華やかに」

「あの歌がそんなに華やかですか」

「そりゃ華やかです。詠んでいることは暗くても、あの歌には人を惹《ひ》きつける魅力というか、妖《あや》しさといったものがあります。歌はつくってさえいればある程度までは上手になりますが、あのような艶《つや》というか、妖しさといったものはもって生れた資質で、そう簡単に出てくるものではありません」

「そうでしょうか」

小首を傾《かし》げながらふみ子は諸岡の言葉を楽しんでいた。まことにこの青年の言うことはふみ子の自尊心をくすぐる。

「まっすぐお帰りですか、よかったら二次会に行きませんか」

「でもはじめからそんなところまでおしかけては……」

「構いませんよ、中田《なかた》という同人の家ですから。これからの話が、本当の面白いところなのです」

祥子は気をきかせてか二人から少し遅れて歩いていた。

「遠慮なんかいりませんよ、あなたが来たらみんな喜びます」

熱っぽい諸岡の話し声が、気をきかせて一歩遅れてくる祥子にもきこえているはずである。なんと答えていいのか、戸惑っているあいだに、鳥居の前まで来た。そこで道は二手に分かれていた。出席者は互いに挨拶《あいさつ》を交わして別れていく。ふみ子の家へ帰るにはまっすぐだが、二次会の中田の家へ行くのなら左だった。出席者の半ば近くがそのまま中田の家へ行くらしい。

ふみ子はそこで立ち止ると、うしろの祥子へきいてみた。

「ねえ、どうしよう」

「あら、帰るんじゃなかったの」

祥子は少し意地悪な言い方をした。自分が誘った時には帰るといって、諸岡と話しているうちに気持が変ったのを、なじりたくなったのかもしれない。

「でも諸岡さんが是非って……」

「これから行くと帰るのは十一時になるわよ」

ふみ子はまた家のことを思った。母がうまく潔を寝かしつけてくれたと思うが、なにかの具合でむずかっているような気もする。

少し離れていた諸岡が近づいてきた。

「どうなりました」

「やはり帰ります」

「惜しいなあ、これからがいいところなんだけど」

そのとき突然祥子が横から口をはさんだ。

「中城さん、お母さんに赤ちゃんを預けてきているのです」

「お子さんがいらしたのですか」

諸岡の目に驚きが現れている。

「失礼します」

そのまま一礼すると、ふみ子はくるりと背を向けた。諸岡の目がうしろから追っているのを知りながら、ふみ子は足早に歩く。

やがて二、三十メートル行ったところで祥子が駈《か》け寄ってきた。

「ご免なさい、わたし余計なことをいったかしら」

　ふみ子はなにもいわず歩き続けた。

　どんな親友も、ある一瞬、敵になることがあるとは聞いていたが、祥子までもがこんな形で裏切るとは思わなかった。

　たしかに子供がいて、そのことが気になっていたことは事実だが、あんなに、あからさまに言う必要はない。正直いって、諸岡にはまだ子供がいることは隠しておきたかった。それで欺くつもりはないが、もう少し秘密のままいたい。

「諸岡さん、あんまりしつこいので、ふみちゃん困っていると思って気をきかせたつもりだったんだけど」

　祥子はしきりに言い訳をする。言い訳をするところを見ると、やましさがあるからに違いない。

　だが少し落着いて考えると、祥子の意地悪もわかるような気がした。

　今日、歌会に行こうと誘ったのは祥子であった。歌では先輩格である祥子が、無視され、ふみ子の歌だけが評判になり高い点をえた。しかもハンサムで俊秀といわれる諸岡が、ふみ子だけを誘う。これでは祥子がいい気がしないのも無理はない。

　そこまで考えて、ふみ子は幾分、心が落着いた。

「でも、諸岡さん、体が悪いのよ」

余程、悪いと思ったのか、祥子はまだ続ける。

「あの人、結核で本当は入院しているのよ。十勝療養所にいるのを抜け出してきてるの」

「まさか……」

きちんとネクタイをつけ、髪を七・三に分けていた諸岡が、胸を病んで入院しているとは思えない。

「本当よ、それに奥さんもいるのよ」

「……」

「同じ療養所にいる看護婦さんで、療養所のなかで同棲《どうせい》しているのよ。嘘《うそ》だと思ったら、他《ほか》の人にでもきいてみるといいわ」

意地悪をした詫《わ》びのつもりか、祥子はさらに熱をこめていう。

「あの人、信用金庫に勤めていたんだけど、そのころから女ぐせが悪くて有名だったの。いまの奥さんの前に、市役所に勤めていた寺本郁代《てらもといくよ》さんって子を好きになって、毎日ラブレターや歌を送って凄《すご》かったらしいわよ」

「で、その人は？」

「一時はよかったらしいけど、諸岡さんが、あまりしつこいし、そのうち結核になったんで、郁ちゃんのほうから別れたらしいわ」

人口十万にも満たない狭い街だからこんなことはすぐ、人の噂《うわさ》になるのかもしれない。

「いまの奥さんは、その別れた郁ちゃんに似ているというので、偶然道で逢《あ》ったのを諸岡さんが、強引に口説き落したのよ」

「じゃあ、本当は、その郁代さんって方が好きなのね」

「いってみれば、いまの奥さんは郁ちゃんの替玉よね、だけど女って口説かれるとわからなくなるのね」

「その奥さんはいくつ？」

「諸岡さんがいま三十で、八つ違うといってたから二十二ね、前の彼女の郁ちゃんもたしか同じ年齢よ」

「二十二……」

ふみ子はつぶやきながら、二十二では自分より五つ年下だと計算した。

「その人、きれい？」

「きれいなことはきれいだけど」

祥子は仕方なさそうにうなずいた。

ふみ子が本格的に歌に取り組みはじめたのは、この『新墾』の歌会に出席してからである。

2

もちろんふみ子が実際に歌をつくりはじめたのはこれよりかなり早く、女学校を卒《お》えて東京家政学院に在学した昭和十五年に、すでに同学院の「さつき短歌会」のメンバーに加入していた。

このあと函館での育児日記などに、しばしば短歌を記し、二十二年四月には『新墾』の社友となっているから、この歌会に出席するまでに、十年の歳月が経っていることになる。

しかしこの十年間は、ふみ子が真正面から歌に取り組んだ時期とは言い難い。東京という都会で自由を満喫した学院時代、その後の祝福された結婚生活、そして育児と、ふみ子は世俗的な幸せに満ち、それだけに歌は趣味的な域を脱しなかった。歌に没入して己れを見詰めるほどの厳しさには程遠く、そのきっかけとなる環境の厳しさにも欠けていた。十年間は歌歴としてはあっても、実質はなかった。

だがいまは事情はかなり違っていた。

ふみ子にとって屈辱的な帰郷、故郷での人目を意識した日々、離れて暮す夫への感慨、それらはふみ子のなかで醱酵《はっこう》し、歌という抜け道を通してしか外へ吐き出す手段はなかった。このつまずきがなければ、ふみ子は一生、歌とは無縁の世界で安穏に暮していたかもしれなかった。

もっともこの時期になっても、歌を詠むことがふみ子の最大の関心事であったかというと、いささか問題が残る。

たしかに帯広で初めて短歌会に出てから、ふみ子は本気で歌に取り組む決心をした。いままでのように家事の片手間に歌を詠むのとは心構えから違っていた。

だがそのような気持にふみ子をかりたてた直接のきっかけは、初めての歌会で予想以上の好評を得て、気をよくしたからに他ならない。

気をよくした、まさしくふみ子はそれで真剣にやる気が起きた。それは小学校の生徒が先生に賞められてその教科に熱中するのに似て、幼稚で他愛なかった。だが自尊心の強いふみ子を動かすには、まずそのやる気をかきたてる必要がある。この点で諸岡は重要なきっかけを与えたともいえる。

初めての歌会で歌を披講し、好意的な意見を吐いたうえ、二次会にまで誘ってくれた。それはたしかに親切なことではあったが、歌を認めた者として、ごく自然のことでもあった。その程度のことなら諸岡ならずとも、他の披講者でもやってくれたかもしれなかった。

だがふみ子は諸岡との、この巡り合せに一つの運命的なものを感じていた。

あの人はわたしに興味をもっている……

ふみ子はそれを女の本能的な勘で察知していた。いま一人になって思い返してみると、初めの不遜《ふそん》とさえみえた諸岡の印象はあとかたもなく消え、逆に優しく、ふみ子を支えてくれる存在にみえた。歌では頼もしいが胸を病んでいる。しかも女のことでいろいろ問題がある。普通ならマイナスに見えるところが、ふみ子にはむしろ好ましくさえ見える。

それなら一層のこと、あの人をこちらへ惹きつけてやろうか、ふみ子の冒険心と負けん気が、むくむくと頭をもたげる。あの人の目をはっきりとこちらへ向けさせたい。急激にふくらみかけたふみ子の目的を達成させるには、さし当り歌に精進し、彼を驚かすのが最も手っ取り早い道である。

結果はともかく、ふみ子が歌に熱中しはじめた発端は、かなり我儘《わがまま》で単純なものだった。

帯広での歌会は毎月一度、第三土曜日の夕方に開かれた。この歌会はのち辛夷《こぶし》短歌会となったが、当時はまだ新墾支社帯広短歌会と呼ばれていた。

六月の歌会に続いて七月の歌会にもふみ子は祥子と連れ立って出席した。場所は前回と同じ、帯広神社社務所の奥にある大広間だった。

この時、ふみ子は一カ月間に詠んだ二十数首の歌のなかから、次の一首を選んで提出した。


水の中に根なく漂ふ一本《ひともと》の白き茎なるわれよと思ふ

今度も出席者は三十人近くいた。ふみ子はやはり村田祥子と並んで末席に坐った。同人達はすでにふみ子を知っていたが、ふみ子のほうで知っている人といえば祥子を除いて主宰者格の野原と諸岡くらいであった。

歌会は前回と同じように五人の披講者によってすすめられた。ふみ子の歌はうしろに近い二十五番目にあり、披講者は和泉《いずみ》という四十半ばの中学校の教師であった。

例によって和泉はふみ子の歌を二度詠み、それから批評に移った。

「これは一読してすぐわかるとおり、女性の歌だと思います。おそらくこの人はこれまでにいろいろな生活をしてきているのだと思います。ある時は喜び、ある時は悲しみながら、その都度、真剣に生きてきている。しかしある一瞬、ふと気付いて己れを振りかえってみると、自分は水の中にただよう、一本の根なし草のようなものではないか、という疑問にとらわれた。この場合は疑問というより、むしろ断定と考えていいのかもしれません。ともかくこの一首には難解な言葉は一つもありません。詠みながらすらすらと歌の意味がわかります。しかしその平易な言葉のなかに、已れを見詰め、あばき出そうとする厳しさが潜んでいます。私は近ごろ同人の歌がみな自分から一歩離れた、ぬるま湯というか、安全地帯のなかで詠まれているような気がしてなりません。上手にはなったが自分が傷ついていない。それからみるとこの歌は自分をはっきりとむき出している。小手先のごまかしや、逃げはない。歌の原点は已れに正直になることです。その意味で私はこの告白的な歌を高くかいたい。しかもこれだけストレートに自分を詠んでいながら抒情の波が少しも崩れていない。〝白き茎なる〟という表現は詠んでいると当然のようだが、この言葉をすらりと使うのは凡庸ではないと思います。この一句で揺れている女人の像があざやかに浮んできます、真摯《しんし》なかに華麗さと哀れさがある、よい歌だと思います」

和泉は話しながら時々ふみ子の方を見た。匿名ではあるが、これがふみ子の歌であることは意識しているようである。もっともそれは和泉だけではなさそうだった。野原も諸岡も、同人の主だった人達は、みなそう感じているようである。

村田祥子はふみ子の横で批評をききながら、諸岡とふみ子の表情を交互に探っていた。諸岡は腕を組み、その端正な顔を軽く右へ傾けた独特のポーズできいている。野原や他の主だった人達は、それぞれに歌を刷りこんだ紙を見ていたが、「最近、同人達の歌が自分から一歩離れたところで歌われている」という段になると一様にうなずいた。他の同人達は叱《しか》られているように頭を垂れたまま、時たまふみ子の方をうかがう。

一方、ふみ子は、両手を膝に置き目を伏せていた。賞められているというのに、肩をすぼめ、羞《は》ずかしくて顔もあげられぬといった風情である。

一カ月前、初めて歌会にでた時、ふみ子は大人《おとな》しくしてはいたが、絶えず辺りへ目を配っていた。自分の歌の評価はどうか、それに同人達はどのような反応を示すのか、好奇心が先走っていた。

ふみ子はいつも中心になりたい女であったが、いまのふみ子は、まるで見合の場にでもでたように楚々《そそ》として羞ずかしげに、例の涙の潤んだような眩《まぶ》しげな目を伏せ、細い首を垂れている。遠くから盗み見る男達はそれを〝白き茎〟というイメージとだぶらせて、さまざまな想像を抱く。女の祥子からみれば、それがふみ子の計算したポーズであることはわかるが、男達はそこまで気付かぬようである。

再び逢坂満里子が口をきったのは、和泉の批評が終り、同人の一人が和泉の意見にはぼ賛成だと述べてからだった。指名されると逢坂はちらとふみ子のほうを見てから言った。

「和泉さんがおっしゃるように、同人のなかに自分とは無縁のところで、歌をつくっている人がいることはたしかです。それを反省すべきだということもよくわかります。しかし已れを直截《ちょくせつ》に歌うか、間接的に歌うかは作者の資質のようなものもあります。直截だけがいいわけではなく、自然に託した間接的な詠み方のほうがはるかにいい場合もあります。それにこの歌に関していえば、たしかにこの歌は自分に正直な告白かもしれませんが、その内容は意外に漠然として不明瞭《ふめいりよう》です。考えてみたら、自分は水のなかに根のないままただよう一本の茎のようなものであった、というだけで、それ以上の深まりはなにもありません。淡々と調子がいいだけで抒情が平板で、これでは単なるセンチメンタリズムのような気がします。この歌は多分、前回、かなりの高点をえた女性のものかと思いますが、前回と同様、共通しているのは、歌に甘えがあり、抒情が上すべりしているということです」

逢坂はふみ子など眼中にないといったように和泉の方を向いたまま一気に言いきった。ついいましがたまで羞ずかしげに目を伏せていたふみ子は、話の途中からまっすぐ顔をあげ、睨《にら》むように逢坂を見ている。直接話し合わないが対立する二人の姿を、祥子はむしろ楽しんでいた。

逢坂の話が終った時、ふみ子の顔は少し蒼《あお》ざめ、なにかもの言いたげに唇の端を小刻みに震わせていた。

反論を受けた形で今度は和泉が答える。

「たしかに直截的ならなんでもいいというわけではありません。むしろ間接的にふくらみをもたせて詠んだものの方に秀《す》ぐれた歌は多いものです。ただ私がぬるま湯だと言ったのは、片手間に、自分を見詰めることなしに惰性でつくる傾向がありすぎるということです。それとこの歌の抒情性ですが、逢坂さんがおっしゃるような欠点はたしかにあると思います。しかし作者はまだ初心者だとしたら、その程度のことはやむをえないだろうと思うのです」

「わたしはこの作者が初心者かどうか、わかりません」

逢坂がいうと、座に笑いが流れた。歌会に出す歌が匿名である以上、作者を念頭におかずに、歌についてだけ話し合うのが原則であった。それを忘れて幹部クラスの二人が、ふみ子の歌であるのを想定した上でやりあうのがおかしかったからである。

「いや、私だってもちろんわかりません」

和泉が言い返したのでもう一度笑いが起った。座はそれで和み、披講は次に移った。

だがふみ子はなお、末席から向い側の上席にいる逢坂満里子を見ていた。逢坂はやや大柄だが色白で目鼻立ちのはっきりした女性であった。紺のワンピースに胸元の白いブローチのシンプルな服装が、その大柄な美貌《びぼう》によく似合った。年齢はふみ子より一つ年下の二十六だが、独身で、小学校の教師をしていた。有力な同人である山下《やました》の恋人だという噂もあったが、逢坂が『新墾』の女流歌人の第一人者であることは同人のすべてが認めていた。

ふみ子はその白く、冷やかな横顔を見ながら、いつかこの女性と正面切って対立する時がくると思っていた。

すべての披講が終ったのは、それから三十分あとだった。わずかの雑談があってから選歌の結果が発表された。

高得点をえた歌が必ずしもよい歌ではないとは承知していながら、今度もふみ子は落着かなかった。前回のようなわけにはいかないとしても、せめて逢坂よりは上になりたい。逢坂から批判を受けた時、発言できなかった腹いせを、ふみ子はそんなところで晴らしたかった。

結果は一位が谷本《たにもと》という同人で十三票、以下、山下九票、皮肉なことにふみ子と逢坂はともに七票で三位を分けあっていた。

三位の七票というのはほぼふみ子の期待通りであったが、一位の谷本が、歌をはじめて日が浅い人だと知ってふみ子は軽い不満を覚えた。これでは前回の二位もあまり意味のないことになってしまう。

「ほう」といった、驚きとも溜息《ためいき》ともつかぬ人々のつぶやきのなかで、ふみ子と逢坂は一瞬、顔を見合せた。逢坂もふみ子を意識していることは明らかだった。

今度も会は九時少し前に終った。皆は立ち上り、雑談を交わしながら出口へ向う。ふみ子が靴台へ近づいた時、また諸岡が近寄ってきた。

「今日は時間がありますね」

ふみ子は今夜こそ誘われたら二次会に行こうと、家を出る時から決めていた。子供は母に頼み、帰りは十時くらいになると、言ってきてある。

「じゃあ、マルマンマーケットの〝まりも〟という店に来て下さい」

「マーケット？」

ふみ子がきき返したが、諸岡は「そこの〝まりも〟です」と短く答えただけで、素早く出口の方へ消えた。

ふり向くとうしろに祥子が立っていた。

「行くのでしょう」

祥子は諸岡がこの前と同じように、ふみ子を二次会に誘ったのだと勘違いしているようである。だが諸岡が言ったのは、同人の家とは別であった。〝まりも〟で一人でふみ子を待つという意味らしい。

「わたし、帰るわ」

「あら、そんなことしたら折角、声をかけてくれた諸岡さんに悪いでしょう」

「諸岡さん、別のところで待っているの」

ふみ子はこの前の意地悪の腹いせに、はっきり言うと、一人で大通りのほうへ歩きは間《いっけん》じめた。

戦後すぐ帯広の街にはいくつかのマーケットができた。いずれもバラック建ての一間《いっけん》四方にも満たぬ小店が並び、食料品や衣類などが売られていた。

このうち中心街に近い西一条九丁目にあったのが、マルマンマーケットであった。初め千島《ちしま》や樺太《からふと》からの引揚者が店をはじめて賑《にぎ》わい出したのだが〝まりも〟という店はそのマーケットのはずれにあった。店は幅半間、奥行数間の細長いスタンドバーで、地方新聞の記者や放送局員、歌人等、いわゆる帯広の文化人のたまり場でもあった。

これまでふみ子はこうしたバーに行ったことはなかったが、マーケットの一角に、バーや食物店が並んでいることは知っていた。

そのあたりは帯広でも賑やかなところで夜でも人通りが多かった。ふみ子はゆっくり歩き、十数分でその店に着いた。木のドアを押してなかへ入ると、諸岡はすでにスタンドの端でコップ酒を飲んでいた。

店には諸岡の他に五、六人の客がいたが、ふみ子が入ると一斉に振り向く。それらの視線のなかを、ふみ子は体を小さくして諸岡の横に坐った。

「村田君はどうしました？」

「二次会に行きました。諸岡さんは行かなくてもよろしいのですか」

「かまいませんよ。それよりあなたはお酒は飲めますか」

「駄目なんです」

「まあ、少しならいいでしょう」

諸岡はかまわず、酒を注文した。スタンドの向うには丸顔のママらしい人と若い女性が立っていた。

このころはまだ食糧の不足な時代で、酒はかなり出廻《でまわ》ってはいたが、いまのように良質なものは少なく、大半が合成酒であった。ジュース類も二、三種類にかぎられ、ラムネかサイダーがあった程度で、ウィスキーやビールはかなり高価なものだった。〝まりも〟でも常連が飲むのは合成酒か、せいぜい二級酒だった。

ふみ子は酒がまったく飲めないわけではない。東京の家政学院時代、悪戯《いたずら》に一合ぐらい飲んだことがあるし、結婚してからは夫が家で飲むのにつき合ったこともある。合成酒ならともかく、清酒なら口当りがよく飲めそうな気もした。しかし夫の生活が荒れ酒に浸るようになってから、ふみ子自身はかえって酒とは無縁になった。

諸岡は酒をあおるように飲む。味を楽しむというより酔うために飲むといった感じである。

「今日のあなたの歌にも僕は感心しました。逢坂君があんなことを言ったけれども、僕は必ずしもあのようには思いません。抒情が上すべりだといっても、あれはあれでいい。いまはそのまま素直に詠んでいけばいいんです」

前回も逢坂の反論があったところで、うやむやに終っていたが、今日こそはゆっくり自分の歌についてきいておきたいとふみ子は思った。

「わたしのは、まだまだ未熟ですから」

「そんなことはありません、今日の歌の〝白き茎なる〟にせよ、この前の〝涙壺〟にしても、あんな言いまわしがすらすらでるのは尋常ではありませんよ、あなたは絶対に素質がある」

「そんな、お世辞は止《よ》して下さい」

正直、ふみ子はいささか羞ずかしくなった。

「あなたの歌には、なんとなく詠む人を酔わせる一種の酩酊《めいてい》感とでもいうべきものがあります。うまい歌や感動させる歌は、長い間やっていればある程度つくれるようになるものです。しかしこの酩酊感というのは、そう簡単にできるものではありません、こうした感覚は努力というより生れつきの才能に近いものですが、あなたにはその才能が備わっている」

相変らず諸岡の話はふみ子にはきき易《やす》い。きいているうちに、なにか自分が本当に才能があるように思えてくる。しかしその言葉には、ただふみ子をおだてるとか媚《こ》びるといった感じだけではない、本心からそう思っているのが感じとられる。その真面目《まじめ》な態度がふみ子には快かった。

「あなたが入ってくれたおかげで、歌会が急に活気づきました」

「そんなことはありません」

「いや、本当ですよ、いままでは毎回同じような歌を、ああでもない、こうでもないと言うだけで、新味がなかった。それがあなたの歌で刺戟《しげき》された」

「わたしは盲蛇で、怖いもの知らずに歌っているだけです」

「それがいいのです、いまの歌壇は東京も地方も、古い殻にばかりこだわって沈滞しきっています。現に僕達のところだってくだらん技術論などを言う人が多すぎます。あなたにケチをつけた逢坂満里子だって、もっともらしいことを言っていますが、あれはあなたに嫉妬《しっと》しているのです」

「わたしみたいな新米にですか」

ふみ子は愕《おどろ》いてみせたが、諸岡の言うことはわかっていた。

「それがあるんです。あなたがでてきたおかげで、彼女の女流ナンバーワンという地位も危うくなる。彼女はそれを怖《おそ》れている。あなたはいまやスターだから」

「いやだわ」

ふみ子は肘《ひじ》で軽く打つ真似《まね》をしかけて、慌てて手をひいた。なに気なくした仕草だったが、諸岡とはまだ歌での先輩と後輩という間柄でしかなかった。

「とにかく歌壇には尻《しり》の穴の小さい、くだらないことを言う人が多すぎます。でも一方では誠実に新しいものを求めている者もいるのです。新しく強烈なものを」

諸岡は残っていたコップ酒をぐいと飲み干した。色白の顔の目元だけが桜色に色づき、それがかえって胸を病む人の弱々しさを思わせた。気負いのなかに弱さのある、こんなタイプの男がふみ子の好みであった。

「そんなにお飲みになって大丈夫？　胸が悪いんじゃないのですか」

「誰かにきいたのですね」

諸岡は急に萎《な》えたように、空になったコップを持ったまま目を伏せた。男にしては長すぎる睫《まつげ》が黒い影を落している。ふみ子はその研ぎすまされた横顔を見ながら、諸岡を養っているという看護婦のことを思った。

「こんなに遅くなってよろしいのですか」

「よくはありません」

「じゃあ、もう……」

カウンターの端の壁に下っている時計はすでに十時を示していた。

「遅れたら裏口から忍び込むから心配はいりません。もう何度も入院しているから、病院のことはすみからすみまで知っています」

酔いだすとどこまでも崩れていく性質なのか、諸岡の返事はなげやりである。もっとも、その端正な顔のなかのなげやりなところが、女達の母性愛をそそるのかもしれない。

「そんなことをしていたら、追い出されるかもしれませんよ」

「いいんです、どうせそのうち出るのですから」

諸岡は駄々っ子のように首を左右に振る。

「出てどこへ行くのですか?」

「帯広療養所に移るのです」

「帯広療養所へ?」

「手術をするのです。この右の胸にプラスチックの玉が入っているのを摘《と》るのです」

諸岡は自分からワイシャツの右の襟元を軽く開いてみせた。

「ご存じないかもしれませんが、一時、肺の空洞をおしつぶすのに玉を入れる手術が流《は》行《や》ったのです。そんなもので治るわけもないのに、その手術を受けて、挙句の果てに今度は結果がよくないからとり出すというのです。言ってみりゃ僕らは実験台になったようなものです」

情熱家らしく、話し出すと諸岡は熱っぽい。

「そんなことをして大丈夫なのですか」

「大丈夫であろうとなかろうとしないわけにはいきません。このまま入れておいたのでは悪くなるばかりです」

諸岡はまた新しく酒を注文する。

「奥さんが同じ病院にいらっしゃるから、遅れて帰っても平気なのですね」

「えっ……」

一瞬、諸岡はふみ子を見た。

「知っていたのですか」

「ちょっとおききしたのです」

「お節介なのがいるもんだ」

諸岡は軽く舌打ちしてから、

「いくら夫婦でも、病院では看護婦は看護婦で、患者は患者です」

「でも、入院してまでそんなきれいな奥さんを傍《そば》におけるなんて羨ましいわ」

「いい加減なことは言わんで下さい」

「どうして？　奥さんが看護婦さんで、同じ病院にお勤めなら、こんな好都合なことはないじゃありませんか」

「そんなに好都合なら、僕が病院を移るわけはないでしょう。僕が病院を移るのは、もうあんな病院には一日もいたくないからです」

吐きすてるように言うと、諸岡はまたグラスの半ばまで一気に飲みこんだ。色白の首に鋭くつき出た喉仏《のどぼとけ》が激しく上下する。飲み終ると諸岡は目を閉じ、しばらく苦しげに荒い息をくり返す。ふみ子はその呼吸がおさまるのを待って尋ねた。

「奥さんとなにかあったのですか」

「それもあなたはきいて知っているのでしょう」

「なにも知りません」

「知らないのならいい、教えて自慢になることじゃない」

「なんでしょう、教えて下さい」

「止《や》めましょう」

諸岡はきっぱりと言うと顔を上げた。咳《せ》きこんだせいか、目にはかすかに涙が滲《にじ》んでいた。

「もっと楽しいことを話しましょう、今度、ぜひ病院へ遊びに来て下さい。二階の東棟の二一二号です。六人部屋ですが、みな気さくな連中ばかりですから、遠慮はいりません」

「でも、奥さんが……」

「そんなものはかまわないと言ったでしょう」

諸岡は怒ったように言うと、再びコップ酒を飲みこんだ。ふみ子はその酔いでやや蒼ざめた顔を見ながら、看護婦だという妻をけなす諸岡が子供のようにいじらしく思えた。

二人が店を出たのは十一時を過ぎていた。

外へ出ると瞬間、冷気が頬をかすめた。七月の半ばを過ぎていたが、北国の夜にはまだ底冷えがあった。

諸岡の足どりは心もとない。両手をポケットにつっこみ右肩下りに歩く。まっすぐ歩いているつもりらしいが時々左右へよろける。右肩下りなのは右の肋骨《ろっこつ》を切除したためらしいが、よろけるのは、酔いのせいに違いない。入りこんだマーケットの小路《こみち》を出るとすぐ広い三条通りに出た。

賑やかだったのは小路の一角だけで、表通りはすでに寝静まり、街灯の明かりだけが手持ち無沙汰《ぶさた》に並んでいた。

「あなたの家はどこでしたか、送っていきますよ」

「わたしのところは近いから平気です。それより諸岡さんのほうを先に」

「僕のほうは心配いりません、慣れてますから」

言った瞬間、諸岡の上体がぐらりと前に傾いた。

「わたしが送っていきます。さあ行きましょう」

ふみ子はかまわず諸岡の腕をとった。

「いかん、女性に送られるなんて、いかん」

腕をとられながら諸岡はなお、さからおうとする。

「わたしのことならかまいません、わたしは酔っていないし、病気でもありませんから」

「しかし、こんな夜道を」

「わたしのようなお婆《ばあ》さんを襲う人はいません」

ふみ子は笑いながら言ったが、正直なところ帰り道のことを思うとあまりいい気はしない。だがここで諸岡をつき放すのはいささか酷である。勝手に飲んだとは言え、もとはといえばふみ子と話したいために酔ったようなものである。

二人は広い三条通りを十勝川の方へ向って歩きはじめた。通りには人影はなく、低い家並だけがどこまでも続く。音といえば砂利まじりの道を行く二人の跫音だけで、あとは時たま遠くで犬の遠吠《とおぼえ》がきこえる。月は十三夜に近いが流れる雲がおおい、時たまその輪廓《りんかく》だけをのぞかせている。

ふみ子は諸岡と並んで歩きながら、一瞬、自分が妻の身であることを忘れた。今日初めて二人だけで逢い、夜道を行くのに、もう大分前からつき合ってきた男性のように思える。少なくとも歌会の幹部として遠くから眺めていた人物とは思えない。

それは多分、酔って諸岡がさまざまなことを喋《しゃべ》ったからに違いない。それでふみ子の気持もほぐれた。だがそれ以上に諸岡にはなにか女性を不安にさせる、母性本能をくすぐるようなところがあった。このまま放置しておくとどこまでも崩れていく、そんな心配をさせるところがある。

もちろん諸岡はそうした態度を意識的にとっているとは思えない。女性の世話になっているうちにいつのまにか、そうした状態に慣れ、本能的に甘えるすべを覚えた、醒《さ》めてみればそう考えることもできるが、いまのふみ子にはそんな意地悪な見方はできなかった。

南一丁目まで来て角を曲ると川の音がきこえた。そこから堤へ出て川沿いに五百メートルも行けば療養所であった。夜のなかに光る川を見ながら二人は堤を歩いた。

ここまで来れば家々の灯も少ない。草いきれと土の匂《にお》いだけが辺りをおおう。

二人はほとんど無言のまま歩いていた。別に話すことがないわけではないが、ふみ子はいまはなにも話さず、ただ風に吹かれていたかった。

行手に大きな茂みが見え、その先に一つ明かりが見えた。療養所の入口であった。二人は堤から坂を下り、その明かりの手前で立ち止った。

正門の低い石塀の先に、木造の二階建てが見える。闇のなかで、それは黒い翼を羽搏《はばた》かせた鳥のように左右に拡がっている。ふみ子はそのなかへ帰っていく男と、そこで待っている女のことを思った。

「それじゃおやすみなさい」

「いや、やはり僕が送っていこう」

「いいから、早く奥さんのところにお帰りなさい」

「中城さん……」

突然、諸岡が呼んだ。

「あなたがそんなことを言うのなら、はっきり言いましょうか。僕達はそんなにうまくはいっていないのです」

諸岡はそこで上体を石塀にもたせかけた。

「いいですか、僕のワイフはここの医者と浮気をしているのです、僕がこの病院を出るのはそのためです」

「まさか……」

「嘘や冗談でこんなことを言えますか、こんな羞ずかしいことを……」

諸岡の酔った目がまっすぐふみ子を見ている。

「ごめんなさい……」

ふみ子が言いかけた瞬間、諸岡の手がふみ子の肩口に伸びてきた。

「いけません、さあ」

ふみ子は軽く身を退《ひ》くと、そのまま生垣の前の道を小走りに戻りはじめた。

3

七月の歌会のあと、諸岡とふみ子の二人が〝まりも〟で逢ったということはたちまち同人の間で拡がっていた。

小さな街で、歌人の仲間が行く店に行ったのだから、ある程度、噂になることは、二人とも覚悟していた。いや、覚悟していたというより、諸岡はむしろ噂になるのを期待していたような気配もある。

胸の再手術を控え、妻に裏切られたと思いこんでいる諸岡は、飲むと次第に自棄《やけ》気味になり、最後は怖いものはなにもないといったありさまである。

だが、ふみ子はそうはいかない。なんといってもふみ子は女であり、別居しているとはいえまだ妻であった。それに両親は古くから帯広に住み、客相手の商売であった。その別居中の娘が、子供を忘れて他人の夫と仲が良いといわれては、ふみ子だけでなく店にも傷がつく。さらには妹達の縁談にも差しつかえる。

もっともふみ子が、そんな噂があるのを知ったのは、かなりあとのことだった。噂が流れるかもしれないと思いながら、実際にそれを耳にしない以上、当人としては大丈夫だと思いこむより仕方がない。

二度目に逢ってから半月後、ふみ子はそんな噂になっているとは知らず十勝療養所に諸岡を訪ねた。手土産《てみやげ》に新しく出たメロンを持ち、歌会のあと急いでつくったフレアーの多いワンピースを着ていった。

午後二時を過ぎ、妹の敦子が帰ってきてからでかけたので、療養所に着いたのは三時を少し過ぎていた。玄関から、二階へ向う。

病室はきいていたとおり六人部屋で、諸岡は三人ずつ向いあったベッドの右の窓側に寝ていた。

ふみ子がドアをノックして入った瞬間、諸岡は読んでいた本を伏せ、「やあ」といって起き上った。

「ご迷惑でしたか」

諸岡は慌てて浴衣《ゆかた》の襟元を合せると、ベッドの横の丸椅子《まるいす》を差し出した。

「さあさあ、坐って下さい」

「これお土産」

ふみ子はメロンを差し出してから、

「もっと早く伺おうと思ったのですけれど、来る以上は歌を作ってきたいと思ったものですから」

「それは楽しみだ」

諸岡はメロンを受けとると、二、三度撫《な》で、それから枕頭台《ちんとうだい》の上に置くとベッドの端に坐った。着物姿の諸岡を見るのははじめてであったが、端正な顔立ちに白い浴衣はよく似合った。

療養所に、着飾った女性がくるのは珍しいのか、他の患者達もこちらをうかがっているが、諸岡は慣れているのか気にする様子はない。

「この前は遅くなったけど、大丈夫だった？」

「あたしのほうは平気です、それより諸岡さんは」

「例によって例のごとしさ」

諸岡は他人《ひと》ごとのようにかすかに笑った。細く白い指も、皮肉じみた笑いも、ここで見るといかにも胸を病む患者らしく、脆《もろ》く虚《むな》しげに見える。こうした消毒くさい繊細さを好むのは、ふみ子が健康である証拠かもしれなかった。

「あなたから電話でもないかとずっと待っていたんです」

「かけたかったのですが、なにか怖くて」

「あのことは心配ないと、言ったでしょう」

諸岡はふみ子の怖いというのを、妻のことだととったようである。しかしふみ子が恐れていたのは他人より自分自身であった。動き出したらなにを仕出かすかわからない、もう一つの自分のほうが怖かった。

「歌を見ていただけますか」

ふみ子は手提から歌を書いてきたノートを取り出した。

「やっぱり、あなたのことを妬《ねた》んでいる人がいますよ、この前、同人の一人がきて言っていたのですが、ある女性は、あなたがこの前のような歌を故意につくって男の人達の気持をひいている、と言っているそうです」

「でも、あたしは……」

「わかっています。そんなことは気にしないことです。嫉妬する人はどこにでもいるものです」

「そんなことどなたが言うのでしょう」

「誰でもいいでしょう。これからはそんなことをきいても平気でいられる神経を養うことです。とやかく言ってもこの世界は結局才能のある人が伸びるのです。嫉妬するより、される人が上なのです」

ふみ子はうなずいたが、実際にそんなことを言われているかと思うといい気持はしない。

諸岡は単なる妬みだというが、「人の気をひくために……」というのは、満更当っていないわけでもなかった。六月の歌会に出したのはともかく、七月に出した「水の中に根なく漂ふ一本の白き茎なるわれよと思ふ」という歌を作った時には、そうした気持がなかったとはいいきれない。その時は意識しなかったが、こうすれば大方の賛辞を得られるのではないか、といった打算がまったくなかったといえば嘘になる。

そんなふみ子の気持は知らぬ気に、諸岡はノートの一首ずつを小声で詠んでいく。

そのなかにも、人の気をひく目的で作った歌がいくつかある。諸岡はそれを知らないのか、それとも知ったうえで、他人が言ったようにして遠まわしに注意をしているのか、そのあたりのことはわからない。ふみ子はいたたまれない気持になって、

「メロンを切ってきましょうか、なにかお皿でもありますか」

諸岡は枕頭台のなかから大皿を一つ取り出した。

「流しは廊下を出て右手です」

ふみ子はすぐメロンと皿を持って病室を出た。

療養所の流しは木造で、かなり古びていた。ここで何人もの結核患者が顔を洗い口をゆすぐかと思うと、少し気持悪いが仕方がない。

メロンを切りながら、いろいろなことを考える。

諸岡はもう読み終ったに違いない、今度の歌はなんといわれるか、自信と不安が交錯する。

十分ほどで病室へ戻ると、そこに看護婦がいた。ふみ子は瞬間、部屋の空気が緊張しているのを感じた。看護婦は諸岡のベッドとドアの中間にいてふみ子を振り返った。

「あなたがお見舞の方ですか」

ふみ子は看護婦の顔を見ながらうなずいた。まだ二十そこそことしか見えない。小さな顔のなかの大きな目に、気性の強さが現れている。

「面会は四時までですから、お帰りになって下さい」

「おい」

うしろから諸岡が声をかけた。

「なにもそんなうるさく言う必要はないだろう」

「でも、規則は規則ですから」

「わかっているよ、この人はいま来たばかりなんだ」

「面会時間は過ぎていますから、用事が済んだら早目にお帰り下さい」

看護婦はそれだけ言うと、ドアを強く閉めて出ていった。

「うるさい奴《やつ》だ」

諸岡が照れたように笑う。

ふみ子はメロンを盛った皿をゆっくりと枕頭台の上に置いた。

「奥さんなのですね」

歌より看護婦のことのほうが、いまのふみ子には重大だった。

諸岡は少し間をおいてからうなずいた。他の患者がきかぬふりをして耳をそばだてているのがわかる。

「きれいな方ね」

ふみ子はできるだけ落着いた声で言った。

「気ばかり強くて困ります」

「でも、美しい奥さんじゃありませんか」

褒めながらふみ子は、あんな小娘に負けてたまるかと思った。

「あいつは、ああいうことを平気で言うのが癖なのです。気を悪くしたら許して下さい」

「いいえ、面会時間を考えないできたあたしのほうが悪いのです」

「あれは看護婦としていっているのです。まずメロンでも食べましょう」

「あたしも、そろそろ時間ですから失礼します」

「歌はどうします。折角もってきてくれたのにまだ批評もしていませんよ」

「よろしかったら置いといて下さい。家には書きうつしたのがありますから」

「でもノートが必要でしょう」

「今度は時間内に、出直してきます」

「とにかく、玄関まで送っていきましょう」

諸岡は醒めた顔でスリッパをはき、ふみ子と並んで廊下に出た。面会時間が終ったせいか、他の病室からも見舞客らしい人がぞろぞろと出てくる。二人は木造で軋《きし》む廊下を階下の出口へ向った。

「あの方が、お医者さんと浮気をなさっていると言うのですか」

「ここの院長です」

「あたしは、あの方はあなたを愛していると思うわ」

「いや、証拠があるのです。一緒に街を歩いているのを見たという人がいるのです」

「お勤めが同じなら、それくらいのことはあるでしょう」

「それだけじゃありません、夜遅く、二人で院長室にいたのを見かけた人もいるのです」

「それも仕事かなにかの打合せだったんじゃありませんか」

「あなたは他人のことだと思って気軽に考える」

諸岡は少しむっとしたように言った。

「でも仲は良さそうじゃありませんか」

「変な言いがかりは止めて下さい」

「言いがかりかしら」

ふみ子は無理に笑いをつくった。

「あなた方はまだ愛しあっているのよ」

「もしそうなら、あんな喧嘩《けんか》をするわけはないでしょう」

「違うわ、喧嘩をするほどあなた方は愛しあっているのよ、本当に愛していないのなら喧嘩なんかしないし、口もきかないでしょう」

ふみ子は駅の裏手に住んでいるらしいという別居中の夫のことを思った。この数年、夫との間に争いらしい争いはなかった。外見だけ見れば淡々とした夫婦に見えるが、それは争う気力も失《う》せたあとの沈静であった。

「あなたは僕の立場の苦しさをわからないのだ。病気で医者と看護婦の世話にならなければならない僕のやりきれなさを」

「それはわかります。でも歌にはそのほうがいいんじゃありませんか」

「あなたは残酷なことを言う人だ」

　諸岡がふみ子を見据えたが、ふみ子はかまわず一礼するとドアを押して外へ出た。半月前、諸岡を送ってきたときに見たポプラの樹《き》は、夏の斜陽をうけ、無数の葉が小波《さざなみ》のように揺れていた。

第三章　幻《げん》　暈《うん》

1

北国の短い夏が過ぎ、やがて秋が訪れた。

九月に入ると、帯広では朝夕はストーブが恋しくなる。来るべき冬に向って、人々は自然に追われる気持になる。

同じ街に棲《す》んでいるだけに、離れていても夫の消息は人伝《ひとづ》てにきこえてきた。新しい会社で、夫はやはり木材を仲買いするブローカーをやっているらしい。

新しき妻とならびて彼の肩やや老けたるを人ごみに見つ

別れたる夫と出会ひし砂利の道さりげなくしてわれよ落着け

衿《えり》のサイズ十五吋《インチ》の咽喉仏《のどぼとけ》ある夜は近き夫の記憶よ

なんの仕事であれ元気に働いていてくれるといい。いまはただ静観するよりない、そう思っていると、突然ふみ子の留守に電話をよこして、子供が欲しいと言ったという。うわべは強がっているが、淋《さび》しがりやの夫の言いそうなことであった。

「どう、もう一度やり直す気はないかね」

九月のはじめ、見計らったように母が言った。

「もういいの、放《ほ》っといて」

「そんなことといっても、いつまでもこうしておくわけにはいかないよ」

母は二人が一緒になることをまだ諦《あきら》めていないようである。

「札幌のお母さんも、やはり別れるのなら子供が欲しいらしいよ」

中城の実家は札幌にあって、両親とも健在であった。

「子供なぞ渡す必要はないわ」

「だけどお前だけの子供でもないからね、こちらだけで勝手にするわけにもいかないだろう」

「あんないい加減な人に子供を渡せると思うの。渡された子供こそ、いい迷惑だわ」

「でも姓は中城だからね、向うにとっても大切な孫なのだから、お母さんが養うのでしょう」

「姓がなんであっても、産んだのはあたしよ、子供達はみんなあたしのほうについてるわ」

ようやく野江の家にも慣れてきた孫達を離す気になれないのは、母のきくゑにしても同じであった。

「あんたの気持もわかるけど、三人ともおいておくというわけにはいかないんじゃないの」

「じゃあ、どうするの、三人のうち誰《だれ》か一人を向うに渡せというの」

「そのあたりは、やっぱり弘一さんと相談して決めなければね」

母がいまになっても、元に戻るのを諦めないのは、こうした煩雑さを思ってのことのようでもある。

「とにかくもう一度、考え直してみる気はないかい」

「母さんは黙っていて、あたしが直接いって話してくるから」

何故《なぜ》急に夫に逢《あ》うつもりになったのか、ふみ子は自分でもわからなかった。すでに夫に愛着はなかったし、求めているものもない。子供のことで話しあうなら当人同士より、第三者に中に入ってもらったほうがスムーズにゆく。

そんなことを承知で逢ってみようとする。直接逢えばなにか解決がつきそうな気がする。それはなお残っている夫への甘えなのか、あるいは夫のなかに残っている自分の影を見定めようというのか、ふみ子は断ち切れたと思って、なお残っているらしい夫婦の絆《きずな》に驚きと怖気《おじけ》を覚えた。

夫が駅裏の木材工場の近くに住んでいることは母からもきいていた。一度近くを通ったが、辺りを見ないようにして通りすぎたことがある。だが今度ははじめから目的があった。

秋雨のあがった夕方、ふみ子は一人で夫の別居先を訪ねた。家はきいたとおり木材工場の横手の古びた一軒家だった。玄関口に「中城」と木の表札が出ている。小さく開けて「ご免下さい」と声をかける。

「はあい」

奥で若い女の声がした。出てきたのは意外にも二十四、五歳の女性だった。小柄な童顔で、派手なピンクのワンピースがよく似合った。

「どなた?」

顔を見合せた瞬間、女はふみ子と察したらしい。答える目が油断なく身構えている。

「中城の妻ですが、主人にちょっと、用がありまして」

「あたしではいけないのでしょうか」

ややや受け口の女の唇の端が小刻みに震えている。

「中城に用事があるのです」

ふみ子がいったとき、奥から弘一が現れた。ステテコにシャツという寛《くつろ》いだ姿である。

弘一は一瞬、ふみ子を見て立ち止ると、横にいる女性に「奥に入っていろ」といった。

女はもう一度、ふみ子を一瞥《いちべつ》してから、奥へ消えた。

「あの人と一緒なのですね」

「時々、掃除にきてもらっているだけだ」

「もう嘘《うそ》をつかなくてもいいわ、わかりました」

ふみ子はくるりと背を向けた。

「なんの用だ」

「子供はあなたにお渡ししません、それだけを言いにきたのです」

「おい……」

弘一が呼び止めたが、ふみ子はかまわず夕暮の道を駈《か》け出した。

もう駄目だ……

その夜、ふみ子は一晩中泣き続けた。泣いて涙が涸《か》れると、かえって諦めがついた。

半月後、夫が仕事の関係で札幌へ移ったときいたが、その時にはふみ子はもう涙は出なかった。夫はもはや自分とは無縁の存在だといいきかせる。

だがそうは思いながらも、心の奥深い一点では、なおわかち難い、諦めきれぬ一部分もあった。

夏から秋へ、札幌の中城の実家からは、ふみ子に宛《あ》てて頻繁に手紙がきた。手紙の内容はひたすら子供を寄こして欲しい、ということであった。上の二人が物心ついてすでに無理なら、三男の潔だけでも欲しい、というのである。

九月の末にはついに仲人がきて、離婚するしないにかかわらず、やはり末の子供だけは渡すのが筋ではないか、と言いにきた。中城家は男は弘一だけで、その跡継ぎとしても男の子を欲しがるのは無理もなかった。

「それ、あの人がいうの？」

「もちろん、弘一さんが一番望んでいることです」

「おかしな人だわ」

不思議なことに、夫は子供を欲しいといってくるが、離婚しようとはいってこない。新しい女と一緒なら早く離婚したほうがいいだろうに、そんな素振りはまったくない。

ふみ子の手許《てもと》にいる子供達に未練があるのか、あるいはまだふみ子にいくばくかの愛情を残しているのか、弘一にははじめから、こうした優柔不断なところがあった。口では強いことをいいながら、いざとなると動かない。

ふみ子はその優柔不断にあきれながら、一面それに安んじているところもあった。夫が離婚のことについていってこないのに甘んじて籍はそのままにしておく。そこには子供達の姓を変えることへの戸惑いもあったし、離縁された女になることへの怖《おそ》れもあった。

「やっぱり渡さないわけにはいかないでしょう」

母のきくゑもついに折れた。情はともかく、末の潔だけでも渡すべきだという意見が大勢を占めた。

「わかったわ」

最後にふみ子がうなずいた。

「潔だけ渡せばいいわけね」

ふみ子はそれが一つの愛が終るための代償なのだと思った。愛の終末は自分だけでなく、周りの人まで傷つけていく。今度のことは子供達の、そしてなにも知らぬ潔を一番傷つけるようである。

だがふみ子はそれで一つのけじめがつくのなら仕方がないと思った。手放すことで子供が幸せになるか否かはともかく、親は親なりに正直に生きた。そのことは、やがて子供達がわかってくれるに違いない。それを評価するのは子供達自身で、裁かれるのは自分である。裁かれるのを逃れるつもりはない。

翌日、ふみ子は潔を一人連れて汽車で札幌へ向った。帯広を朝早く発《た》って、札幌に着いたのは午後三時であった。車中でよく眠った潔は電車が走る広い通りの札幌の街を、珍しそうに見廻《みまわ》した。

ふみ子は駅からまっすぐ、車で中城の家へ行き、そこで潔を義母に手渡すと、ミルクとおむつをおいてすぐ駅へ戻った。この日、九月三十日は潔のちょうど満二歳の誕生日であった。

初秋の札幌は空が高く、山が近づき、風にポプラが揺れていた。ふみ子はその空の高みを見ながら、これで一つの愛がはっきりと終ったのを知った。

2

この秋、ふみ子との愛に熱中しながら一方で諸岡は新しい歌誌をつくることに奔走していた。すでに前年の春から、諸岡は自分の入院している十勝療養所に歌誌『銀の壺《つぼ》』を興し、活潑《かつぱつ》な活動を続けていたが、この秋に野原・渡辺《わたなべ》らを誘い、『辛夷《こぶし》』が低迷するいま、全十勝の歌人を糾合《きゆうごう》して、新しい綜合《そうごう》歌誌を発刊してはどうか、ともちかけた。『銀の壺』には諸岡の他《ほか》に同じ療養中の患者である舟橋精盛、泉兵三郎《いずみへいさぶろう》、病院職員の山下祥介《やましたしようすけ》、寺師治人《てらしはるひと》らを加え、他に外部から中山郁代《なかやまいくよ》、林田礼子《はやしだれいこ》、中城ふみ子らをふくめ、十勝地区の病院短歌グループとしては、最も有力なものであった。

野原はこの諸岡・舟橋らの申し出を検討した結果、『潮音』『新墾《にいはり》』所属の歌人、それに『くるみ』『曠野《こうや》』『銀の壺』の人々、さらに土蔵培人《とくらばいじん》、菊地蒼村《きくちそうそん》、新田寛《にったひろし》ら十勝地区の有力歌人に呼びかけ、二十六年一月、超結社誌『山脈《やまなみ》』が創刊された。

この創刊号には実に百十九名の歌人が出詠し、山下祥介が代表に、野原・舟橋・諸岡・三宅等《みやけら》、七名が編集委員になった。まさに全十勝の歌人が大同団結したものであり、これにより各療養所にあった短歌グループ、歌会、機関誌等はほとんど解体して『山脈』に集まった。

『辛夷』に出詠するかたわら、諸岡の誘いで『銀の壺』にもくわわっていたふみ子は、当然、この『山脈』に参加することになった。

昭和二十五年の秋から冬へ、諸岡が『山脈』創刊に奔走していたころ、ふみ子は彼に対する相聞歌《そうもんか》を数多くつくった。

恋に一つの絶頂期があるとするならば、この時期こそ、まさしく二人の恋の頂点であった。

夫との別れというけじめもついて、ふみ子は一途《いちず》に諸岡にのめり込んでいく。

月に一度の歌会のあとの逢瀬《おうせ》ではあき足らず、週に一度から、さらには三日にあげずデートを重ねる。

初めはただ逢って、喫茶店で話し合うか、軽く飲むだけだったのが、十月の末に、諸岡から十勝川温泉に誘われて以来、二人は単なる恋人同士ではなくなっていた。

諸岡の愛人、ふみ子はこの愛人という言葉が、かなり気に入っていた。妻でもない、といって古臭い妾《めかけ》でもない。愛しながら相手に隷属しない、独立した対等な形で相手を愛していく、この言葉には、そうした、新しく前向きな響きがある。

たとえ諸岡が望んだとしても、ふみ子はもう結婚する気はなかった。三人も子供がいて無理なことはわかっていたが、それ以上に、結婚という形で色褪《いろあ》せていく男と女の関係に疑問があった。

無理に夫婦となって傷つけ合うより、愛人という新鮮さのなかで愛し合ったほうがいい。

だがそれはふみ子の一方的な考えで、小さな街の常識的な感覚はそれを許さない。

「あまり、馬鹿《ばか》なことはするものじゃないよ。弘一さんはいなくても、あなたは子供が三人もいる母親なのだからね」

人伝てに噂《うわさ》をきいて、母のきくゑが注意する。

「あの人は、ただの歌の仲間よ」

そんな言い訳をしても嘘であることは、母はとうに見抜いている。

夜、子供達が寝静まったあとでこっそりと抜け出ていく。いままでは月に一度の歌会であったのが、打合せだとか、臨時総会だとかいって、しきりに出ていく。だが、それがつくられた口実で、諸岡と逢うためであることは母のきくゑにも薄々わかる。

店の留守番などしながら、ときどき金庫からお金をくすねていることもわかっている。それが、諸岡との逢瀬のホテル代になっていると想像もつきながら、夫と別れた不憫《ふびん》さを思うと、厳しく責める気にもなれない。

どう隠したところで、母の目には娘の変化は微妙にわかる。

店の仕事を手伝い、育児をしながらも、ふみ子の動きはいきいきとしている。ときには母の目にも戸惑うほど、艶《なま》めかしく見えることもある。「羞《は》ずかしいことはしないように」といいながら、二十八の女盛りであれば、それも仕方ないのかと思ったりする。

熱き掌《て》のとりことなりし日も杳《とほ》く二人の距離に雪が降りゐる

いくたびか試されてのちも不変なる愛は意志といふより外なく

見えぬものに鬼火もやして蠟とくる淋しき音ともきみの咳きく

これらは「ある終章」と題して、のちにふみ子の代表的歌集『乳房喪失』に収録されたものだが、発表されたのは『山脈』創刊号と二月号だけで、以後『山脈』にも他誌にも、諸岡への相聞歌《そうもんか》と思われるものは見当らない。

これはどういうわけだろうか、あれほど世間の噂にも臆《おく》せず熱愛していた諸岡を、歌の上とはいえ、ぷっつりとふり切ったのは何故であろうか。

二十六年一月二十一日、『山脈』創刊を記念して、発刊記念歌会が開かれた。場所は諸岡の入院していた十勝療養所の大講堂を借り、十勝各地から七十余人の歌人が参加した。

ここで中城ふみ子はすでに知名の歌人であった。怖れ気もなく愛を歌い、大胆不敵に己れをさらす。夫と別居中の美貌《びぼう》の人妻、そして才人の噂高い諸岡の情人、そうした噂が他の歌誌から集まった人達の関心をひきつけた。

ここでも、ふみ子は臆することなく諸岡への相聞歌をうたった。

掌のうへの柿の実一つの豊饒《ほうぜう》も君の命に見えぬかなしさ

ふみ子は自分が人々の注視の的になっていることを知っていた。注目されている以上、それに相応《ふさわ》しい態度をとらねばならない。

ふみ子はこの日のためにつくった、胸元をフリルで飾ったワンピースを着て現れると、例の眩《まぶ》しげな目をやや伏目に歌会の中程の席に坐《すわ》った。

華やかさのなかの楚々《そそ》とした憂い、それはふみ子が自分から演出したものであったが、人々はそこに、恋を謳歌《おうか》する女人と、それゆえに悩む人妻の翳《かげ》りの両様を見て、さらに好奇心を揺すぶられた。

外見は小さいふみ子がなにか大きく見える。意識するとしないとにかかわらず、このころからふみ子は人々をひきつける、スターの魅力を備えはじめていた。

この記念歌会でふみ子の歌はトップを占めた。目に見えぬ糸で手繰り寄せられるように、人々は自然に、ふみ子の歌に酔わされていたのである。

まさにふみ子は得意の絶頂にあった。全十勝の歌人を結集した歌会で、最高点をえたのである。もはや逢坂満里子がどう批判しようと、祥子がなんと言おうと、大方の認めるところはすでにふみ子が上であった。

歌会のあと、ふみ子は二次会で上田《うえだ》という同人の家に行ったが、ここでもふみ子は主役であった。御節《おせち》料理を前に、仲間が争ってふみ子に酒を注《つ》ぎに来る。それらの人から盃《さかずき》を受け、陽気に燥《はしや》ぎながら、ふみ子はふと、この座に諸岡がいないのに気がついた。

寒に入ってこのところ、諸岡の体がすぐれないことは知っていたが、今日《きょう》の歌会にはたしかに出席していたはずである。会の始まる前、二人は顔を見合せて、うなずきあった。そのあと特別、話もしなかったが、二次会には当然くるものだと思っていた。

それがどこへ行ったのか、考えてみると上田家への途中にも、諸岡の姿は見なかったようである。体の具合でも悪くて真っ直《ます》ぐ帰ったのか、ふみ子は急に不安になった。

「諸岡さんはどうしたのかしら」

たまりかねて同じ療養所にいる川村《かわむら》に尋ねてみた。

「ちょっと寄り道してあとで来ます」

「寄り道って、……どこ？」

「それが、よくわからないんです」

「具合が悪くなって、途中から病院へ戻ったんじゃないかしら」

「いや、そんなことはありません。必ず来ます」

来るということだけを強調する川村に、ふみ子は不審なものを感じた。

まさしくそれは女の勘であった。ふみ子は手洗いに行くふりをして玄関へ出ると、そのままコートを着て外へ出た。

夕暮の近づいた街はさらに冷えこみ、日中浅く積った雪が凍ってつるつる滑った。ふみ子は頭から首にショールを巻き、白い息を吐きながら療養所へ急いだ。

ようやく着いたとき、療養所は夕食前の一日で最も静かな時間だった。ふみ子は入口でスリッパをはき、右手に靴をもつと下足係の目をかすめてすり抜けた。

廊下のつき当りを右へ曲り、階段を昇って二階へ行く。通い慣れた廊下であったが、いまのふみ子には不吉な壁のように見える。

階段を昇り、端から二つ目の部屋が諸岡の病室だった。冬のせいでドアも窓も閉じられている。

ふみ子は入口で立ち止り、息を整えた。部屋のなかは静まりかえっている。入っていく瞬間、緊張を覚えるのは、いつものことだった。

ふみ子は把手《とって》に手をかけ、そっと押した。寒さのせいか木のドアがかすかに軋《きし》めき、一瞬、部屋からの暖気が頰《ほお》をかすめた。

ドアの先のカーテンをとおして、病室の奥が覗《のぞ》かれる。ふみ子がそこに想像したのは、風邪《かぜ》気味で一人ベッドに寝込んでいる諸岡の姿であった。

だがその推測は半ば当り、半ば当っていなかった。

入った瞬間、ふみ子が見たのは、ベッドにいる諸岡と、その横に寄り添っている女性の姿であった。諸岡は横向きに女性に手をあずけ、女性は前髪で顔がかくれるほど上体をかがめ、諸岡の指の爪《つめ》を切っていた。

「あっ……」

小さく叫んだまま、ふみ子はその場に立ち尽した。床から顔をあげた諸岡も不意をつかれて声も出ない。

すぐ周りの異様な雰囲気を察してか、爪を切っていた女性がふり向いたが、それを見てふみ子はもう一度驚いた。間違いなくそれは、諸岡が別れたはずの寺本郁代である。最近時々、歌会に出てくるので知っていた。

「あなたは、二次会に行くようなふりをして、この人と逢っていたのね」

この場では叫んだほうが負けだと思いながら、ふみ子はつい声を荒らげた。

「あたしを欺いたのね」

「違う……」

言い訳しようとする諸岡の袖《そで》を郁代が引いた。

「わかったわ、もう結構よ」

ふみ子はくるりと背を向け、廊下へ出ると、力いっぱいドアを閉めた。そのまま小走りに廊下を行き、階段を一気にかけ降りる。うしろから諸岡が呼んでいるようだったが、振り返りもせず外へとび出した。

街はすでに暮れ、凍った窓に明かりがつきはじめている。暮れて冷えこんできた冷気のなかを、ふみ子は脇見《わきみ》もせずひたすら歩いた。十数分、街を歩きまわった末、ふみ子は再び二次会の場所へ戻った。酒が入って座はかなり乱れ、ここかしこで、小さなかたまりができている。ふみ子はそのなかに自分から入ると、注がれるままに酒を飲み干した。

ふみ子が諸岡のことを、いくらか冷静に考えられたのは、翌朝、喉《のど》の渇きで目覚めてからだった。

昨夜はどれくらい飲んで、どのような話をしたのか、二次会でのことはほとんど憶《おぼ》えていない。ただ諸岡のことを忘れたいために飲み、口惜《くや》しさをおし隠すため議論の輪に入った。それなのに諸岡について話したことだけは奇妙に憶えている。

帰りは足許もふらついて、祥子につき添われて帰ってきた。途中、「どうしてそんなに飲んだの」ときかれ、祥子にだけは病院でのことをすべて、しゃべった。

「あなた、本当に知らなかったの」

祥子は少しあきれたといった顔をした。

諸岡はいまの妻と結婚して、いったん寺本郁代のことはあきらめたが、最近になってまた復活したのだという。しかも寺本は毎週、土曜、日曜になるときまって療養所にきて、諸岡の身の廻りの世話までしているという。

「諸岡さん、やっぱりあの人を忘れられないのかしら」

ふみ子の気持を知っていて、祥子は残酷な言い方をする。

「あんな子がいいなら一緒になるといいわ」

小柄のせいか郁代は若く見える。細っそりしたところは諸岡の好みかもしれなかったが、ふみ子からみれば平凡な小娘でしかない。それに負けたと思うとさらに口惜しさが増す。

「これでせいせいしたわ」

いまになっていってみたところで、所詮《しょせん》は負け惜しみでしかなかったが、そういわざるをえない。

これまで、ふみ子は諸岡の妻はある程度許していた。とやかく言っても妻は妻であるし、そのかぎりにおいて夫に世話をやくのは仕方がない。彼女は看護婦でもあり、愛していなくても、諸岡はある程度、彼女にすがらなければならない。

だが他の女性となると話は違う。妻以外となると郁代もふみ子も同格になる。「妻は愛していない。愛しているのはあなただけだ」と言った諸岡の言葉が嘘になる。たとえふみ子を愛していたとしても、一方で郁代へも愛を分けていたことになる。

あんな小娘と争うのはいやだ。

ふみ子には歌会でのスターという自尊心があった。それが市役所勤務の小娘と同じに見られるのはご免である。そんな女と争うぐらいなら、諸岡なぞくれてやったほうがいい。

いまふみ子はようやく諸岡の実像がわかってきた。ふみ子は諸岡の白皙《はくせき》、端正な容貌と、そこに潜む才気にひかれていた。この両者を兼ね備えた男性はこの小さな街にはそういない。だが才気のなかには往々にして、利己的な面もある。披講者《ひこうしゃ》としての鋭さや、『山脈』創刊を画策した動きを見れば、彼が単にハンサムなだけの男でないことは明らかだった。

これまで、歌人として優れた才能があることも認めざるをえない。

ふみ子は諸岡のなかの、いいところだけを見過ぎて、他を忘れていたらしい。いや、忘れていたというより、そこまで目を配る余裕がなかったといったほうが当っている。いまはっきり目を開いて見ると、諸岡は多才と同時に多情でもあった。

しかしだからといって、諸岡を一方的に責めるのは酷かもしれない。時に死の恐怖に苛《さいな》まれる彼が複数の女性を愛するのも無理からぬことかもしれない。

だがいくら好意的に考えても、自分一筋に愛を注がなかった男を許すわけにはいかない。愛されているのは自分一人だと信じていたから一心に尽してきた。同時に他の女も愛する男に従《つ》いていくなぞ、ふみ子の自尊心が許さない。

貴重なる愛を秤《はかり》にかけらると露《あら》はにされし身が火照りつつ

『山脈』三月号にふみ子はこの一首を発表したまま、以後、諸岡との交際をぷっつりと絶った。

燃え方も臆面もなかったが、見切り方もまた臆面がなかった。

3

帯広は北海道でも有数の寒いところである。とくに一、二月は、大陸性高気圧がどっしりと腰をすえ、晴れてはいるが気温は昼でも氷点下十度をこす。時には三十度にも達し、日中、太陽は黄ばんだ鈍い光のまま南の低い空にある。

諸岡と別れたふみ子は、この寒さのなかで冬眠するように家に閉じこもったきり、外へ出なかった。

たまに出るとすれば、西三条の実家から、広小路通りに新しく出来た店へ手伝いに行くくらいで、それも日中にかぎられた。夜には早々に家へ引き揚げて、食事の仕度や子供達の面倒をみる。

いままで週に二度は外に出かけ、十時、十一時に帰ってきたのからみると、大変な変りようである。

なにやら気力が抜けたような、淋しげな様子は気になるが、外出が少なくなっただけ、母のきくゑは喜んだ。

記念歌会以来、ふみ子は、あれ程頻繁に訪れていた諸岡の病室へも行かず、月に一度の歌会で諸岡と逢っても素早く目をそらす。折を見て諸岡は話しかけたそうにするが、ふみ子は他の人との輪のなかへ入って受け付けない。

病室でのふみ子と寺本郁代の鉢合せは、同人達の仲間にも拡《ひろ》がり、ふみ子が郁代に諸岡をゆずると宣言した、などということがまことしやかに伝えられた。人々は妻がありながら、さらに二人の女性と親しかった諸岡に厳しく、無口になったふみ子にむしろ同情的だった。

しかし勝気なふみ子は、自分が恋に破れて同情されていると思うと我慢がならなかった。

あんな小娘、と思いながら、敗《ま》けは敗けである。

たしかに恋多かった一生のなかで、ふみ子がはっきりと敗北を喫したのは、寺本郁代ただ一人だった。

家に籠《こも》っていても、一向に気が晴れないし、さらに諸岡との恋に破れて苦しんでいる、と思われるのが口惜しい。

三月の末、ふみ子は祥子を誘って、帯広畜産大学の卒業記念ダンスパーティに行ってみた。

当時は戦後の自由が一度に溢《あふ》れ、全国的にダンスが流行しはじめた時だった。とくに冬が長い北海道では、ダンスは最適の遊びであった。

ふみ子はダンスはまだ上手ではなかったが、たまたま一緒に踊った大島《おおしま》という学生も同じように下手《へた》だった。

踊りながら足を踏み違えたり、ターンしそこねたりする度に、学生は「済みません」といって律儀に頭を下げる。がっしりした無骨な体で、額に汗が浮んでいる。

踊っているうちに、ふみ子はこの青年の純真さが愛《いと》しくなってきた。外見はともかく、自分に一生懸命尽そうとしているところが心地よい。

パーティのあと、ふみ子は祥子に大島を紹介してから、

「しばらく彼と散歩していくから、あなた先に帰ってちょうだい」

例によって、好きだとなると他人の思惑など考えない。天真爛漫《てんしんらんまん》というか傍若無人というか、そんなふみ子に祥子はもう慣れている。

「お願いがあるの、途中でお店に寄って、母に歌会の打合せで少し遅れるといっといて」

パーティ帰りの人達がぞろぞろと行くなかを、ふみ子は自分から青年の腕をとった。柏《かしわ》の繁《しげ》みの脇道を、大きな青年と小さなふみ子の後ろ姿が遠ざかって行く。

一月、諸岡と別れて、二カ月の月日が経《た》っていた。

今度の相手は諸岡とは百八十度違って頑丈で、健康に溢れている。お世辞にもスマートで、才気煥発《かんぱつ》とはいえないが、純真さだけは間違いないようである。

ようやくふみ子に、新しい恋が芽生えたらしい。

三月から四月へかけて、ふみ子は大島と頻繁に街の中心のKデパートの向いの、〝ヘンリ〟という喫茶店で逢った。約束の時間は大抵ふみ子の店が昼休みになる正午であったが、遅れていっても大島はいつも時間どおりに来て白樺《しらかば》の木肌が出ている椅子《いす》に坐って待っていた。

コーヒーを注文し、さてと向いあっても、二人の間では、とくに改まった話はない。だがふみ子はこのはるかに年下の青年が、自分と逢うために、約束どおり正確に来て、待っていたことを知るだけで満足だった。

その日、コーヒーを啜《すす》りながら、大島は学校や寮のことを話したあと、帯広を舞台にした久保栄《くぼさかえ》の『火山灰地』のことを喋《しゃべ》りはじめた。

ふみ子はこうした大島の律儀さが気にいっていた。なにか自分でも太刀打《たちう》ちできそうな話題を考えて話しかけてくる大島の態度には、折角きてくれた女王様を退屈させまいとする、青年の真摯《しんし》さが溢れている。

話は堅い作品論から、雨宮照子《あまみやてるこ》という登場人物のことになり、やがて女性観に移っていった。

「女性はどうしてももっと大きな視野でものごとを考えられないのでしょう、この場合だって彼女がもう少ししっかりしていたら、あんな悲劇におちいらなくて済んだと思うのです」

そんな感想を述べて、大島はふみ子と対等になっているつもりらしかった。

「あなたのいうとおり、女ってどうしても目先のつまらないことばかり考えてしまうの。その場その場の感情にすがって、なんでも自分を中心に考えるのよ、我儘《わがまま》なんだわ」

真実、ふみ子はそう思っていた。夫との離婚のことも、諸岡との恋のもつれも、いまになって考えれば、些細《ささい》なことを気にしすぎた結果のように思える。もちろんその底には夫の性格の弱さや、諸岡の身勝手さがあったが、逆に男の側に立ってみれば、それなりに無理のないところもあった。それを自分の側にだけ立って一方的に責めたのは、女のエゴだといえなくもない。

ふみ子は、いまはなにかすべてが透けて見えていた。憎んでいたはずの男達の心情がわかり、許してもいいような気持になっている。それどころか自分も少し厳しすぎたと反省したい気持になっている。そんなやさしさがでてきたことにふみ子は安堵《あんど》しながら、呆《あき》れてもいる。

女性の身勝手さを責めて、反論されると覚悟していたらしい大島は、ふみ子の意外な肯定にあって、かえって戸惑ったらしい。いつもなら鋭くやり返されるか、「あなたにはまだわからないのよ」と一笑に付されるのが、今日は勝手が違っていた。

ふみ子が勝手に、過去の男達の思いに浸って考えこんでいるのを、大島は機嫌を損ねたと思ったらしい。後悔した眼差《まなざ》しでふみ子の顔をうかがう。

昼休みで客のたてこんできた店には、「水色のワルツ」が、マンドリンソロで流れていた。

「出ましょう」

ふみ子が立ち上り、大島があとに従った。四月の暖かい日だったが、風はまだ肌寒かった。二人はそのまま十勝大橋へ向った。時々行き交う人が振り向き、あの野江の浮気女が若い男と歩いている、といった眼差しをくれたが、ふみ子は平気で歩き続けた。

喫茶店から大橋までは、ゆっくり歩いて五、六分の距離だった。

橋に近づいただけで、早くも濁流の音がする。融雪期を迎えて、日高の山々から下ってきた川は茶褐色の太い帯となり、見はるかす野の果てへ続く。

二人はその橋の中程から並んで下を覗きこんだ。川水は眼下の橋桁《はしげた》の手前で大きな渦を成し、足許へ消えていく。見ているうちに、ふみ子はその渦へ引きずりこまれそうな不安にとらわれた。

「行きましょう」

ふみ子の不安を察したのか、大島が促した。

二人は橋の畔《ほとり》に戻り、そこから堤防沿いに神社の方へ向った。堤の枯草のまわりにはまだところどころ雪が残り、それが陽《ひ》にとけて、とけた水が道の両側を流れていた。

「僕はこんな大水を見ていると、なにか壮大な気分になってきます。ここも堤防ができるまでは何度も洪水が起きたと思うのですが、でもそのために上流から土砂が運ばれて、この十勝平野ができたのですからね。ナイルの肥沃《ひよく》な土壌がくり返された氾濫《はんらん》から生れたように、河がすべての文明をつくり出すと思うのです」

大島がまた話しはじめる。自分が土壌学の専攻であるところから、自信のあるところをしゃべっている。ふみ子は青年のそうした自慢げな口調をきいているのが楽しかった。

ナイル河や沖積土壌がどうであろうと、ふみ子に関心はないが、自分の得意なところをしゃべって、いいところを見せようとする、青年の背伸びしている姿が好ましい。

大島の口調はますます熱を帯びてくる。デルタの生成から土地の肥沃度、さらに川と人類のつながりまで説いていく。ふみ子はうなずきながら、その実、なにもきいてはいなかった。ただ必死に話す青年の言葉の熱気だけを楽しんでいた。

「あのようなナイルの豊かさがあったから、クレオパトラのような知性と美貌の人が生れた。ナイル河があのクレオパトラを生んだ。そういってもいいすぎではないような気がするんです」

「そう、それは面白いわ、大きな川の流域には美人が生れるのね」

「ええ、そうです」

いままで黙っていたのが急に相槌《あいづち》をうたれ、大島は面喰《めんくら》ったらしい。だがふみ子は彼の長い話のその部分だけが気にいっていた。

「わたしはクレオパトラは大好き、浮気だとか魔女だとか、いろいろ悪くいう人がいるけど、わたしはそうは思わないわ」

「結局、あの人の代でエジプトが滅びたからそんなふうにいわれるのでしょう」

「違うわ。あの人は何人かの男性を誘惑したけれど、それはそれで真剣だったのよ」

「でも女性の身で、つまらぬことに口出ししましたからね」

「女はつまらないことに執着するものなのよ。男の人からみたら馬鹿げた、ちっぽけなことに命をかけることだってあるの。女にこんな執念があること、あなたにはまだわからないのでしょう」

沖積土壌の話がいつのまにかクレオパトラから女の執着心にとんでいる。ふみ子の話題が自分勝手に飛躍していくのはいつものことだが、大島は得意の土壌学を無視され、おまけに女を知らないときめつけられて、悄《しょ》げている。

「わたし、女学校の時、お友達にクレオパトラと呼ばれたことがあるの」

ふみ子は川床一杯に拡がる水面《みなも》を見ながら、夢見るように言う。大島にはその姿が、たしかに十勝のクレオパトラのように思われた。

行手に蝦夷楡《えぞにれ》の巨木があった。楡は堤の外側に根を下ろしていたのだが、裸木の枝が大きく堤の上までおおっていた。

「あなた、あそこで写真をとってちょうだい」

命令するようにいうと、ふみ子は足早に堤を下りて黒土に根があらわに出たあたりに立った。

大島は写真好きのふみ子のために、逢う時にはいつもカメラをぶら下げていた。レオタックスのいまからみると貧弱なものだが、当時、学生だった大島にとっては唯《ただ》一つの財産らしい財産だった。

ふみ子は樹《き》に近い浅黄色の枯草の上に立つと、瘤《こぶ》のある樹肌に掌《てのひら》を触れながらポーズをとった。藤《ふじ》色のコートの襟を立て、軽くカールした髪が風に吹かれ、ファインダーから覗いていると、まるで風のなかの少女のように見えた。

正面から写し、右斜めから軽く伏目の姿を写し、さらに樹の幹に寄せて両手で襟元をささえ、遠くへ目を走らす、そんなもの思いにふけったポーズまで、合計十枚ほど写した。

他人に写真を写させるだけで、ふみ子自身はカメラには無知だった。カメラだけでなく器械というものにふみ子はまったく関心がなかった。

大島が写したのにかぎらず、このころのふみ子の写真はかなり残っているが、当時、若い男がカメラを持つのが一つの流行でもあった。ふみ子自身も写真を撮られるのが好きだったが、とくに病をえてからは、よく見舞に来た人達に頼んで写真を撮ってもらった。これを勘ぐれば、近づく死を予想していたからといえなくもないが、それもあとになって思うことで、大島と一緒のときに、ふみ子が死を意識するわけもなかった。

写真を撮ったあと、二人は再び街へ戻り、ホテルの地下のグリルへ入った。

「女というのは論理で動かないの。論理とは別の、勘とかムードのようなもので動くものなの。だからいくら理屈をおしつけてきても駄目よ、あなたも社会人になるのだから、それくらいのことは知っていなければ困るわよ」

ふみ子が教え、大島はただ生徒のようにきいている。

二時間ほど、二人はグリルで向きあっていたが、時たま長い沈黙が生れる。ふみ子はその会話のない間を、のちに「あなたとの空白のまま過ぎていく時間」と大島への手紙に書いて皮肉っている。

だが大島にとって、それは単なる空白ではなかった。若すぎる自分への苛立《いらだ》ちと、奔放な年上の女をとらえきれぬもどかしさのなかに、悩んでいる時間でもあった。

帯広畜産大学は帯広の中心から南西四キロ、道道帯広八千代《やちよ》線ぞいの広大な野のなかにあった。果てしなく続く平原のなかにポプラが点在し、その間に木造二階建ての校舎と牧舎、そして赤いサイロが見える。

道道から大学へ至る道の両側は、カラマツの並木で、その左右には目の届くかぎり、紫色の亜麻《あま》の花と白い馬鈴薯《ばれいしょ》の花が咲いていた。

暖かくなるとともに、ふみ子は、この大学の寮にいる大島に逢うために、週に一度はバスで来て、カラマツの林の前で彼を待った。

見はるかす野とはいえ、脇道にそれればもはや人影はない、柏の繁みや、白樺の木陰で二人は立ち止って、見詰めあった。

だが青年は相変らず怯《おび》えたように視線を落し、黙りこんでしまう。

ふみ子はこの「クマ」という綽名《あだな》の青年の、外見に似合わぬ羞じらいが気にいっていた。

大島と対する時、主導権は常にふみ子にあった。ふみ子の言うままに青年は従い行動する。それは諸岡との時にはえられなかった満足であった。

まだ固き果実の如き君ならしゆすらむとしてためらひを持つ

胸のここにはふれずあなたも帰りゆく自転車の輪はきらきらとして

我のみが汚れて居りぬ花びらの白く降り散るなか歩みゆき

週に一度の逢瀬で足りぬ時、ふみ子は寮へ手紙を書き、歌を贈った。その一つ一つに、青年からは丁寧な返事がきた。

消毒くさい療養所から草いきれのする野へ。ふみ子の恋の舞台は変った。

五月から六月、新緑とともにふみ子は再び明るさを取り戻した。諸岡との恋の痛みはすでに癒《い》え、新しい恋に熱中していると人々は思い、祥子もまたそう思っていた。だがふみ子の心のなかには、なお諸岡への思いが息づいていた。

大島はたしかに純朴で優しかった。ふみ子の言うままに従い裏切るようなことはない。それはそれでふみ子にとって安らぎであり、かけがえのないものであった。だがその安らぎのなかに、ふみ子は時に物足りなさを感じることがあった。青年の純真さは充分知りながら、それだけで満足しきれない。

考えてみると、ふみ子が大島に求めたものは、諸岡に欠けていた欠点を補うためで、根本では諸岡を求めていることに変りはないのかもしれなかった。

ふみ子は常に完全な男性像を求めていた。ハンサムで、知的で才能があり、優しく誠実で従順な、そんな男が欲しい。諸岡はその半ば以上を満たしていたが、最後の従順さに欠けていた。そこに大島の純真をもってきて補っていたと言えなくもない。

4

六月の半ば、ふみ子は諸岡が十勝療養所から帯広療養所へ移ったことを知った。それとともに妻の道江《みちえ》は病院をやめて看護に専心しているらしいこと、また寺本郁代は、道江がいつも諸岡の傍《そば》にいるため、見舞もままならぬことなどが人伝てにきこえてくる。

病院を替った以上、諸岡の手術が迫っているのはあきらかだった。手術の前に一度逢っておかねば、逢えなくなるかもしれない、そう思いながらふみ子は動かなかった。

このとき、ふみ子はすでに心のなかでは諸岡を許していた。とやかくいっても諸岡はふみ子をここまで引っ張ってきてくれた人である。諸岡がいなかったら、歌人としてのふみ子はなかったかもしれない。だが見舞にだけは行く気になれない。いま行ったのでは諸岡の妻に憐《あわ》れみを受けるだけである。

そのまま六月が過ぎた。

諸岡と同じ病院に入院していた舟橋精盛から、諸岡が危篤だという連絡があったのは、七月三日の朝方であった。

「もう駄目かもしれない」

舟橋はそれだけで、だから病院に来いとも、来るなとも言わなかった。

行こうか止《や》めようか、ふみ子は迷った。行けば当然、妻と郁代にも会うかもしれない。他の歌人達もつめかけているに違いない。それらの視線のなかで、かつて諸岡を奪いあった女として行くのはいかにも辛《つら》い。行くのなら歌人仲間として行きたかったが、人々はそう見るとは思えない。

出来ることならふみ子は諸岡から「是非来て欲しい」という言葉をききたかった。それが危篤で、妻に看病されている彼には、言えぬ台詞《せりふ》であることを承知しながら、その言葉が欲しかった。

一日考えた末、翌四日にふみ子はようやく見舞に行くことにした。

諸岡は以前に挿入された胸廓《きょうかく》内の充塡《じゅうてん》物を除去する手術を受けたのだが、そのあと膿胸《のうきょう》を併発し、四十度近い熱にうなされ個室に移されていた。

ドアにはすでに「面会謝絶」の貼《は》り紙がでている。

ふみ子は戸惑ったが、思いきってドアを叩《たた》いた。少し間があって出てきたのは妻の道江だった。道江はふみ子を見てすぐ察したらしい。小さくうなずいてから「わずかの時間なら」と言った。

ふみ子は持ってきた花束を渡すと、道江の横をすり抜けて病室へ入った。

人が来たのをドアの気配で知ったのか、諸岡は熱に潤んだ目でそっとふみ子の方を見た。

「お久しゅう……」

言いかけてふみ子は声を呑《の》んだ。半年ぶりに見る諸岡の顔は、頬はこけ、目は落ち窪《くぼ》み、まさぐるようにふみ子を見る。形のよい鼻には酸素吸入のチューブがさしこまれ、白すぎる腕に点滴チューブが繋《つな》がれている。

かつてふみ子をとらえ、接吻《せっぷん》を強要した激しさはもうどこにもない。

「いかがですか」

「お話をすると咳がでるのです」

すぐに横から妻がたしなめた。

ふみ子は、「一月に別れたまま来なかったけど心の奥ではずっと忘れていませんでした」と言いたかった。「あの時のことは許せないが、それでもなお諸岡の歌と才能は愛している」そう訴えたい。

それらの思いをこめてふみ子は諸岡を見詰めた。諸岡はわかったのか、あるいはただ感謝の意味なのか、枕《まくら》のなかで軽くうなずいた。

これ以上いくらいても無駄であった。うしろには妻が立っている、その前で見詰めあっているのは辛くなるだけである。

「お大事にね」

ふみ子はそれだけを言って病室を出た。部屋に入ってから五分に満たぬ対面であった。帰り道、ふみ子はつくづく自分の頑《かたく》なさにあきれた。なぜもっと早く行かなかったのか、自由に口をきける時に行かなかったのか。仲直りするチャンスをみすみす逸してしまった自分の依怙地《いこじ》さに腹が立つ。

病状のくわしいことはわからないが、諸岡の命があと数日に迫っていることはふみ子にも想像がついた。おそらくこれが生きている諸岡に逢う最後になるに違いない。その最後の機会に、何故一言謝れなかったのか。「意地を張っていたの、ご免なさい」の一言が言えなかったのか……

横に妻がいたから、諸岡が苦しそうだったから、だがはたしてそれだけなのか。素直に虚勢を捨て、正直になれば言えるはずであった。死に近い人にそれを言ったからといって、誰も叱《しか》ったり笑ったりする者はいない。

そう知りながらそれができなかった自分が許せない。

ふみ子はただ諸岡の奇蹟《きせき》に近い恢復《かいふく》だけを祈った。

ところがそれが現実となった。ふみ子の祈りが通じたのか、この翌日から諸岡の容態はもち直した。相変らず胸からの排膿は続いていたが、熱はいくらか下り、食欲もかすかに出てきた。もしかするとこのまま恢復するかもしれないという噂が、同人達の間で囁《ささや》かれた。

八月から九月へ、諸岡はついに夏をのりきった。だがふみ子は今度も見舞に行かなかった。どういうわけか、この心の変化はふみ子自身にもよくわからない。強いて言えば駄目だと思ったのが持ち直してきたことで、ふみ子の悔恨は再び色褪せていったとでも言うべきか。

元気になってきたことで、「悪かった」という悔恨の気持は消え、かわって妻の監視の下《もと》で見舞った不快さだけが甦《よみがえ》ってきた。諸岡が恢復してきたのは嬉《うれ》しいと思いながら、一方で妻の看護で持ち直すその肉体の強靭《きょうじん》さがうとましかった。

しかし、その恢復は所詮、死を前にした一時の小康でしかなかった。

ふみ子の気儘《きまま》な心の甘えを打ち砕くように、九月二十七日の朝、諸岡は突然息を引きとった。

手術後の化膿で衰弱しきっていたところに、明け方咳きこみの発作に襲われ、一時間も苦しんだあと、喉に喀痰《かくたん》がつまり窒息死したのである。

享年三十一であった。

ふみ子はこの報《しら》せを、その日の昼前、大島青年への手紙を書いている時に知った。

だがふみ子はそれをきいても慌てることはなかった。諸岡の死は、すでに一度覚悟したことであったし、現実の諸岡はもう自分のものではないと心に決めていた。

これであの人はあたしに戻ってくる……

ふみ子は諸岡の死を、むしろかすかな安らぎのなかで受けとめた。

屍《しかばね》になった諸岡は棺《ひつぎ》に納められ、その日の午後、妻の待つ家の八畳間に戻った。三度目の入院をしてから、実に二年ぶりであった。

夜、ふみ子は喪服を着て通夜に列席した。

祭壇におかれた棺の前には、妻の道江が坐り、まわりに諸岡と親しかった歌人達が並んでいた。

ふみ子は部屋の入口に近いうしろの席に坐って正面の遺影を見た。写真の諸岡は病室ででも撮ったのか、和服でややうつむき加減にこちらを見ていた。

やがて読経《ときよう》がはじまり、それにまじって人々の啜り泣きが洩《も》れた。終りに近く耐えかねたような泣き声が座をつらぬいた。前を見ると妻の道江が両手のハンカチで顔をおさえ、突っ伏していた。

ふみ子は今一度、諸岡を見て、それから同じ列の左端にいる寺本郁代を見た。通夜の席でも郁代の若さと美貌はひときわ目立った。それを知ってか知らずか、郁代はハンカチを手に握ったまま真っ直ぐ写真のなかの諸岡を見詰めている。

たれのものにもあらざる君が黒き喪のけふよりなほも奪ひ合ふべし

とりすがり哭《な》くべき骸《むくろ》もち給ふ妻てふ位置がただに羨《とも》しき

亡きひとはこの世の掟の外ならむ心許してわが甘えよる

二十六年十一月号『山脈』の、諸岡修平追悼号に掲載されたふみ子の歌である。二月号以来、実に九カ月ぶりに詠まれたふみ子の諸岡への相聞歌であった。

第四章　喪《そう》失《しつ》

1

うずめようのない空白がふみ子のなかにあった。体から柱が一本、抜き去られたような頼りなさである。それが諸岡修平を失ったために生じたことは疑いもない。

どうやら、ふみ子は諸岡の死を小さく見すぎていたようである。一月の歌会以来、ふみ子は諸岡を避け、無視し続けてきた。その態度からいえば、いま突然、彼がいなくなったからといって、うろたえるのはおかしい。諸岡がいなくなったところで、ふみ子の日々の生活にはなんの変りもないはずである。

だが死はまた別であった。

もはやどう思い返したところで諸岡は帰らない。これまで怒り、無視し続けてきたことは、裏を返せば思い続けてきたことの証《あかし》でもあった。いつか許し合えるという甘えがあったから、冷やかな態度をとってきたともいえる。それが、いまはすでに憎むことさえできない。あっけらかんと、十勝の秋空のように果てしなく抜けた空白だけが、ふみ子の心に残った。

間違いなく、ふみ子はいま、ある一つのことが終ったのを知った。それは青春というにはいささか時期を失している、遅まきの恋であった。若い二人の恋のように親や知人に祝福されるというわけでもない。

だが戦争のさなか、鮮やかな恋の思い出もなしに結婚生活に入ったふみ子にとって、諸岡との出逢《であ》いは遅すぎはしたが、まぎれもない一つの青春であった。

この空白のなかで、ふみ子が真っ先にしたことは、夫、中城弘一との離婚手続きであった。離婚については別居したまま、一応棚上げの形で放置されていたが、一カ月前弘一のほうから要求してきていた。気の弱い夫が、はっきり離婚を申し出てくるところをみると、新しい女性にそそのかされでもして、再婚する意志をかためたに違いない。

それはいずれくることと知りながら、ふみ子は心が揺らいだ。これで妻という立場から、一人の女に戻る。それがいますぐの生活に関《かか》わりはないと知りながら、やはり心もとない。

諸岡との愛に熱中しておきながら、妻の座に未練を残すとは、身勝手とは知りながら、さすがに心細さはぬぐえない。だが夫がいってくるものを、これ以上待たすのは、いかにも未練あり気である。夫を独占している女に口惜《くや》しさもあるが、しかし、それを取り返してくるほどの気力もない。諸岡の死んだいま、過去のすべてに決着をつけるのも、一つの生き方かもしれない。

諸岡の死後、五日経《た》った十月二日、ふみ子は夫から送られてきた書類に捺印《なついん》し、正式に市役所に離婚届を提出した。記録の上では昭和十七年四月から二十六年十月まで、九年余の結婚生活であった。

離婚の印押したるのちに自信なく立てり我は悪妻なりしか

赤の他人となりし夫よ肌になほ掌型《てがた》は温《ぬく》く残りたりとも

夫の姓の中城ふみ子から、野江ふみ子に戻って、ふみ子はようやく一つの安らぎをえた。もう人妻としてとやかくいわれる理由はない。自分は自分自身で、誰《だれ》にも所属したものではない。負け惜しみでなく、ふみ子はそう思う。

しかし、それらはあくまで、ふみ子自身の心の問題でしかなかった。周りの人達は諸岡との醜聞と、それに続く死、離婚した出戻り女、といった噂《うわさ》のなかでしかふみ子を見ない。人目に怯《おび》えず、堂々と生きていくのだ、と自分にいいきかせるが、支えを失ったいま、人々の好奇の目はやはり辛《つら》い。これに追討ちをかけるように、以前、店に奉公していた村上《むらかみ》という男が、ふみ子の面倒をみたいと申し出てきた。村上はいまは独立して、駅の近くで大きな穀物問屋を営んでいた。

「いくらなんでも、元の使用人のお妾《めかけ》になれなんて、馬鹿《ばか》にしてるわ」

ふみ子は、いまは諸岡のいなくなった病院に歌人仲間の舟橋精盛を訪れて怒りをぶちまけた。だがどんなに強がりをいったところで、世間はふみ子を、子供を抱えた夫に生き別れた女としか見ない。

毅然《きぜん》と過去を整理した、という自負とはうらはらに、ふみ子はなにか、すべてがいやになっていた。いろいろな噂をする人達も、その渦中にいる自分も、棲《す》みなれた小さな街も、すべてが息苦しい。

十月の末、ふみ子は母のきくゑに、しばらく一人で東京へ行ってみたい、と訴えた。

上京してなにをするという当てもない、一時腰を落ちつけ、一人になってみれば自分のすすむ道もおのずから開ける、そんな漠然とした期待だけだった。

母から話をきいた父の豊作はもちろん反対した。すでに長男の孝は小学校の二年生で、長女の雪子は幼稚園である。一応、手はかからなくなったとはいえ、二人の子供をおいて目的もなしに上京するのはいかにも身勝手すぎる。

「我儘《わがまま》をいうのもほどほどにしろ」

　小さいときからふみ子に甘かった豊作もさすがに腹を立てた。

「このままではどうにもならないでしょう。わたしは完全に一人になってしまったのだから、これからの自活の道を考えなければならないわ」

「でも、なにも東京まで行く必要はないだろう」

「東京は広いから女でもできる仕事がきっとあると思うの、タイピストでも理容師でも、とにかくなにか手に職をつけてきたいの」

　それほどの決心があったわけでもないが、話すうちにふみ子はその気になっていた。

「仕事なら店の手伝いをすればいい。お前達親子三人ぐらい、なんとか面倒はみてやる」

「でも店はいつ駄目になるかわからないし、お父さんだって、いつまでも元気ってわけじゃないでしょう」

「なにを言うの」

　横から母のきくゑがたしなめる。

「とにかくしばらく帯広を離れて、一人で暮したいの」

　正直のところ、それが本音であった。

　一度言い出したら容易にひきさがらない性格であることは、母のきくゑが最もよく知っていた。それに東京に行きたいというのは、一つの気分転換のようでもある。本人がはっきり打明けたわけではないが、諸岡の死以来、意気消沈していることはきくゑにもよくわかる。それに離婚も重なって、心が動揺するのは無理もない。いましばらく人の口のうるさい帯広から離しておいたほうが、家にとっても得策かもしれない。最後にはむしろ母のきくゑのほうが父を説得した。

「行かしてあげるから、働くことなぞ考えないで、今年中にきっと帰ってらっしゃい」

我儘な娘だと思いながら、ふみ子は離婚という傷を負った娘がきくゑにはやはり不憫《ふびん》であった。十一月の初め、ふみ子は母と祥子ら数人の見送りを受けて一人、帯広を発《た》った。十勝の野はすでに枯れ、葉を落したポプラと、褐色のぬいぐるみ人形のような柏《かしわ》だけが、冷えた空の下に佇《たたず》んでいた。

かつて二十四年の春、高松から乳呑児《ちのみご》の潔を連れて帰ってきた時からみると交通事情はずいぶんよくなっていたが、それでも帯広から東京まで、青函連絡船もふくめて三十時間近い時間がかかる。函館には友人の質屋に行った屈辱の思い出もある。それからわずか二年半だが、ふみ子にはずいぶん長い年月が経ったように思われた。

東京には十二年前、家政学院に学んだ時、二年間ほど棲んだことがあったが、戦後の東京は一変していた。

ふみ子はひとまず、学院時代の同級生の井川《いかわ》亮子《りょうこ》を訪ね、その近くの富《とみ》ヶ谷《や》に八畳一間のアパートを借りて自活することにした。もっとも自活といっても、着いてすぐ恰《かっ》好《こう》の仕事があるわけでもない。家から持ち出した三万円の金だけが頼りである。

学院時代、よく出かけた新宿《しんじゆく》や池袋《いけぶくろ》は屋台と闇市《やみいち》が密集し、二丁目やガード下には夜の女が立ち、地下道には浮浪者があふれていた。小さな田舎町《いなかまち》からみると、すべてが騒々しく目まぐるしい。

学院時代の友達は戦災で東京を去ったり、結婚して姓が変って消息のわからぬ人が多かった。そのなかで、ふみ子のことを心配してくれるのは、夫の仕事が順調で羽振りのいい人達ばかりである。

井川亮子もその一人で、当時ではまだ珍しい自家用車を乗り廻《まわ》して、デパートへ買物に出かけたり、芝居見物に日を過す。

負けず嫌いのふみ子は、表面は亮子達と陽気につき合いながら、どうもがいたところで彼女らと同じレベルにまではゆけないのを知った。それどころか、女一人では闇屋か、いかがわしい仕事でもしないかぎり、食べていくのさえ容易ではない。タイプを習おうとして昼間学校へ行き、夜、喫茶店に勤めてみたが、それも半月と続かない。

上京して一カ月で、ふみ子は早くも東京で生活する気力を失った。ことのゆきがかり上、東京で自活する、といってはみたが、もとをただせば、一時、帯広を離れて、一人で自由に生きてみたいだけだった。思いどおりにして望みが達せられてみると、東京の生活は意外に色褪《いろあ》せて味気ない。

一カ月もしないうちに今度は、ふみ子は帯広に帰りたくなる。つい少し前までは一日いるのさえ苦痛であった帯広が、いまは懐かしく思い出される。それとともに、子供達、両親、歌人仲間の顔が甦《よみがえ》る。

どう離れたところで帯広からは逃れられない。ふみ子は自分の弱さにつくづくあきれた。こんなはずではない。まだまだ強いと思っていたが、大きな街に一人で抛《ほう》りだされると、たちまちこの体《てい》たらくである。

やはりもう都会には棲めない、お金がなくなったら帰ろう。あとはただ、折角来た機会を利用して、東京の新しい空気を思いきり吸ってやろう、そう決めるとかえって気持が軽くなった。

翌日から、ふみ子は昼は銀座《ぎんざ》や新宿を巡り歩き、夜は映画館やダンスホールを遊びまわった。

十一月の末、雪でもきそうな寒い日だった。ふみ子は例によって一人で早い夕食を終えると銭湯へ行った。この当時、風呂《ふろ》つきのアパートはほとんどなかったがふみ子の部屋も例外ではなかった。

女湯の混《こ》みあう時間にはまだ早く風呂はすいている。ふみ子は湯船につかりながらふと左の乳房に触れてみた。

実をいうと帯広を出たころから、左の乳房に時たま軽く張った感じがあった。外から見たところでは異常はないし、痛みもない。格別、気にもとめずいままで過してきた。それがこのごろ、前屈《まえかが》みになったときなど、胸の奥から引かれるような感じがあった。それは重いというより硬張《こわば》った感じに近い。

湯のなかでふみ子は胸をタオルでおおい、その下から乳房に触れてみた。

ふみ子の乳房は以前から大きいほうではなかった。瘦《や》せっぽちだった女学生のころはそれこそ貧弱で、身体検査のときなどいつも恥ずかしい思いをした。こんなのでお嫁にゆけるのかと心配したこともあるが、卒業したころからいくらか目立って大きくなり、結婚して子供を産んでからはどうやら人並みに近くなった。いまは掌《てのひら》のなかにちょうど入りきるほどの大きさだが、三人の子供に乳を含ませたおかげで軽いたるみができている。

それでもふみ子は同年の女性達と較《くら》べて、大きくはないがこぢんまりと引き締っているのに一応満足はしていた。

その乳房にふみ子はさらにゆっくりと触れてみる。

上からおさえても乳房には痛みはない。大きさもさして変りはないが、なかでなにか板でも嵌《は》めこまれたように硬く張った感じがある。

とくに左の外側のほうに、強く圧《お》すと鈍い痛みが走る。

いままでも生理の前には乳房が軽く張ることはあった。そんな状態が数日続いて近づいたのを知るが、いまは生理にはまだ間がある。まさか妊娠でもないだろうに不思議である。ふみ子は触れた手を左から右へ移動してみる。

こちらはいつもと変らない。やわらかく少したるんだ感じで、指先でつまんでみても硬結《しこり》はない。右と左はあきらかに違う。いつから変ったのか思い当る節がない。ふみ子は少し気になって、洗い場の蛇口の上の鏡に乳房をうつしてみた。だが鏡は湯気でけぶり、タオルの端から一部出ただけの乳房は特別変りはなさそうである。

ふみ子が再び念入りに両の乳房を見たのは、アパートへ戻り部屋の鏡の前に立ってからだった。ブラウスの上にカーディガンを羽織って、髪にブラシをかけていたが、ふと乳房に硬結があったことを思い出してスリップの肩紐《かたひも》を抜いてみた。

北国の生れだけにふみ子の肌は白い。それが湯上りで薄く紅潮している。

ふみ子はもう一度、左の乳房に触れてみた。痛みはないがやはり張った感じがある。右はそれとくらべるとかなりやわらかいが大きさはほとんど変らない。

なんでもない、そう思いながら隠しかけた時、ふみ子は右と左の乳首の形が違うのに気がついた。薄く色づいた乳輪のなかの乳首が、右は、軽く下向きにとび出ているのに、左は正面を向いたまま、乳輪のなかにもぐりこんでいる。

いままでも乳首が落ちくぼんでいることはよくあったが、指先か薄い布で触れているうちに少しずつとび出してきた。それにならって、いまも指先でそっと乳首に触れてみる。

いつもはかすかな快感とともに乳首が頭を擡《もた》げてくるのが、どういうわけか、今日《きょう》はうずもれたままである。

ふみ子は手を離し、もう一度鏡を見た。改めて見較べてみると乳房の形も少し違うようである。右は軽く垂れ下り、下縁に淡い翳《かげ》をつくっているのに、左はなにか挑むように上を向いている。さらに乳房の色も、右は薄く朱を帯びているのに、左は皮膚が光って見える。

どうしたのか、ふみ子は鏡の前で考えてみる。

だが医学知識のないふみ子に、それが何を意味するのか、わかるわけはなかった。ただなにか異様なものが左の乳房に潜んでいるといった予感だけがする。

「乳を呑《の》ませていた間に変ったんだわ……」

数分後、ふみ子は自分にそういいきかせて鏡の前を離れた。

午後七時に有楽町《ゆうらくちょう》で井川亮子と待ち合せする約束だった。ふみ子は小さな花模様のワンピースに、藤《ふじ》色のコートを着ると、代々木八幡《よよぎはちまん》の駅へ急いだ。

十二月に入るとともに街は急に気忙《きぜわ》しくなり、ショウウインドウはクリスマスの派手な飾りつけに彩られた。雪はなかったがジングルベルの音楽が鳴り響き、それをきくたびに、帰郷の思いにとらわれる。

東京へ出てきた時、年内一杯は過せると思った金はほとんど費《つか》い果し、あと三千円を残すだけだった。これでは家に帰るどころか、せいぜい一週間の生活費にしかならない。ふみ子は無心の手紙を母に宛《あ》てて書いた。

だが折返し、母から来たのはお金ではなく、手紙だった。

手紙は、今週末にも反物の仕入れで京都まで行くこと、その帰りに東京へ寄るから、その時一緒に帰ってくること、切符はこちらで買うから、残りのお金はそれまでの生活費に当てるように、という内容だった。

これ以上、金を送ったら、また幾日いるか知れたものではない、金がなくなったのを機に連れ戻そうという魂胆《こんたん》のようである。

ふみ子はすぐ電話で、まだ帰りたくないから、お金だけ送って欲しいと訴えた。実を言うと帰りたかったのだが、両親の意のままに連れ戻されるのはいかにも癪《しやく》である。駄目だとは知りながら抵抗だけしてみたのである。

しかし電話には母に替って父が出て叱《しか》られ、さらに二人の子供の声を聞かされてふみ子は降参した。

十二月の半ば、いまにも泣き出しそうな曇り空の東京を、ふみ子は母のきくゑとともに上野《うえの》を発った。
十一月の初め、帯広を出てから、わずか一カ月余の在京期間であったが、この間ふみ子は三万円の金を一銭も残らずきれいに費いきった。お金がなくて苦労したというが葉書が二円だった時代である。女一人の一カ月の生活費としては決して少ない額ではなかった。

塩鮭をガスの炎に焼きてゐつ職なき東京けふも曇れり

わが足のかたちに脱ぎし靴下よ小田急《をだきふ》の遠音《とほね》しみじみと冷ゆ

勝気なるひとり暮しのわが夜に産むは無精卵の如き歌いくつ

『乳房喪失』中の「夜の埃《ほこり》」「花粉点々」の項にある、東京滞在中の、ふみ子の歌である。

2

東京では、あれほど懐かしく思われた帯広であったが、帰ってみるとまた以前と同じ退屈すぎる日々が待っていた。

今度帰ったらよい母になり、よい娘になり、真面目《まじめ》に店を手伝おうと思いながら、いざ帰ってみるとたちまち決心がくじける。気が付いてみると、よい母になり、よい娘になる、といった常識的なことは、人々に媚《こ》びた偽りの生き方のような気さえする。

まことにふみ子の心はよく変る。欲しいと思ったら無性に欲しくなり、いざ掌中におさめると、たちまちつまらなくなる。その気の変りようは自分でもあきれるほど極端である。だが欲しいと思ったことも、つまらなく見えたこともそれぞれに嘘《うそ》はない。自分に正直になればそのときどきに心は動く。

それにしても帯広に帰って一時、ふみ子はたしかによい母であり、よい娘であった。久しぶりに孝の勉強を見てやり、雪子に本を読んでやる。日中の暇を見ては広小路の店に出て、母や店員と同じ青い事務服を着て手伝う。これが一カ月前、親の説得をふりきって一人上京した身勝手な女とは思えない。

母のきくゑは、東京に行って一人身の頼りなさを味わわせたのが、かえってためにな

った と喜んだ。

しかしこの沈静は次の躍動のための一瞬の休止でしかなかった。矢を放つ前の弓の撓《たわ》みのように、ふみ子はその沈静のなかに、次の飛躍への力をためていた。

女丈夫とひそかに恐るる母の足袋わが洗ふ掌のなかに小さし

養はるるゆゑに遊びと見られゐむ歎きうたへば曇天のいろ

北風に青き事務服吹かれゆく母には母のかなしみありて

年が明けた一月の半ば、ふみ子は母の目を盗んで坂本《さかもと》会館のダンスホールへ通い出した。じっと家にいると、なにやら年齢《とし》ばかりとっていくような焦りを覚える。

ここでふみ子は一人のダンス教師を知る。その男は五百木伸介《いほぎしんすけ》という。ふみ子の五つ下の二十四歳であったが、ダンス教師に似ず真面目でもの静かな青年であった。顔は端正で色白、百八十センチ近い長身で、彼と踊っている時、小柄なふみ子はさらに小さく可憐《かれん》であった。

ダンスホールには彼の他《ほか》に、二人の教師がいたが、五百木を知ってからは、ふみ子は彼としか踊らない。五百木が予約で混んでいる時には彼の体があくまで待ち、一旦《いったん》、踊り出すと、他の女性が待っていても絶対離さない。さすがに五百木が困って「休みましょう」といっても許さない。他の女達が見ていると、ふみ子はことさらに五百木の手を強く握りしめ体をおしつけていく。

五百木の教えるダンスはセオリー通りの、いわゆる正規のソシァルダンスであった。これにくらべてふみ子のはどちらかというとチークダンスに近い。ホールドやステップは幾分乱れているが、それだけムードがある。

曲が終りに近づくと、ふみ子は五百木を無理にチークに引きずり込み、隙間《すきま》もないほど体を合せる。小柄な体を、やや黒味を帯びた赤いドレスや襟を立てた中国服に包み、うしろで一度留め、背まで垂らした長い髪を揺すらせて五百木にぴったりと従《つ》いていく。チークとはいっても、ふみ子の踊りにはいやらしさがなく一途《いちず》な愛らしさが滲《にじ》み出ていた。

ふみ子のことを知らずに見る人は、それが二十九歳の、三人の子供がいる女性とは誰も思わなかった。まだ二十二、三の恋に燃えているひたむきな女性としかうつらない。

再びふみ子の恋がはじまった。

今度の相手は大島と同じ年下だが、長身で美男である。その少し憂鬱《ゆううつ》そうで色白な風《ふう》貌《ぼう》は、亡くなった諸岡にどこか似ている。

何時の日も柔和な面よ会ひてゐて屢々《しばしば》ふしぎな混迷がおそふ

長き脚もて余すがに坐るよと余裕あるときわれは年うへ

二月の初め、ふみ子は五百木と踊っている時、左の胸に鈍い痛みを覚えた。痛みは、ワルツの途中、ターンして五百木の胸にひきつけられた時、鈍く乳房の奥に響いた。瞬間、ふみ子は息をつめたが、踊っている五百木は気付かない。

痛みはさして強くはない。我慢できぬほどではないが容易に消えない。小さいくせに、どこか底深い感じがした。

あれだろうか……

すぐ鏡で見た乳房の形が甦る。それを思ううちにふみ子は珍しくステップを乱した。

「どうしたの」

五百木はすぐ足を止め、やさしい眼差《まなざ》しでふみ子を見た。

「胸がちょっと……」

見上げたふみ子の顔は、蒼《あお》ざめてみえた。

「少し休んだほうがいいでしょう」

「大丈夫、いいから続けて」

ふみ子はいやな想念をふり払うように、再び五百木の胸に額をおし当てた。

その日、ふみ子はさらに二曲、五百木と踊った。胸にはなお軽い疼《うず》きがあったが、気のせいかとも思う。踊りながらふみ子は前と同じところを自分でおしてみた。今度は初めの時ほどはっきりしない。だが終りころまた思い出したように疼く。

ふみ子は気持の晴れぬまま家へ戻った。勝手口から流しの横を抜けそのまま二階へ上る。冷気のせいで階段を昇るとき、木がみしみしと鳴る。部屋には火勢を止めておいたルンペンストーブの温《ぬく》もりが残り、二つの布団に孝と雪子が背を向けあって眠っている。

ふみ子はとび出た孝の肩口に毛布をかぶせてやると、背中のファスナーを外した。途端に鈍い痛みが、また左の胸から腕に走った。ふみ子はそろそろと腕を戻し、痛みが鎮まるのを待ってドレスを脱いだ。それから明かりを大きくして、鏡台の前に立ち、スリップを外す。

冬の夜は空気が異様に澄んでいるのか、通りを行く人の跫音《あしおと》までがはっきりきこえる。そのなかでふみ子は秘めごとでもするように裸の胸を見る。

白い素肌に二つの乳房がある。右のは一見してやわらかく軽く垂れ下り、左は丸く張って皮膚がてかてかと光って見える。その一点、陥《おちこ》んだ乳首の外側に、小指の先ほどの薄く黒ずんだ箇所がある。

汚点《しみ》か、ふみ子はそっと指の先でふれてみた。痛みはない。だが指でこすっても汚点は落ちない。さらに顔を近づけ覗《のぞ》きこんでみる。間違いなく皮膚が黒ずんでいる。黒というより紫に近い、打身のあとの皮下出血のような色である。

なんだろう……

乳房にこんな色を見たのは初めてであった。黒ずんでいるのはごく小さな部分で、それだけ見ればとるに足らない。普段なら見逃すほどの大きさである。だが異様な乳房の張りと、鈍い痛みがその汚点を、意味あり気に思わせる。

なにかわからぬが、その汚点は下から銃口のように、ふみ子を狙《ねら》っているようにさえみえる。

翌朝、ふみ子は起きるとすぐ母に乳房のことを告げた。なにか、このまま放《ほう》っておくと、とりかえしのつかぬことになりそうな不安があった。

「黒子《ほくろ》じゃないの」母は呑気《のんき》に構えていたが、実際に見ると不審な顔をした。

「一応、病院に行って診《み》てもらったほうがいいんじゃない」

「どこに行こうかしら」

「外科だろうから、笠原《かさはら》さんに行ってみたら」

笠原外科病院は実家から通りを一つへだてた四つ角にあった。そこの医師はふみ子の小学校の先輩でもう五年も前から帯広で開業している。その日の昼休み、ふみ子は、店の手の空《す》いたのを見計らって笠原外科へ行った。

医師は乳房に触れ、左右を見較べ、それから鎖骨《さこつ》の上から腋《わき》の淋巴腺《りんぱせん》まで探った。それを慎重に何度もくり返す。あまり長いので、ふみ子はこの医師が診察とは別の目的で触れているのかとさえ疑った。

やがて、医師は、しばらく考えこむように腕を組んだ。

「左のお乳がおかしいと気付いたのは、いつからですか」

「二カ月半くらい前でしょうか、十一月の半ばだと思います」

「その前には、異常はなかったのですか」

「時々、張るような感じはあったような気がするのですが、でもはっきりしません」

医師はまた乳房に触れた。

「悪いのでしょうか」

「はっきりしたことは言えませんが、もしかすると癌《がん》かもしれません」

「がん……」

ふみ子はどこかできいたような言葉だと思った。音更《おとふけ》の叔母《おば》か、誰かの知人が、癌になって死んだという話をきいたような気がする。なにか怖い病気だと思った印象があるが、具体的にはわからない。

現在なら癌について知識はゆきわたっている。それが体の各臓器にできて、早期手術以外助かる術《すべ》のないことくらい、ほとんどの人が知っている。

だが当時、昭和二十六、七年は、まだいまほど日本人のあいだに、癌は多くはなかった。死因のトップは結核で、続いて小児の消化不良とか伝染病が続き、癌は胃癌がいくらか目立つ程度である。

乳癌だといわれて、ふみ子が何か漠然と怖い病気だといった知識しかなかったとしても無理はない。

「で、どうすればいいのでしょう」

「乳癌ならすぐ手術しなければなりません」

「手術って……」

「乳房を摘《と》るのです」

ふみ子は自分の乳房を見下ろした。左の乳房は薄い汚点こそあるが白く張り、右の乳房よりむしろ形がよい。外から見たかぎりでは、摘らねばならぬほどの悪いものがあるとはとても思えない。

「硬結《しこり》の一部を試験的にとって顕微鏡で調べてみましょう」

「それで癌なら、このお乳をとるのですか」

「それが一番です」

「お乳を摘るなんていやです、お乳が失《な》くなるくらいなら死んだほうがましです」

両手で胸をおおったまま、ふみ子は首を左右に振った。だがそれが手術で治るどころか、すでに死に至る病であることを、その時、ふみ子自身はまだ気が付いていなかった。

3

乳房に硬結《しこり》ができる病気には、乳癌のほかに乳腺症《にゆうせんしよう》、繊維腫《せんいしゆ》といったものがある。乳癌なら悪性で直ちに摘出しなければならないが、乳腺症や繊維腫であれば良性だから切除するまでもない。この良性か悪性かを決めるには、その硬結の一部を試験的に切りとって顕微鏡で調べれば判定がつく。

笠原医師は一見しただけで乳癌を疑ったが、さらに正確を期すためにこの試験切除をすすめた。

「やっぱり切るのですか」手術ときいただけで、ふみ子は体を堅くした。

「切るといってもほんの二、三センチです。顕微鏡で調べるのですから、爪《つめ》の先ほどの硬結をとるだけで充分です」

「調べてもらいなさい、早く調べてもらって安心したほうがいいでしょう」

横から母が説得する。

ふみ子の体にはまだ傷がない。生れてからこれまで手術というものは受けたことがない。それがこともあろうに乳房に傷がつくという。

「本当に二センチなのですね」

最後に、ふみ子は医師にたしかめて納得した。

実際、その手術は思ったよりはるかに簡単であった。朝、病院に行って乳房のまわりを消毒され、局部麻酔を受ける。ほとんど痛みも感じないままに手術は数分で終った。医師のいったとおり、その上にガーゼを当ててもらって、すぐ歩いて帰ってこられる。

「これからこの標本を大学に送って調べてもらいます。返事は十日以内にくるはずです。きたらすぐ連絡します」

医師の手には小さなガラスのビンがあった。そのフォルマリン液のなかに、ふみ子の乳房からとり出された肉片が浮いている。肉片は淡いピンク色で一部血が、赤く滲んでいる。

これがそんなに悪いものなのか……

ふみ子は怖いというより、むしろ不思議な気持で、その小さな肉片を見詰めていた。

笠原病院から連絡があったのは、それから十日あとだった。

「大学から返事がきました。お話ししたいことがあるから、患者さんとお母さんと二人でおいで下さい」

電話の看護婦の声は淡々としていた。どうであったのか、肝腎《かんじん》の結果をきいても、お会いしたうえで、というだけで教えてくれない。ふみ子は不吉な予感を抱きながら、すぐ母と病院へ行った。

笠原医師は診察中であったが、とくに二人を院長室に招いた。その改まった感じにふみ子はさらに緊張した。

「実は、この前の返事がきたのですが、やはり乳癌でした」

「本当ですか」

「大学で、顕微鏡で調べた結果、そういってくるのだから間違いありません」

「で、どうなるのでしょうか？」

ふみ子に替って母が尋ねる。

「この前お話ししたとおり、お乳を摘るより仕方がありません」

「いやです、わたしはいやです」

医師はなにも答えない。母は黙ってうつむいている。二人の沈黙に、ふみ子はさらに声を荒らげた。

「どうしてお乳をとらなければいけないのですか、わたしのお乳だけを」

そこまで言うと一度に悲しみがこみあげ、そのままふみ子は両手で顔をおおった。

何故《なぜ》、自分だけが乳房を摘られるのか。自分の乳房だけ乳癌になったのか。母や祥子や逢坂満里子や、他の女達はならないで、自分だけがなったのか。不合理である、納得できない。泣きながら、ふみ子は不平等に腹を立てていた。だが医師はそれを宣告し、母は黙ってきいているだけで、誰もその不平等に答えてくれない。

見捨てられている……。

ふみ子は孤立無援のなかで、さらに泣き続けた。

「このまま放っておいては死にます、いまのうちに手術をしておけば助かる。今死んだのではつまらないでしょう。お子さんのためにも生きなければいけません」

医師の言うことはよくわかった。死ぬより乳房が無いほうがましだろうという理屈である。同じ不幸なら軽いほうを選べという。だが、だから納得できるということではない。乳房を失うことは、ふみ子にとって耐えられる限界をこえている。

いまふみ子には「いやだ」としか答えようがない。「いい」と言ってしまっては、すべてが崩れてしまう。

「とにかくそういうことなので手術は早いにこしたことはありません。あなたの決心さえつけば、わたしのほうではすぐ手術ができるように準備をします。家に帰って、もう一度よく考えて下さい」

泣き続けるふみ子に業をにやしたのか、医師は煙草《たばこ》をもみ消して立ち上った。突き放されて、ふみ子は慌てて顔をあげた。

まだ駄々をこねていいと思ったものが予定が狂った。相手はそれぐらいでは動じないらしい。

「どうしても駄目なのですか」

今度はふみ子が哀願する。大きな目に少女のように涙が溢《あふ》れている。頼んできいてもらえない時、最後に見せる眼差しである。だがそれも医師には効果はないらしい。

「だめです」

医師は最後に宣告するように一言いうとドアへ向って歩きはじめた。あらゆることがこの人には通じない。去っていく医師が「手術をしなければ死ぬぞ」と言っている脅迫者のように思えた。

診断が確定したら、一刻も早く手術をするのが乳癌治療の原則である。うかうかしていると癌細胞は淋巴管を経て、腋から頸《くび》の淋巴節に拡《ひろ》がり、ついには肺まで転移してしまう。こうなってからでは、手術をしても助からない。

二月の半ばに診断が確定してから、ふみ子が手術を受けた四月まで、約二カ月の空白がある。

この二カ月、ふみ子やふみ子の両親は無為に過したわけではない。手術をするべきかどうか、それ以外に治る手段はないのか思い悩みながら、他の医師や、病気に詳しい人々にきいて歩いた。だが結果はすべて悲観的だった。

身内や知人に乳癌の患者をもったことのある人は、一様に、怖《おそ》ろしい病気だといい、一刻も早く手術をすることをすすめた。すぐ下の妹の夫である内科医も、もちろん同じ意見である。もはや手術は避けられそうもない。不憫だと思いながら両親はふみ子を説得した。

ふみ子は事態が容易ならぬことを知っていた。正直いって、初め医師に手術をしなければ駄目だ、といわれた時には、まだそれほど差し迫っているとは思っていなかった。いままで、さまざまな願いごとが自分の思い通りにかなったように、今度も最後に泣いて頼めば、かなうと思っていた。病気と、普通の願いごととは違うと思いながら、頼めばなんとかなる、という甘えがあった。頼み媚びることには自信があった。

だが今度だけは勝手が違った。いままでのやり方では絶対に通じない非情な世界らしい。

それに気付いて、ふみ子はようやく本来の強さを取り戻した。

いまここでは死ねない。いま死んでは、子供達の成長を見ることはもちろん、恋も歌も、すべて中途半端に終る。このままでは中城ふみ子という女性がいたというだけで終ってしまう。ふみ子はやはり生きたかった。生きて、まだまだ見届けたいものが無数にある。死ぬかもしれない、といわれて、ふみ子はかえって生に貪欲《どんよく》になっていた。

だが、それは乳房を失うという悲しみのあとに、ようやく生れてきた意欲である。悲しみに遇《あ》い、それを納得し、のりこえる、その過程に二カ月を要した。それは決して長すぎた、無用の月日だったとはいいきれない。

しかし、ふみ子の心情とは別に、単純に医学的なことからいえば、この二カ月は無為な二カ月であった。

これはあくまで結果論で一つの推定にすぎないが、診断とともにすぐ手術を受けていたら、あるいは助かったのではないか、という悔いは残る。二カ月の間に、どの程度癌が進行したか、それは生体内のことでたしかめようもないが、医学的にはなんとも残念なロスだったといわざるをえない。

ともかく四月の半ばすぎ、ふみ子は左乳房切断の手術を受けるべく笠原病院に入院した。

その前夜、ふみ子は眠る前に孝と雪子を呼んで自分のまわりに坐らせた。ふみ子を囲んで二人の子供は、ちょうど二等辺三角形のように坐っていた。

「ママのお乳が病気になったので、とってしまうの」

二人はすでに母が乳房の病気で入院することは知っていたが、乳房をとる手術だとはきかされていなかった。ふみ子は不審そうに坐っている子供達の前で、寝間着の前を開くと乳房を見せた。

「このお乳はもうママもあなた達も見ることができないの。手術を受けたらママのお乳は平たく板のようになってしまうの。今日で終りだからあなた達はしっかりと見ておいて」

ふみ子は子供達の前で臆《おく》せず胸を張った。二人はこわごわと白く光る母の乳房を見ていた。

「このなかに乳癌という病気があって、放っておくとママは死んでしまうの。ママが死ぬよりお乳が失くなるほうがいいでしょう」

泣き出しそうな顔のまま、二人は乳房を見た。

「お乳は失くなっても、ママは元気なのだから心配ないの。じき治って帰ってくるから、入院している間二人とも大人《おとな》しくしているのよ」

はじめ孝がうなずき、それから慌てたように雪子がうなずいた。二人ともこの乳房のおかげで大きくなったのである。

「孝ちゃん、雪ちゃん、ママのおっぱいに触って」

ふみ子は二人の手を引きよせると、そっと乳房の上に重ねた。

「温かいでしょう。円《まる》くって、堅くって、どこも悪いようじゃないでしょ」

子供達は手だけ差し出したまま、気味悪げに顔をそむけている。

「ママに美しいお乳があったことを忘れないでね」

二つの小さな掌が乳房の上にのっている。その温かい手の感触のなかに鈍い疼《うず》きがある。ふみ子は二人の子の手のなかに、たしかにあった乳房の膨らみの記憶が残るのを願いながら、鈍い疼きに耐えていた。

4

笠原病院で中城ふみ子の左乳房切断手術がおこなわれたのは、昭和二十七年の四月十六日である。麻酔は局部麻酔とラボナール静脈麻酔の併用であった。

「乳房切断」とは奇妙ないい方だが専門的にはこれが正しい。乳房は胸から膨隆している、手足のように軀幹《くかん》から突出したものである。これを基底部からもぎとる、その意味では「切断」という言葉がふさわしい。

その日のことについて、ふみ子は手術室に運搬車で運ばれたところまでは、おぼろげながら覚えている。手術台に仰向《あおむ》けに寝かせられ、急に不安で、逃げ出したくなった記憶もある。

だが逃げ出す間もなく、ふみ子は寝間着を脱がされると、左胸を思いきりつき出し、腋の下まで露出した姿勢で、手術台に固定された。

手術衣とマスクの人達が行き来し、タイルを歩くサンダルの音が、耳元で響く。そのうち下になった右の腕から、ゆっくりと麻酔薬が注入された。

　初めの痛みが軽い眠りを誘い、もう逃れられないと思った時さらに意識が濁った。

「心配ないからね」

　笠原医師の声がきこえたように思うが、それも遠い音となり、やがて深い穴倉に落ち込むように体が沈んでいく。

「もう少し」と医師の声がきこえたのが最後の記憶で、あとはすべてが混沌《こんとん》としてわからない。

　手術は午後二時からはじまって二時間後の四時に終った。

　病室に戻ってきたふみ子の顔は蒼白《そうはく》で、一瞬にして頰《ほお》が落ち、長い睫《まつげ》と頰骨が蒼ざめた顔に淡い影を落していた。

　医師は脈を見て血圧を測ってから、酸素吸入と点滴を続ける。乳房をとったというのにふみ子の胸は包帯の厚みでかえって膨らんでみえた。

「いたぁい、いたぁい……」

　低く呟《つぶや》きながら、ふみ子はなお眠り続ける。「痛い」というのは、頭より体でいっている言葉であった。

　ふみ子が、意識をとり戻し、名前を呼んで答えるようになったのは、その夜、六時を過ぎてからだった。

医師がピタピタと頬を打つ。素人が見ていると乱暴なようだがそれが気付けには最もいい方法らしい。

「野江さん」

「はぁい」答えるがすぐ、それは「いたぁい」という言葉に変る。

「わかりますね」

「少し熱がでていますが、これは手術のためにでた熱で心配はありません」

医師はそういうと、もう一度血圧を測って去っていった。

夜中は母のきくゑと女店員が付くことになり、父と妹達は意識が戻ったところで、一旦家へ帰った。

ふみ子がはっきりした声で痛みを訴えたのは、これからさらに一時間あとだった。

「痛い、痛い、助けて……」

どこからそんな大きな声がでるのか、とにかく叫んでいなければ息がつまりそうである。胸の奥に熱の塊でも打ちこまれたような痛みがあり、塊がぐりぐりと神経をかき分けているようだ。

「母さん、助けて」

ふみ子は完全に子供にかえっていた。恥も外聞もないいまは痛みのことしか頭にない。母はそのたびに詰所に駈《か》けつけ看護婦に報告する。

医師がきて痛み止めの注射をうつ。針を刺す時の痛みも、胸の痛みの前ではさして感じない。大きな痛みが小さな痛みをかき消していた。

まる二日、ふみ子は痛みに喚《わめ》いた。その都度、医師は注射をうってくれたが、その効果も一時でまた痛みがぶり返す。

乳癌の手術といえば、いまでは気管挿入の全身麻酔で手術法も進歩している。当時では静脈麻酔をしたとはいえ、長い手術の間それだけに頼るわけにもいかず、局部麻酔を併用しなければならなかった。手術をしながら麻酔状態もみなければならない、両方の責任をもたされていた医師の苦労も大変であった。

乳房の周辺は胸膜に近く、特に痛みの鋭敏なところであった。乳房は外見はさほど大きくなくても、底辺は意外に拡がっている。それを徹底的に廓清《かくせい》するのは容易なことではない。

さらにふみ子の場合、単純に乳房だけを切断したわけではなかった。手術してわかったのだが、乳房の周辺の淋巴節も正常よりは大きく腫《は》れていた。このことは癌が発達して、すでに周囲の淋巴節まで侵しはじめていることを暗示している。そのため、手術は乳房を摘出するのにとどまらず、前胸部から腋窩《えきか》部の淋巴節まで摘り出す広範な手術になった。

だが正直いって、笠原医師は、それで癌病巣のすべてを摘りきったという自信はなかった。

たしかに主病巣である乳房は摘出したし、目に見える範囲の異常な淋巴節は摘りきった。しかしそれ以外の頸や、腹部、さらに肺臓内部の淋巴節まで確認したわけではない。もし癌がその先まで拡がっていたとすれば、この手術は成功とはいいがたい。当然のことだが、そこからさらに癌は拡がって、再発という最悪の事態を招くおそれがある。

経験からおして、笠原医師は癌が今日手術した範囲を超えて拡がっていなかったとは断言できなかった。摘りきった範囲の淋巴節から推定するかぎりでは、先に拡がっている可能性もある。

「もうこれで治るのですね」

手術の翌日、ふみ子は床のなかから尋ねた。

「大丈夫です」

「本当に助かったんですね」

「そうです」

この場合、医師としてはそう答えるより仕方がなかった。あとは再発しないよう願うだけである。

三日目になると、ようやく痛みはおさまり、右肩を下に、横になって寝ることもできるようになった。だが熱は三十八度近くあったし、食欲もなかった。小柄なふみ子は、さらに痩せ、目が落ち窪《くぼ》み頬骨がつき出た。白く張りのあった肌もかさかさと乾いて肝《かん》斑《ぱん》が目立ってきた。

しかしふみ子の体力の衰えは、この三日目が頂点であった。

五日目から徐々に熱が下り、それにつれて食欲も出てきた。傷痕《きずあと》はなお疼き、体を動かすと胸全体がしめつけられるような痛みが走ったが、ふみ子自身にも、一日一日、体が恢復《かいふく》してきているのがわかった。痛いといっても、表面のひりひりする痛みだけで、手術の直後に感じたような胸の奥全体が灼《や》けつくような痛みはない。

入院以来、つききりだった母も五日目には家に帰り、替って妹の美智子と敦子が交替でついた。

ようやく術後の危険な峠はこえた。

深夜、目を閉じながら、ふみ子は乳房のなくなった胸を想像した。乳房のない胸は平たく、ごつごつと肋骨《ろっこつ》だけが浮き立っているのか、それとも雪をかぶった湖のように、ただ平坦《へいたん》なのだろうか。

右と左の胸の違いはどうなるのだろう。一つだけ取り残された乳房はどんな表情をしているのか。一つ目小僧のように奇怪な顔をしているか、それとも相手がなくて、淋《さび》しそうにしているのか。

いま包帯でおおわれている自分の胸を、ふみ子は他人《ひと》ごとのように、のんびりと考えている。

この気持は悲しみとも淋しさとも違う。むしろ、グロテスクなものを想像し一人で自分を苛《さいな》む、残酷な楽しみに近かった。

九日目、抜糸する日がきた。

手術のあと、排膿《はいのう》のためのドレーンが入っていて何度かガーゼ交換を受けたが、まだふみ子は傷を見ていなかった。医師はふみ子に、手術の時のように左胸を反らせて、左腕を頭のうしろに伸ばした姿勢をとらせてピンセットと鋏《はさみ》を持った。

皮膚が引きつる感覚とともに、小さな音がして糸が切られるのがわかる。左の脇腹《わきばら》から胸を縦断して腋の近くまですすんでいくらしい。

どんな傷なのか、息を潜めて待つうちに、頭のうしろに伸ばした手がだるくなって指先の感覚が鈍くなってくる。

「まだですか」

それからなお数回、鋏の音と、小さな痛みが交叉《こうさ》した。

突然、傷口に冷んやりとした感触が走り、濡《ぬ》れてやわらかいものが肌に触れる。抜糸を終って医師が傷口を拭《ふ》いているらしい。

「終りましたよ」医師に替って看護婦が答えた。

ふみ子が頭をもたげると、看護婦が慌てて、おさえる。消毒液で傷口はまだ拭かれている最中らしい。

「見せて下さい」

ふみ子が頼むと、どうしますか、というように看護婦が医師を見た。医師はなおゆっくりと綿球《めんきゆう》で傷口を拭いてから、

「見せてあげなさい。僕は隣の病室にいるから、終ったら呼びにきてくれ」

医師はそういうと部屋を出ていった。看護婦はそれを見送ってからふみ子の背に手を当てた。

「さあお休みなさい、いま鏡をもってきてあげます」

左の背に座布団を入れて、反りかえっていた姿勢から、ふみ子はベッドに仰向けに寝かされた。

「ご覧なさい」

看護婦は枕頭台《ちんとうだい》から手鏡をとると、ふみ子に渡してくれた。

「まだ糸を抜いたばかりですから」

ふみ子はうなずくとそろそろと手鏡を胸の上に持っていく。鏡面に右の乳房がうつり、そして左の胸がうつる。

「あっ……」

瞬間、ふみ子は小さく叫んで顔をそらした。それから悪夢をたしかめるように、もう

一度そっと鏡をのぞいた。

胸の上から脇腹へ、袈裟《けさ》がけに一筋、黒い傷痕が走っている。傷は中ほどで、紡錘形《ぼうすいけい》に開き、その中央に、取り残されたような突起が見える。

「これは……」

「乳首ですよ、上の皮膚は傷んでいなかったので、先生がわざわざ残されたのです」

ふみ子は呼吸を整え、それからゆっくりと手鏡を移動した。黒い傷痕は、大きな弓を描いて胸を横切り、その中央で、残された乳首は根元を失って頼りなげである。

乳房を失って、平たくなったと思われた胸の皮膚は、傷口の縫い合せで凹凸《おうとつ》を呈し、その周辺は、まだところどころ、血が赤く滲んでいる。

それは、ふみ子が想像していた白く平らな雪面とはほど遠い。白い胸に乳房を失った胸が淋しそうにしているのでもない。もはや感傷など入りこむ余地もないほど、荒々しく醜悪である。

これ以上、ふみ子は鏡を見ている気力がなかった。自分の胸だというのに、見ているだけで目をそむけたくなり、吐き気を催しそうだった。

「着せて……」

ふみ子はそれだけつぶやくと、手鏡を戻し目を閉じた。

もう見たくはない。見てこれ以上、苦しむのは嫌だ。逃れたい。こんな悪夢からは醒《さ》めたい。見なければよかった。目を閉じたままふみ子はいやいやをした。

「もう少しすると傷痕はもっときれいになって、目立たなくなりますよ」

看護婦はふみ子の耳元で囁《ささや》くと医師を呼びにいった。

「いやっ……」

ふみ子の心に一度に悲しみが溢れた。

もはやこの胸は誰にも見せられない。他人にはもちろん、孝にも雪子にも、傍《そば》に立っている母にも、二度と見せられない。見たら最後、その人達は顔をそむけ、やがておずおずと同情の眼差しを向ける。

現に母がそうである。一瞬は顔をそむけ、手で口をおおっていたのが、いまは不憫気に寝間着の襟元を寄せ、傷を隠そうとしている。

「母さん、放《ほ》っといて」

ふみ子は目をしっかりと閉じたまま叫んだ。

「隠さなくていいの」

母は戸惑ったように手を引いた。どうして叱られたのか、母にわかるわけはない。母には酷だと思いながら、いまふみ子が悲しみをぶつけられるのは母しかいなかった。

「可哀想《かわいそう》だと思って、母さん、同情しているのでしょう」

「ふみ子……」

「そんな生半可な同情なんかいらないわ」

いきなりふみ子はいま傷を映した手鏡をとりあげると、床に叩《たた》きつけた。鏡は鈍い音をたて、破片が床にとび散った。

「ふみ子……」

母がもう一度叫んだ時、医師と看護婦が戻ってきた。

「どうしたのですか」

「済みません」

母が謝っている。医師は鏡の破片を拾っている母を見たまま、無言でピンセットをとると、看護婦から消毒綿を受けとった。

再び、冷んやりとした消毒液が傷痕に触れていく。消毒し終ったところでガーゼが当てられ、その上を胸帯が巻かれていく。一枚一枚、包帯が重ねられ、傷は大切な宝物のように、白い布の奥深くしまいこまれていく。

ふみ子は死人のように上体を看護婦と母にあずけたまま目を閉じていた。あんな胸は知らない。あれはあたしの胸ではない。悪魔が勝手につくり替えた胸だ。あたしには無関係な胸だ。そういいきかせながら、自然に涙が滲んできた。

ふみ子が笠原病院を退院したのは、これから一カ月後の五月の半ばであった。

傷は三週間で完全に癒《い》え、痛みも消えたが、手術の時、肩に近い淋巴節まで廓清したため、左の腕に軽いむくみがあった。数分間、手を挙げているだけで、だるくなり、下げるとすぐむくみがでて指先が痺《しび》れてくる。傷の名残りか、ときたま胸の奥で引きつるような痛みもあるがそれはさして苦にならない。

陽光が照り、土の匂《にお》いの新しい道を、ふみ子は母と並んで家へ戻った。

行き交う人達も、知人も、みな、ふみ子の胸の傷はわからない。手術をしたといっても、そのあとがどうなったのか、想像するだけで見た人はいない。

傷のことを忘れようと、ふみ子は軽くハミングし、母と歩調を合せて歩いた。

知らない人が見れば、それは仲のいい母と娘の午後の散歩のようにしか見えない。

だが歩きながら、母のきくゑは、退院の時、笠原医師からきいた言葉を思い出していた。

「あの人は、胸にあんな傷痕がついて、私を恨んでいるようですが、手術ではできるだけのことはやったのです。しかしそれはあくまで、目で見ての上でのことで癌細胞はもっと拡がっていたのかもしれません。もしそうなら半年か一年後に再発する危険があります。今度再発したら胸だけでなく、肺や腹膜や、内臓のほうにまで拡がって、多分手術も不可能です。そんなことはないとは思いますが万一ということもあります。ですから毎月一度は、定期検診を受けなければなりません」

そこで医師は一つ息をつくと、

「どうもあの人は少し我儘で、気も強く、なかなかいうことをきかないかもしれませんが、今度再発したら本当に命とりになるのです。こんなことは直接本人にはいえませんから、お母さんにいうのですが、くれぐれも気をつけて、少しでも様子が変だったら、すぐ病院に連れてくるようにして下さい。いいですね」

退院の前日、医師はふみ子の母だけを院長室に呼んで、そう念を押した。

5

笠原病院を退院してきたふみ子が、まっ先にとりかかったことは、左の失くなった乳房をいかにして、あるように装うかということであった。

医師の好意で、胸には、たしかに乳首だけは残っていた。

しかし平たい、なんの膨らみもない胸の中に、ぽつんと一つ、乳首だけあるのは見ようによっては、いかにもグロテスクである。皿の上に葡萄《ぶどう》が一つ置き忘れられたような淋しさである。

ない胸のふくらみを、あるように見せかけるといえば、いまなら誰でもすぐブラジャーを思いつく。それで大小、好みの形の乳房を装うことができる。

だが当時、昭和二十七年には、ブラジャーはまだ一般的ではなかった。日本でブラジャーがはじめてつくられたのは、この前年の二十六年五月、ワコールの前身の和江《わこう》商事が扱ったのがはじめてである。これ以前に胸に当てるものとしては、いわゆるブラ・パットといって針金を円錐形《えんすいけい》に巻いたものに綿をかぶせたものを下着の下におしこんでいただけである。当時はこれを一名〝にせおっぱい〟と呼び、使っているのは東京や大阪の金持の娘か女優達の一部にかぎられていた。

呉服屋の娘で、若いころからおしゃれだったふみ子は、当時すでにブラ・パットがあることは知っていた。

乳房の小さかったふみ子は、東京滞在中に一度、それを買ってきて、試してみたことがあるが、体を激しく動かすとずれるので、つけている時は、あまり動けない。いずれにせよ、その時は悪戯《いたずら》半分に買ってみただけで、なければないでも済んだ。

だが今度はそんなわけにはいかない。右のふくらみはあって、左がないというのではおかしい。コートでも着ていればともかく、セーターやワンピースでは、歪《いびつ》なことがわかってしまう。

ふみ子はとりあえず、ブラ・パットを取り寄せた。

もっともそれにしても、田舎町の帯広には売っていないので、店に出入りする問屋に札幌のデパートから買ってきてもらうように頼んだ。

当時のブラ・パットにはサイズはなかった。標準型とでもいうのか、大きさはみな一定である。

六月の初め、問屋がブラ・パットを買ってきてくれた。一応左右二個でセットになっている。ふみ子はこれを下着の下につけ、その上に移動しないように、少し小さ目のセーターを着て胸を締めつけた。

パットの大きさは、残された右の乳房より一廻り大きい。骨細の、やせぎすの体に、ぴっちりしたセーターを着てブラ・パットをいれると、ふみ子の胸はいままでよりも目立った。

近所の人や歌人仲間達は、ふみ子の乳房に悪いできものができて手術したとはきいていたが、その結果、左の乳房が根こそぎ摘られたとは知らなかった。それを知っているのは、医師と看護婦と母のきくゑだけである。

手術のあと、ふみ子は、乳房がなくなったことは誰にも告げないよう、看護婦と母にくれぐれも頼んでおいた。

ガーゼ交換の時も、母以外の家族や店員が傍《かたわ》らにいる時には、一旦、病室の外に出てもらい、それから傷の処置をしてもらう。だから胸の傷痕については父はもちろん、妹達さえ見たことはなかった。

風呂も銭湯には絶対に行かない。ふみ子が退院してきてからは頻繁に内湯を沸かし、必ず一人で入る。時たま、雪子や孝が一緒に入ろうとしても、「入ってきては駄目」と強く叱りつける。

「子供ぐらいはいいでしょう」

叱られて淋しそうにしている子供達を見て、母のきくゑがとりなすが、ふみ子は、

「母さん、馬鹿なこといわないで、あの子達は、わたしのきれいなお乳しか知らないのよ、それをなにもこんな傷だらけの胸を見せて夢を破る必要はないでしょう。そんなことをしたら、あの子達が可哀想よ」と、いまにも泣き出しそうな顔で訴える。

そういわれては、きくゑもそれ以上はいえない。

こんな調子だから他の人々は、素人の知識でふみ子の胸を勝手に想像するだけだった。

村田祥子はかつて母が乳腺炎で、乳房の右端に小さな傷痕があったのを覚えていたので、ふみ子の傷も多分そんな程度のものだろうと考えていた。

「手術をしてかえってお乳が大きくなったんじゃない？」

セーターからつき出ている胸のふくらみをみて、祥子は皮肉でなく、そう思った。

「これは違うの、下にパットをいれているの」

ふみ子もさすがに、そこまで嘘はつけなかったが、すぐ、

「手術のおかげで形が変ってしまったでしょう。だから丸い乳型をいれているの」と胸

を張ってみせた。

にせおっぱい、というものがあることは、祥子もうすうす知っている。お乳に自信がないだけに、彼女も機会があったらつけてみたいと思っていたが、自分から買い求めるほどの勇気はなかった。それをふみ子は、乳房の手術をしたという理由で、堂々とつけていた。手術がそれを正当化していたのである。ふみ子の傷の実態を知らぬ祥子は、そんな美しいふくらみをもつふみ子が、むしろ羨《うらや》ましく、あやかりたいとさえ思っていた。

だが実際にパットをつけている気苦労は並大抵ではない。なによりも困ることは、少し体を動かすと移動して、ふくらみがずれることである。

ふみ子はもっと安定性のあるパットが欲しかった。それがあれば外出も安心だし、パットの先がなにかに触れてもいちいち気にする必要はない。

これはパットをつけている女性なら誰しも抱く願いである。当然パット業者もそれに気付いていた。

ふみ子は当時、ようやく出はじめた服飾雑誌や婦人雑誌を片っぱしから買ってきては、そんな製品の有無を調べた。そしてその夏、ふみ子はようやくDという雑誌で、ブラジャーという新しい胸当てが発売されたのを知った。

ちなみに、この昭和二十七年のころの風俗流行をふり返ってみると、この年の三月に、東京ではじめてファッションモデル・クラブが結成され、夏にナイロンブラウス、ゆかたドレスが流行し、ナイロン生産が本格的に開始された。

この前年はようやく全繊維製品が自由販売となり、コールドパーマが普及し、この翌年、ファッションモデルの伊東絹子《いとうきぬこ》がミス・ユニバースの三位に入賞し、八頭身という言葉が拡がった。

ワコールの会社の歴史を書いた、ワコール物語には、当時のブラジャーをつくる苦心談として、「頼りは、アメリカのオーダー・ブックだけである。しかもそこに製法が書いてあるわけではない。ブラジャーの写真を見ながら、まずいちばん簡単そうなデザインを選んで、ボール紙を截《き》り、虫ピンでつないでカップの恰好をつくる。妻の胸をモデルに、とにかく四苦八苦して、なんとかブラジャーらしきものができあがった」と書かれている。

こんなわけで当時のは肩紐と脇紐で固定するタイプで、カップのサイズはみな同じだった。S・M・Lと三種類あったが、それは脇紐の長さによる分類という、およそ原始的なものだった。

だがそれにしても、ブラ・パットからみると、大変な進歩である。

ふみ子はこのカタログをみて、早速、東京の本社に手紙を出して買い求めた。当時日雇いの日給が二百四十円ときめられていたとき、一組三百円だった。

高いとはいえ今後、ふみ子がお婆《ばあ》さんになるまで、ほぼ永遠にお世話にならなければならない品物である。いずれ帯広でも売り出されるとしても、当分は来そうもない。ふみ子は一度に三個をあわせて注文した。

夏で薄着になる季節で、タイミングとしては丁度よかった。これなら多少の乱暴をしたところで心配はない。

ふみ子は新しく届いたブラジャーをつけ、その上にブラウスかセーターを着た。白い薄地のブラウスの時など、上からブラジャーが透けてみえ、下着に慣れぬ男達はそれを見て戸惑った。手術の結果とはいえ、ふみ子は下着ででもこの街の流行の先端をゆくことになったのである。

だがそれはあくまで外見のことで、一度、衣服を脱げば、そこには黒々と蛇のうねりのような傷痕が残っていた。どう装おうと、ふみ子自身はその傷口から逃れることはできない。

しかし、この悲しみを乗りこえて、退院してからの二年間、ふみ子はさらに多彩な恋の遍歴を重ねる。それはいいかえれば、この世にあったふみ子が恋に身をこがした最後の期間でもあった。

この期間、ふみ子の相手は、手術の前、一旦近づいて中断していた五百木伸介である。夏になり、ふみ子が自由に出歩けるようになってから、この恋は再び以前にも増して燃えあがった。

ふみ子自身は気付かぬことであったが、生死をさまよう病気を経て、ふみ子はさらに恋に貪欲になっていたのである。

五百木の実家は帯広から東へ二、三キロ離れたK村にあり、父はその土地で手広く農業をやっている有力者であった。五百木は学校を出たあと、農業がいやで一時、ダンス教師をしていたが、家では大反対だった。いずれ農業に戻し、家を継がせたいと望んでいたが、五百木は農業より文学や哲学を愛する思索的な青年であった。

この五百木には、ふみ子と女学校時代同級生の友子《ともこ》という姉がいて、ふみ子の所属する『山脈《やまなみ》』『新墾《にいはり》』の同人でもあった。この姉も病身にくわえて複雑な家の事情から、なお未婚で過していた。

ふみ子は五百木との恋を姉の友子に知られることを、最も怖れていた。

この場合、事実はどうあろうとも世間は年上のふみ子が純情な青年を誘惑しているとしかとらない。実際、経過はそのとおりだし、恋について、ふみ子はすでに札《ふだ》つきの前科者だった。

友子や他の歌人に知られるのを怖れながら、ふみ子はやはり五百木への愛を歌わざるをえなかった。

背のびして唇《くち》づけ返す春の夜のこころはあはれみづみづとして

燃えむとするかれの素直を阻むもの彼の内なるサルトル・カミユ氏

春芽ふく樹林の枝々くぐりゆきわれは愛する言ひ訳をせず

二十七年春から夏にかけての『山脈』に発表された、五百木への相聞歌《そうもんか》である。友子や他の歌人達に知られるのを怖れながらこっそり歌ったのだが、そんな関係は所詮《しょせん》は隠しおおせるものではない。

陽にすきて流らふ雲は春近し噂の我は「やすやす堕《お》つ」と

噂のとおり、この夏、ふみ子と五百木は、肉体的なつながりまですすんだ。

ふみ子はこの、五百木にはじめて体を与えた時のことを忘れない。

それまでふみ子は夫の他に諸岡、そして大島と恋の遍歴を重ねてきた。だがそれらはすべて、ふみ子の体が健康なときのことだった。

六月、長い一日の残照が、雲のきわみに止ったまま動かない夕暮であった。神社の裏から、ふみ子と五百木は十勝川の堤に出た。ひろがる夜のなかで、川面《かわも》だけが白く見える。それを見るうちに、ふみ子はふと、このまま抱かれ滅茶苦茶にされたい衝動にかられた。それは必ずしも五百木そのものを求めたのではなかったのかもしれなかった。なにか強力で新鮮なものにすがりつきたい。心というより、むしろ体が求めたような衝動であった。

ふみ子は一人で橋のたもとに行くと、走ってきたタクシーに手をあげた。

十勝川をまたぐ十勝大橋は、帯広と帯広の奥座敷である十勝川温泉を結ぶ橋で、温泉に客を送り届けてきた空タクシーが頻繁に通る。橋から温泉までは車で十数分の距離だが、かつて、ふみ子はそこに諸岡に誘われて行ったことがある。

「乗りましょう」

「どこへ……」

ふみ子はかまわず先に乗ると、運転手に「十勝川温泉」といった。車はすぐUターンし、再び橋を渡る。

五百木はなにかを察したのか、硬張《こわば》った表情で行手の夜の空を見ている。ふみ子はその青年の少し不安そうな表情を盗み見ながら、加虐に似た悦《よろこ》びを覚えていた。

だが温泉旅館に入り、部屋に二人きりになってふみ子ははじめて、自分の立場が必ずしも優位でないのを知った。

乳房がない……

それがいまはじめて、現実のこととなってふみ子に襲ってきた。だがそれはいまにはじまったことではない。ふみ子は充分承知していたことでいまさら狼狽《ろうばい》するのはおかしかった。

正直にいうとふみ子は、いつか二人の間で乳房のことが問題になるとは思っていた。いつかはっきりいわねばならぬと思いながら、一寸刻みに先に延ばしていた。しかしいまとなっては逃げるすべはなかった。自分が誘ってこのまま帰るのでは、自ら敗北を認めて逃げ出すことになる。

五百木の燃えるような眼差しを見て、ふみ子は心を決めた。どうせ、いつか知られることである。それで嫌だというならそれまでである。それならかえってあきらめもつく。だがそう決心しながらも、ふみ子は欺けるだけは欺きたかった。逃げ出す卑怯《ひきょう》はしないが、かわりに出来るかぎり演技をする。考えるうちに、ふみ子は昔、学芸会で王女さまを演じたように、たちまち悲劇のヒロインになっていた。

「電気を消して」

接吻《せっぷん》を求めてくる五百木に、ふみ子は少女のようにささやいた。

「お願い、明るいところはいやなの」

五百木は素直にドアのところへ行き、スイッチをおした。

闇のなかで五百木の細い頸《くび》と、その先の白い顔が目の前にあった。ふいと唇をつき出せば触れる近さである。ふみ子はそれをたしかめてから、そっと目を閉じた。

五百木の接吻は無器用で荒々しかった。唇を強引におしつけるだけで舌を動かしたり吸うという巧みさはない。

ふみ子の腕に、青年の震えがかすかに伝わってきた。唇も足先も小さく揺れている。

「好きよ」

ふみ子は青年の腕のなかでささやいた。

そのままベッドにもつれ、五百木が強引に求めてくる。車のなかで戸惑っていた青年が、いまは猛々《たけだけ》しい獣に変っていた。

「待って、いまあげるから待ってちょうだい」

五百木の腕の下で、ふみ子は哀願した。

「あげるから約束して欲しいの」

闇のなかで、五百木の黒い瞳《ひとみ》が素直に待っている。

「胸がまだ心配なの、だからここにはさわらないで」

ふみ子は乳房を抱くように両手を胸に当てる。その仕草は童女のように、愛らしく可憐だった。

「わかったわね」

五百木はしっかりとうなずく。

「あたしは胸に手を当てているから奪ってちょうだい」

ふみ子はなにか自分が殉教者になったような気持になっていた。五百木の手がおずおずと肩口から下半身へ移る。興奮をおさえるように息を吐き、不安げにたしかめながら、下っていく。

全裸のままふみ子は自分が青年に捧《ささ》げられた犠牲《いけにえ》のような気がしていた。加虐から自虐へ、ふみ子の心が揺れていく。

すべてを脱がされ、ただ一つ、ブラジャーをつけた形でふみ子は青年を迎え入れた。五百木の男性を感じ、それをたしかめながら、ふみ子は胸に当てていた手を、少しずつ彼の肩に廻して行った。五百木が動く度に、ブラジャーが揺れたが、ふみ子はもう乳房のことは考えていなかった。

すべてを奪われ息も絶えだえに苛《さいな》まれたい、白い川面に見た渦のように、思いきり翻《ほん》弄《ろう》されたい。なにもわからないある一瞬の空白が欲しい。そうしたら乳房のことも、人々の好奇と批判の目も、すべてを忘れることができる。

いまふみ子は男と女が結びつく、その一時の燃焼のなかに、ある平安を求めていた。どれくらいの時間が経ったのか、長いようで短い時間のようでもあった。果てた五百木の傍で、ふみ子は優しく満ちていた。それは彼の技巧や体力とは無縁の、ようやく結ばれたという安堵《あんど》感に近かった。そして年上の、乳房のない女が若い男を果てさせた、その自分の女をたしかめたことへの満足でもあった。

すべてが終ってからふみ子は胸元を見たが、ブラジャーはほとんど移動せず、しっかりと取り残された乳首をおおっていた。


音たかく夜空に花火うち開きわれは隈《くま》なく奪はれてゐる

一度目はおずおずと戸惑いがちであったのが、二度目からは彼のほうから平然と求めてきた。青年はいくらか図々しく我儘になりながら、求める時は哀願に近かった。

ふみ子は充分にじらし、五百木がいよいよ耐えきれないとみると今度はすすんで与えてやる。やはり明かりは消させるが、時に、健康なほうの乳房をブラジャーからそっと外して含ませてやる。五百木は飢えた犬のようにそれにむしゃぶりつく。

ふみ子は乳房を与えながら、青年の柔らかい髪を撫《な》ぜるのが好きだった。青年の髪に触れている時、ふみ子は彼のすべてをとらえているような満足を覚える。

やがて彼が入ってきて、ふみ子はもはや青年をとらえて離さない。このときから二十四歳の青年は、二十九歳の乳房のない女の虜《とりこ》になっていく。

二人のことが一番はっきりわかるのは、五百木の姉であった。

五月のはじめ、噂にたまりかねた友子は『山脈』発行者の山下と舟橋のところへ来て、弟から手を引くよう、ふみ子を説得して欲しいと頼んだ。

現実はともかく、友子からみれば、弟を誘ったのはふみ子で、弟はふみ子に騙《だま》されているとしか思えなかった。

こうした観方《みかた》は、友子だけでなく、ふみ子の友達や歌人仲間も同じだった。正直なころ「あの女ならやりかねない」というのが、彼等《かれら》の一致した意見だった。

律儀な山下は、友子の頼みを受け、ふみ子に五百木との交際を自重してはどうか、といってみた。

「みなが、わたし達の噂をしているのはわかっています」

ふみ子はそう答えるだけで、だから別れるとも、逢うのを控えるともいわなかった。

舟橋はふみ子の一途な性格を知っていたから、はじめから説得をあきらめていた。

「いまは二人とも燃えているのだから、そっとしておくより仕方がないでしょう。あの人は思いこんだらなんでもやり通す気性の強い人だから、下手《へた》に反対したら、かえって火をあおるようなものですよ」

舟橋になだめられて、友子は途方にくれた。

こうなっては、ふみ子に直接会って話をつけるまでだ、と思うが、会えば逆にやりこめられそうな気がする。友子にとってふみ子はどうみても手強《てごわ》すぎた。

だが強いとはいいながら、噂の渦中にあるふみ子自身の苦しみは周りの者の比ではなかった。

夏から秋へ、二人の噂は十勝の平原を吹き抜ける疾風《しっぷう》のように小さな田舎町に拡がっていく。

九月にはついに、歌人仲間や友達だけでなく、ふみ子の両親から、五百木の家にまで二人の噂はきこえてしまった。

母のきくゑは「またか」と腹を立てながら、乳房を失ってまで恋の噂の絶えない娘にあきれはてた。

「相手は前途ある若い人ですよ、あなたは子供が三人もいて、五つも年上でしょう。少しは自分の立場を考えたらどうなの」

さすがのきくゑも、乳房もないのに、とまではいいかねた。ふみ子はきいているのかいないのか、目を伏せたまま爪に塗った赤いエナメルを見ている。そのころマニキュアはまだなく、おしゃれなふみ子はエナメルを爪に塗っていた。

きくゑはこんなにまで装って若い男を追いかける娘が、不憫でもあり情けなかった。

「みんながあなたを笑っているじゃありませんか。あなたが笑われたら父さんや母さんも、お店も、あなたの子供達も、みんなが笑われるのですよ、もうお願いだから母さんを困らせるのは、これくらいでやめてちょうだい」

叱っているつもりが、途中から哀願に変っていた。

「あなたがどんなに好きだといったって、あの方と結婚できるわけじゃないでしょう」

「母さんは、結婚できるのならいいというの？」

「馬鹿なことというもんじゃないわ」

「とにかく結婚できるのならいいのね」

ふみ子はそれだけ言うと、立ち上る。

周りからの風当りが強く、追いつめられれば追いつめられるほど、強くなるのがふみ子の性格であった。表面は優しいが、芯《しん》には一本、したたかなものが潜んでいる。

母に知られ、問いつめられてから、ふみ子はいままでの態度を一変して、逆に二人の関係を誇示するようになった。

「みながわたし達をつぶそうとしているの、だからわたし達はもう隠れる必要はないわ、堂々と二人がいかに愛しあっているか、見せてやりましょう」

ふみ子は愛をたしかめあったあと、五百木に宣告した。五百木はつられるようにうなずく。

「あたしは負けないわ、だからあなたも頑張って」

追いつめられたという実感が二人の結びつきをさらに強くする。まさに舟橋が憂えたとおりにことはすすんでいく。

この時から、ふみ子は人々の前で五百木を、平然と伸《しん》ちゃんと呼び、五百木はふみ子を、ふみ子さん、と呼ぶようになった。

疑いもなく、ふみ子は一途な、気性のはげしい、女であった。一度燃え出したら容易なことでは止らない。燃えながら上手に立ち廻るといった才覚はない。よくいえば天真《てんしん》爛漫《らんまん》な、悪くいえば向うみずな女であった。


かがまりて君の靴紐結びやる卑近なかたちよ倖《しあは》せといふは

月のひかりに捧ぐるごとくわが顔を仰向かすすでに噂は恐れぬ

ここにきて、ふみ子は完全に開き直っていた。はっきり人々に二人の関係を白状してしまえばもう怖いものはない。

だがその強いふみ子にも、女として一途に恋に走り続ける自分に、反省がなかったわけではない。


子を抱きて涙ぐむとも何物かが母を常凡に生かせてくれぬ

梟《ふくろふ》も蝌蚪《おたまじやくし》も花も愛情もともに棲ませてわれの女よ

一人醒めて思う時、ふみ子は自分の身勝手さにあきれた。自分で自分がわからなくなる。だがそれはある一時で、すぐまた男を想《おも》う一人の女に舞い戻る。

叱って挑発的になった娘に、母のきくゑはさらに厳しくなった。ふみ子の気性の強さは、この母から受け継いだと思われるだけに、ふみ子はこの母が一番苦手だった。

この母にくらべればふみ子の父は優しく、滅多に叱ることはなかった。

老首相が好むと反語に言ひたりし銭形平次《ぜにがたへいじ》わが父も読む

この他、ふみ子が父を詠んだ歌は二首あるが、いずれも、優しい父への思慕と甘えさえ見える。

だが女丈夫の母には、こんなわけにはいかない。五百木のことが公けになってから、きくゑは歌会以外の夜の外出を一切禁じた。

困りはてたふみ子は、祥子に、歌会があるといって迎えにきてもらうことを考えついた。

母の目を欺いて外へ出たふみ子は、祥子とすぐ別れて、五百木の待っている喫茶店へ駈けていく。そこで逢い、二、三時間のデートのあと、帰りには自分から祥子の家に立ち寄り、彼女を呼び出して家までついてきてもらう。

祥子にとっては割の悪い役だったが、ふみ子に「お願い」と手を合せて頼まれると、断わりきれない。祥子には女学校時代、女王様として君臨したふみ子の面影が、まだ残っていて、従わざるをえない気持にさせられるのだった。

こうして五百木との恋は、父母をはじめ、多くの知人の顰蹙《ひんしゅく》をかったが、歌についてだけいえば、この四面楚歌《しめんそか》は、むしろ、ふみ子の創作意欲をかきたてる刺戟剤《しげきざい》としてプラスにこそなれマイナスにはならなかった。

もはや堂々と五百木との仲を公言したふみ子は臆することなく矢継早に恋の歌を発表した。

月射《さ》せば何かさびしきたとへばきみの黒子《ほくろ》の位置を忘れしことも

饒舌にささやきし夜の風も落ちかれの若さが厄介になる

この年の十月、ふみ子は女人短歌会会員となった。

この会の北海道札幌支部は、昭和二十六年七月、本会代表の長沢美津《ながさわみつ》が来道したのを機に結成され、全道女流歌人大会に四、五十人の会員が参集した。この会の道支部代表は『凍土』にいた宮田益子《みやたますこ》であったが、彼女の推薦でふみ子は加入したのである。

このころ、ふみ子はすでに『山脈』『新墾』で、かなり名の知れた女流歌人に成長していた。だがこれらの雑誌が全国的な規模の歌誌でないことに、ふみ子はかすかな不満をもっていた。

どうせつくるなら中央で認められたい。このころから、ふみ子は歌への自信とともに、折りあらば中央の歌壇へ出たいという意欲をもちはじめる。

宮田益子の伝手《つて》をえて、女人短歌会にくわわったのは、その第一の現れであったし、この翌年、二十八年四月『潮音』同人として加入したのも、これと同じ目的からであった。

第五章 夕《ゆう》 虹《にじ》

1

昭和二十七年から二十八年にかけて、ふみ子の五百木への愛は、傍《はた》からみると、まさに臆面《おくめん》もなく燃えさかった。それは落日を前にした光芒《こうぼう》のように短く鮮烈であった。

だがこの間、ふみ子は五百木との愛に熱中しながらも、同時に、激しい作歌への情熱を滾《たぎ》らせていた。奔《ほとばし》るような恋が、美しい数々の相聞歌《そうもんか》へと結晶していった。

二十六年、十勝地区歌人を結集してつくられた『山脈《やまなみ》』は、その後、主導者である諸岡が逝《ゆ》き、二十八年に入ると舟橋、三宅ら、主要同人の移動とともに不振になり、毎月刊の発行も覚束《おぼつか》なくなった。

ふみ子は『山脈』には毎月のように作品を発表し『新墾《にいはり》』は準同人として、それぞれに活躍したが、前者の不振と後者が地方誌であることにあきたらなくなり、すすんで『女人短歌』に参加した。

だが勢い込んで加入した『女人短歌』で、ふみ子の歌はあまりいい位置を与えられなかった。十勝のスターも、中央ではまだ無名の新人でしかなかった。地方誌とはいえ、主要同人並みの扱いをされていたふみ子にとって、この冷遇はこたえた。とくに女性だけの雑誌だけに、ふみ子は反撥《はんぱつ》を感じ、その不満を、以前から師事してきた『辛夷《こぶし》』主宰者である野原水嶺に訴えた。

野原は早くから、ふみ子の才能を認めていただけに、その不満はよくわかった。相談に乗ったあと野原は小田観螢《おだかんけい》らの助言をえて、四賀光子《しがみつこ》に交渉し、二十八年の四月『潮音』に準同人の待遇を得られるように配慮した。

地方誌からの新人が、一躍『潮音』の準同人になるというのは、有力な紹介者があったとはいえ、当時としては破格のことであった。ふみ子はそれに感謝し、以後、死に至るまで毎月この雑誌に出詠することになる。張りきっただけに、同誌への発表作品も水準を抜き、合評の材料に採られるなど、ふみ子はたちまち目立つ存在になった。

こうした中央志向とは別に、退院以後もふみ子は帯広の歌会には欠かさず出席し、二次会にもよく参加した。

このころ舟橋は街の中心にある志田《しだ》病院に入院していたが、ふみ子はよく実家の店を抜け出しては、彼の病室に来て、雑談をしていった。

舟橋がいまも鮮やかに覚えているのは、二十七年のクリスマスイブの夕方、フレアーをたっぷりとったワンピース姿で現れ、「今夜、これから伸ちゃん（五百木）とダンスへ行くの」と、くるりと一回転し、スカートを落下傘のようにふくらませてみせたことである。

舟橋は股関節結核《こかんせつけっかく》で十年近い療養を重ね、自由に歩けぬ身であった。他《ほか》に病室には長年の療養者が何人もいた。その人達の前で、好きな男とダンスに行くことなど、普通の神経の持ち主なら慎むものだが、ふみ子は平気だった。しかもスカートの裾《すそ》をもって廻《まわ》って見せる。これを他の者がやれば嫌味にみえるのが、ふみ子の場合はむしろ愛らしい、邪気のない素直さがかえって人々を楽しませた。

それに甘えたわけでもないが、ふみ子は五百木と連れ立って、何度か病室を訪れたこともあった。多くの場合、五百木は照れたように目を伏せ、舟橋の話しかけにも「ええ」とか「はい」と言葉少なに答えるだけだった。そのうち歌の話になると、ふみ子は五百木の存在を忘れて話し込むが、終ると急に思い出したように、「伸ちゃん、伸ちゃん」と五百木に甘える。舟橋には関係ない二人の買物や、次のデートの約束まで目の前で平然とする。

だが傍若無人にみえて、ふみ子はその実、男達の前では、どの程度まで振舞っていいかということを本能的に知っていた。のろけても甘えても、他の者を不快にさせない。そのあたりの分のわきまえ方が、また際立っていた。

この病室で、ふみ子は一度だけ自分の名前のことについて、舟橋に相談している。時期的には少しさかのぼるが、ふみ子が正式離婚後も中城姓を名乗るのはおかしくないか、ということである。

「そりゃきちんと実家の野江姓に戻るのが筋だろうね」

舟橋は常識的な答えをしたが、ふみ子は少し考えてから、

「いままで中城できたし、それに野江ふみ子ではなにか田舎《いなか》くさい感じがするの、中城のほうが恰好《かっこう》いいでしょう」

「しかし恰好いい悪いの問題ではないんじゃないかな」

「でも、ペンネームだと思えばいいじゃない。名前が平凡だから、せめて姓くらいしゃれていないとだめなの、名前の冴《さ》えない作家は、歌も冴えないものよ」

ふみ子は初めから変える気はないのだった。気持は決っているのに、言ってみただけである。

「きみがそう思うなら、そうすればいい」

ふみ子は満足したようにうなずいたが、すぐ「でも、だから中城を愛しているという意味ではないのよ、誤解しないでね」とつけくわえた。

舟橋は名前のこととは別に、あとでそんなふうに念をおすふみ子に、かえって中城へのつながりを感じて、奇妙な思いにとらわれた。

この年、ふみ子の周辺にはいくつかの動きがあった。まず三月に、大島が畜産大学を出て札幌に移り、四月には舟橋も札幌の病院へ転じた。十月には『山脈』の有力な同人であった山下が逝った。ふみ子の周辺から親しかった人達が少しずつ減っていったが、ふみ子は五百木との愛のなかで歌をつくり、徐々にではあるが『潮音』で地歩を固めていった。乳房のない悲しみはあったが、それは一人の悲しみで、人々の前では陽気に振舞うことにも慣れていた。

そして十月、ふみ子はようやく五百木の父から、近い将来、五百木と結婚していいという承諾をとりつけた。ふみ子と息子のねばりに、五百木の両親はついに負けたのである。この間、ともすれば弱気になる五百木を励まし、引っぱっていったのはふみ子のほうだった。

だがその幸せをまっていたように、不幸がまた、ふみ子の行手に黒い翼を拡《ひろ》げていた。

十月の半ば、二カ月ぶりに病院に現れたふみ子を見て、笠原医師は声を失った。

少したるんではいたが、やわらかく、ふくよかだった右の乳房に硬結《しこり》が現れ、腋窩《えきか》の淋巴腺《りんぱせん》まで小指頭大に脹《は》れていた。

「やはり癌《がん》のようです」

充分に触診し、レントゲン写真を撮ったあと、笠原医師は苦りきった顔で言った。

「でも、癌はこの前、左のお乳と一緒にきりとったんじゃありませんか」

乳房を切断すれば治るときいたのだから、ふみ子の疑問は当然であった。

「それが、一部右へ移ったのです」

「どうして、こちらまで……」

ふみ子は右の乳房を見下ろした。

そうきかれても医師に答えようはなかった。目で見える範囲の悪い部分はとったとしても、それ以外のところまで癌が拡がっていなかったとはいいきれない。癌細胞は所詮《しょせん》、肉眼では追いつくせないものだった。

「どうしたらいいのでしょう」

「やはり手術をすることです」

「じゃあ、こちらのお乳もとるのですか?」

ふみ子がせきこんで尋ねた。医師はしばらく黙っていたが、やがて静かにうなずいた。

どういうわけか、ふみ子に悲しみはなかった。平たくなった胸が目の下に拡がっている。どこまで行っても触れるものはない。それは十勝の野面《のづら》のように、冷え冷えとして果てしない。

以前、ふみ子はこれと同じ夢を見たことがある。野を必死に駈《か》けていく、見はるかす彼方《かなた》まで、樹《き》も山もない、ただ草茫々《ぼうぼう》のなかを走り続ける。下が火山灰地なのか、足が埋まって駈けても駈けても目的の地にたどり着かない。途中からふみ子は、自分の胸の上を駈けているような錯覚にとらわれた。胸の上なのに凹地《くぼち》があり、そこに蛇や蜥蜴《とかげ》がいる。これは夢だと思いながら恐怖から逃れられない。目覚めると全身が汗ばみ、両手が乳房のない胸にのっていた。

ふみ子はよく夢で、現実とも未来ともつかぬ情景を見た。こんな景色をどこかで見たと思うと、夢で見た風景とそっくりである。夢が未来を先取りしているが、乳房のない風景もそれと同じである。

「じゃあ、胸が真っ平らになっちまうんですね」

医師がうなずくのを見ながら、ふみ子は急におかしくなってきた。なにもない平たい胸になれば一層さっぱりして、かえってブラジャーもつけやすい。両方の胸に傷がつけば、左の惨《みじ》めさも目立たない。もしかすると、左の胸はそうなるのを待ち望んでいるのかもしれない。

悲しむ前に、ふみ子はすでに開き直っていた。

医師はもう一度、右の乳房に触れ、カルテになにか書きこむと、「お母さんと相談していらっしゃい」と言って立ち上った。

ふみ子が同じ笠原病院で、右乳房切断手術を受けたのは、それから十日後の十月の末であった。

正直いって、この処置は現在の医学常識からいって疑問がある。普通、癌はどこの場所であれ、発見したらすぐ切除するのが原則である。早い時期に取り除きさえすれば治る。だが手遅れのものや、再発した場合にはメスをくわえず、放射線療法や抗癌剤だけで治療するのが原則である。こういう例に手術をくり返すのは、周りの組織を傷つけ、癌細胞を刺戟《しげき》してかえって病勢をすすめる結果になる。

結果論だが、ふみ子の場合は、最初の段階ですでに手遅れであったことになる。もしその時点で手術をせず放射線療法だけをやっていれば、もう一、二年、生き長らえることができたかもしれない。一歩譲って、初めの時点で手遅れなのを見分けられなかったとして、二度目の転移した癌への手術はするべきではなかった。それがさらに死を早めたであろうことは否定しがたい。

だがこれは一概に医師を責められない。当時は、放射線療法がようやく臨床に使われ出した時期で、大量のレントゲン線を照射する器械は札幌の大学病院か国立病院にしか備えつけられていなかった。医師達はまだその効果について、充分の知識はなかったし、癌はとにかくとれるところまではとる、というのが唯一の治療だと信じられていたからである。

ともかく、ふみ子は再び手術台に、右の胸を突き出し、乳房を切断された。今度は二度目でもあり、ふみ子も家族も手術自体に怯《おび》えることはなかった。だが母のきくゑだけは娘の死がやがて近いことを知っていた。

施術されつつ麻酔が誘ひゆく過去に倖《しあは》せなりしわが裸身見ゆ

冷やかにメスが葬りゆく乳房とほく愛執のこゑが嘲《わら》へり

切断して十日目にようやく傷は癒《い》えた。看護婦も母も、誰《だれ》もいない午後、ふみ子は一人でベッドを抜け、蛇口の上の鏡の前に立ってみた。

昼食を終え、患者達は午睡に入り、病室はいまが一番静かな時だった。

ふみ子は寝間着の前を開き、胸に巻いてあるサラシをとった。最後に薄く一枚、ガーゼがのっている。それが胸帯と一緒に舞い落ちた。

瞬間ふみ子の眼前に、赤黒く、糸目の鮮やかな傷痕《きずあと》がとびこんできた。傷は右の腋口《わきぐち》から脇腹《わきばら》へ弧を描き、さらに肩口と腋の下に四、五センチの傷痕が二つあった。

左には残された乳首も、右にはもうない。両の乳房を失った胸は見事に平坦《へいたん》でとらえどころがない。それどころか一部は傷がひきつり、凹《へこ》んでさえ見える。剝《は》がれて急に淋《さび》しくなった胸は目の下にさえぎるものもなく、お腹《なか》が近くに見える。

もはや、それは女性の胸とは程遠い。そこだけ見せれば無数の刃傷を受けた背中と見間違うかもしれない。

ふみ子はその、背よりも無表情な胸に対しながら、いまたしかに自分の女が根こそぎ失われたのを知った。

われに似しひとりの女不倫にて乳削《そ》ぎの刑に遭はざりしや古代に

魚とも鳥とも乳房なき吾を写して容赦せざる鏡か

生きてゐてさへくれたらと彼は言ふ切られ与三《よさ》のごとき傷痕を知らず

両の乳房を失った胸に、ふみ子はしっかりと包帯を巻く。さらにその上にパットをつけワンピースを着ると、乳房のないことはもう誰も気付かない。

もはや五百木さえ、白く包帯で巻かれた胸を抱くだけで、永遠に誰の目にも見ることはできない。

十一月、退院とともに、ふみ子は札幌医大病院へ放射線療法に通うことになった。再手術して、癌が右の乳房どころか、腋や肩の淋巴腺まで拡がっているのを知って、医師はこれ以上、外科的治療は不可能と悟ったからである。

札幌医大へ行った日からすぐ、ふみ子は両の胸と腋に、レントゲン照射を受けた。照射を受けて、午後すぐ下の妹の嫁ぎ先である小樽《おたる》の畑《はた》家に泊り、翌日また照射を受けに札幌へ向う。一時間に満たぬ治療のために、ほとんど一日がつぶれた。だがいまとなっては、それだけが残された唯《ただ》一つの治療法であった。

札幌医大で放射線療法を受けるうち、ふみ子はしだいに自分の病気が容易ならぬことに気がついた。単に傷痕が残るとか、乳房を失うということでなく、それはたしかな死に至る病らしい。

帯広へ戻ると、ふみ子はあるかぎりの家庭医療書や百科事典を集め、「乳癌」の項目を読みあさった。

だがそのどれを見ても、ふみ子の状態は手遅れで絶望的らしい。

うすうす感じてはいたが、ようやく死が具体的な形をもって、ふみ子に迫ってきた。まさかと思っていた不安が、夜目覚めたとき現実の恐怖となって迫ってきた。

「母さん、母さん」

ふみ子は夜中に起き出し階段をかけ降りた。

「どうしたの、ふみ子」

驚いて起きてきた母の膝《ひざ》のなかに、ふみ子は顔をうずめて泣きじゃくる。その姿には、もはや奔放な恋に生き、三人の子の母である逞《たくま》しさも権威もない。ただ死に怯える一人の人間に過ぎない。

「心配しないで、これだけ手術をしたのだからもう大丈夫だよ」

きくゑは急に子供になった娘の背を撫《な》ぜながら、医師の言うとおり、この子が死ぬときがくるとは信じられなかった。

ふみ子は夜が怖かった。暗い、一人思う夜の時間さえこなければ死の恐怖から逃れられる。明るい光の下で、幾人かの人と会っていれば、死が近づいていることを忘れられる。

死を悟るには、ふみ子はまだあまりに若すぎた。

だがいかにふみ子が死を身近なものと思っても、なおそれが絶対的な、百パーセント避けられないものだとは思っていなかった。八、九割は駄目としても、一、二割は助かる可能性があるのではないか、そのかすかな望みは抱いていた。実際そうだからこそ、ふみ子は昼間は陽気に振舞えたともいえる。いくら本を読んだところで、所詮は医学には素人である。その無知なところが、辛うじてふみ子を救っていた。

もゆる限りはひとに与へし乳房なれ癌の組成を何時よりと知らず

唇を捺《お》されて乳房熱かりき癌は嘲ふがにひそかに成さる

ここでは癌を憎み怖《おそ》れながら、まだ本当にその怖さに気付いていない。むしろその状況を観察しようとする自虐の甘ささえ感じられる。

だがこの時、死はもうそこまできていた。

2

昭和二十九年の年があけた。

長男の孝は十歳で小学校四年生、長女の雪子は小学校の二年生になった。二人ともふみ子に似て華奢《きゃしゃ》で、顔には大きすぎる目をもっていたが、性格はむしろ父の弘一に似て優しく気弱であった。

父はいないが母の許《もと》で祖父母に守られ、子供達は屈託がなかった。独り立ちにはまだ遠かったが、日常の生活に手間はもうほとんどかからない。

だがすこやかで屈託がないと見えたのは表面だけで、子供達はそれぞれに父のいないこと、母であるふみ子の他の男へ向ける眼差《まなざ》しを敏感に感じとっていた。とくに上の孝は十歳になっているだけに、男女のつながりにも少年らしい関心を抱いていた。

コスモスの揺れ合ふあひに母の恋見しより少年は粗暴となりき

川鮭の紅《あか》き腹子をほぐしつつひそかなりき母の羞恥は

このごろ、ふみ子と五百木との逢瀬《おうせ》は、ほとんど深夜、五百木がふみ子の家を訪れるという形で続けられていた。

昼間は互いに仕事もあったし、なによりも人目がうるさすぎた。

広小路の新しい店に両親が移ってから、東一条の家で、ふみ子親子は二階に住み、階下は雑貨店を営んでいる老夫婦に貸していた。

夜、子供達は九時ごろに眠るし、階下の夫婦も十時近くには床につく。そのあとを見はからって、五百木が訪れる。

来たときの合図として、五百木は軒の下で口笛を吹き、ふみ子は二階の窓をあけておく。冬には、入ってきていい、という印に、窓から白い布を下げておく。

五百木が遅いとき、ふみ子はよく襟巻をして、外で待っていた。そのうち闇《やみ》のなかから五百木が駈けてくる。二人はしっかりと抱き合い、それからこっそりと裏木戸をあける。忍び足で階段を昇り、手前の部屋にたどり着く。子供達は隣の部屋ですでに寝入っている。

そのまま抱擁を重ね、五百木は明け方、また一人で帰っていく。

五百木の家は十勝大橋を渡った先のKという村で、帯広から二、三キロはある。その夜道を一人で帰すのが不憫《ふびん》で、ふみ子は何度か泊めたことがある。

朝、子供達が起き出しても気付かぬように、夜が明ける前にふみ子は子供達の床に移り、早くから起きて学校へ行く準備をする。

それでもなにかの都合で襖《ふすま》を開け、五百木が寝ているのを見られたこともある。

「おじさまがお仕事できて、泊っているのよ」

ふみ子はそう言ってなにくわぬ顔を装う。だがしだいにそれも隠しおおせなくなってきているのをふみ子は知っていた。まだ幼く、あどけないと思いながら、時に驚くほど冷やかな子供の目にあってふみ子は狼狽《ろうばい》した。

夫と別れ、いま別の男を愛していることを、いずれ長男にだけは告げなければならないと思いながら、ふみ子は一日延ばしに延ばしていた。愛の移ろいは人間の自然の姿と思いながら、それを子供に説明するとなると言葉に詰った。

だがふみ子のこの憂いは年があけるとともに、子供達と別れることで自然に消滅した。

暮に、かねて入院を依頼してあった札幌医大病院から、病室が空いたから入院するようにという連絡が届いた。病室は放射線科の二人部屋で、入院指定日は正月三が日があけて早々にということだった。

大晦日《おおみそか》、一家揃《そろ》った団欒《だんらん》のなかで、お年玉をもらって燥《はしや》ぎまわる子供達には、三日後に母と別れる悲しさはなかった。いま一時の賑《にぎ》わいのなかで子供達は母と離れる淋しさを忘れていた。

ふみ子は陽気に祖母達と話す子供らを見ながら、これが子供とともに過す最後の正月になる予感がした。

このごろふみ子はひどく涙もろくなっていた。いままではなんの変哲もなかった雪の野面や、夕景の一つ一つが、深い悲しみを伴ってふみ子に迫ってくる。いま眼前にある裸木や空が、もはや二度と見られない貴重な風景のように思えてくる。しっかりと見納めておかなければならないと思いながら、見るうちに涙が溢《あふ》れ、ぼうとした淡い闇だけが目の前をおおってしまう。

ふみ子は自分の精神が少しずつ優しく、か弱くなっているのに気がついていた。死を意識して精神は鋭敏になりながら、一方では開き直り、思いがけぬ勁《つよ》さをもたらしていた。

『辛夷』の新年歌会が開かれたのは、ふみ子が札幌へ出発する一月三日の夜であった。場所は例によって帯広神社社務所の大広間である。

この日、ふみ子はグリーンのワンピースに、胸に薔薇《ばら》の花をあしらったブローチをつけ、一人の男性をともなって会場へ現れた。男は『新墾』の同人で、『北海道新聞』記者の遠山良行《とおやまよしゆき》であった。

当時、遠山はまだ三十二歳であったが、『新墾』本誌の編集委員で、若手のエースとして、道内の歌人仲間では著名な存在であった。ふみ子が遠山を知ったのは、一カ月前、放射線療法で札幌の大学病院へ通っている時、新聞社に彼を訪ねたのがきっかけである。かねてふみ子の歌に注目していた遠山が、自ら手紙を書いて呼んだのである。

このころ、ふみ子は初対面の人へも、むしろ平然と乳房を失ったことや、死が近いことを告げたが、そのグロテスクで悲惨な事実が、ふみ子の口をとおすと、甘くもの悲しいロマンに変る。遠山はすでに『新墾』や『辛夷』で、ふみ子の才能に注目していたが、そこへいま一つの現実の哀切な女人のイメージを積み重ねていた。

一月三日の夜に歌会があり、そのあと十時半の夜行でふみ子が帯広を発《た》つことをきくと、遠山は自分から、帯広まで迎えに行くことを申し出た。

まだ三日で新聞社は正月休みであったし、新しい結社のことで帯広にいる『辛夷』の同人に会う用件もあったが、それは同時にふみ子へ近づくための一つの口実でもあった。

札幌の主要歌誌の編集同人であり、ホープである遠山が、正月休みとはいえ、六時間近い汽車に揺られて、わざわざ帯広までくるというのは尋常なことではない。『辛夷』の仲間達は、この若きスターと、腕を組むようにして現れたふみ子を一種の驚きと羨望《せんぼう》で見上げた。

遠山は上背こそあまりないが、鼻筋のとおった好男子であった。別れた夫の弘一、諸岡、五百木と、ふみ子好みのやや気弱な翳《かげ》をもつ美男の系譜の一人である。

さらに遠山には〝新墾のスター〟というネーム・バリューがあった。その名は地方在住の歌人仲間では絶対の重さをもっていた。その男と並んで歌会に現れることは、ふみ子自身の存在を大きくすることでもある。計算するしないにかかわらず、ふみ子は常に人々の中心にいることが好きな女性でもあった。

この帯広での最後の歌会で、ふみ子は次の歌を詠んだ。

白きうさぎ無数に光りつつ跳ぶ夜もわれに初々しき眠りかへらず

野原水嶺、菅野《かんの》、浅見《あさみ》ら、『辛夷』の主だった同人たちはこぞってこの歌を賞《ほ》めた。ふみ子の先輩格で、かつてはふみ子に激しい対抗意識を燃やした逢坂満里子も、いまは素直にこの歌を讃《たた》えた。二人の間にはこの数年で名声、実力とも、すでに埋めがたい差ができていたのである。

その夜ふみ子は、歌会の途中で、野原にうながされ、同人達へ別れの言葉を告げた。

「わたしはもう二度とここへは戻ってこられないかもしれません。このまま札幌の病院で乳房のない女として、死に絶えてしまうかもしれません。でもどんなになっても、わたしは歌うことはやめません。死ぬ寸前までわたしは歌い、そして帯広の夢を見続けると思うのです」

話しながらふみ子は、真実そう思っていた。もうここへは二度と帰ることはない。一人の時にはその不安に打ちひしがれていたのに、皆の前で話している時には、むしろその悲劇に酔っていた。

話し終えた時、ふみ子の目は涙で溢れた。

「さよなら」

ふみ子は最後に一言、自分にいいきかせるように言うと、身軽に向きをかえ、足早に出口へ去って行った。

ふみ子のあとを遠山が一礼して追ってゆく。それを見て、人々はようやく気がついたように拍手を送る。そのなかを二人は並んで去って行った。

死出の旅というイメージにはほど遠い華麗で鮮やかな、ふみ子の退場であった。

3

中城ふみ子の入院した札幌医大病院は市の西部の円山《まるやま》に近い南一条通りにあった。病院は戦時中、女子医専附属病院と称していたのが、戦後の学制改革で札幌医大となったもので、表玄関に近い部分を除いて大半は戦時中のままに木造モルタルの粗末な建物であった。

ふみ子の入院した放射線科の病室はなかでもとくに貧弱な東病棟の一階で、木造の廊下は歩くとみしみしと鳴り、遠くからみると床が上下に波打っていた。

ふみ子の病室は、この東棟の南の端から三つめの五号室だった。部屋は廊下に面して格子戸があり、その先にもう一枚板戸があった。板戸はほぼ病室の中央で、あけると入口へ足を向けて二つのベッドが並んでおかれていた。床もベッドも木製で、窓際に古い鉄製パイプのスチームがあった。

看護婦に案内されてこの病室に入った瞬間、ふみ子は牢獄《ろうごく》にいれられたような肌寒さを覚えた。午前十一時だったが、冬の東向きの病室はすでに陽《ひ》が翳り、古びた壁も塗りのはげたベッドも、すべてが陰気でうら淋しい。

南側のベッドには初老の婦人が臥《ふ》していた。ふみ子は部屋へ入る時、入口の名札でその人が渋沢《しぶさわ》しげという名であることを知った。

帯広の笠原病院への二度の入院や諸岡との交際で、病院には慣れているつもりだったが、ここには、それらの病室よりさらに色濃く死の影がただよっていた。

「ここに棚があります。着替えやタオルなどはこちらにいれたらいいと思います。あと日常使うお茶碗《ちゃわん》やチリ紙は枕頭台《ちんとうだい》へ入れて下さい。布団の余ったのや洗面器具はベッドの下にいれるといいでしょう」

担当の三十近い看護婦が、身の廻り品の置場所を説明する。

一緒にきた遠山がうなずくのを他人《ひと》ごとのように見ながら、ふみ子はベッドに坐《すわ》りこんでいた。

「荷物の整理はあとにして、少し休んだらいいでしょう」

看護婦が去ってから、遠山が慰める。

「なにか必要なものがあったら、買ってきますよ」

「ここにも売店があるでしょうから、足りなかったらお願いします」

遠山は明日《あした》また来ることを約束して帰っていった。

遠山が帰って二人だけになると、待っていたように、隣の婦人が尋ねた。

「あなたはどこが悪いのですか」

婦人は五十前後の小柄な人である。

「乳癌でお乳を摘《と》ったのです」

「わたしは子宮がないのです。子宮癌といわれてすぐ手術を受けたのですが、手遅れだったらしくて、いまは骨盤から腰まで拡がっているらしいのです」

子宮と乳房がない、二人の女が向いあっている。ふみ子はこの婦人に親しみを覚えた。

「わたしも手遅れらしいのですが、拡がった癌は放射線では治らないのでしょうか」

「先生ははっきりおっしゃいませんが、いろいろ本を読んだり、人にきいたところではどうやらいけないようです。本当いうと、わたしはあと半年くらいの命らしいのです」

「そんな……」

「いいのです、わたしはもうあきらめているのですから」

婦人は薄い唇をゆがめてかすかに笑う。皺《しわ》はあるが上品な細面の顔は、悟りきったように落ちついている。

「死が怖くはないのですか」

「怖いけど怯えていても仕方がないでしょう、いくらもがいたところで、わたし一人の力ではどうにもならないことですから」

ふみ子もかつてそれに類したことを口走ったことがあった。だが、それは自虐に似た気持の亢《たか》ぶりからで、本心から納得していった言葉ではなかった。

「わたしはもうお婆《ばあ》さんだから仕方がないけど、あなたはまだお若いのだから、頑張らなければいけませんよ」

婦人は枕頭台から湯呑《ゆの》み茶碗をとると、入口に近い蛇口の前に立って水を飲んだ。髪は白髪が目立つが、寝間着の後ろ姿はさして衰えてはいない。この人が子宮を失い、骨盤のなかまで癌が拡がっているとは思えない。

午後から荷物を整理し、売店へ行ってチリ紙や歯刷子《ブラシ》などを買ってくると、四時であった。窓の外は道をはさんで板塀があり、その前の古材の上にもしきりに雪が降る。

五時ちょうどに夕食が出て、それを終えると外はもう完全な夜だった。

ふみ子は丸椅子《まるいす》に坐り、枕頭台を机に母と五百木へ便りを書いた。母へは一人いる淋しさを訴え、五百木には必ず病気に打克《うちか》ってみせると強がりを書いた。二通書き終えると旅の疲れのせいか起きている気分が失《う》せた。

そのままベッドに入っていると八時の夜廻診《かいしん》がはじまった。

「お変りありませんか」

看護婦がドアをノックして、そのあとから医師が入ってくる。医師は三十半ばの眼鏡《めがね》をかけた人だった。

「消灯は九時ですからね、お休みなさい」

看護婦が念をおして部屋を出て行く。医師は終始なにもいわず二人の跫音《あしおと》だけが遠ざかっていく。正月のせいか八時を過ぎた病棟は静まりかえり、時たま表通りを行く電車の音が流れてくるが、それが過ぎるとまた静寂が訪れる。隣の病室から患者の咳《せき》がきこえるが、それも数分続いただけで止《や》む。夜になって冷えこんできたらしく、窓ガラスの端に氷の紋ができてくる。

渋沢しげはふみ子に背を見せたまま、本を読んでいた。よく見ると表紙の堅い聖書である。初めは静かに黙読していたのが、途中から低く声を出す。

ふみ子は暗い気持になり、婦人が一休みしたところできいてみた。

「クリスチャンになれば、死が怖くなくなるのでしょうか」

しげはゆっくりとうなずいて、

「われわれはみな、神のところへ行くのです」

「でも……」

信仰のないふみ子はそんな言葉では納得できない。

「健康な人達は沢山いるのに、選《よ》りに選って、どうしてわたし達だけが癌になったのでしょう」

「これはこの世にいる誰かが背負わねばならない苦しみなのです」

「だからといって、わたし達が背負わねばならない理由があるでしょうか。これではあんまり不平等だとは思いませんか」

「そう考えては、世の中の秩序は目茶苦茶になってしまいます」

「秩序なんか初めから目茶苦茶じゃありませんか、わたし一人が苦しむ秩序なんて、なくなったほうがどれだけいいかわかりません」

「そんなふうに考えるものじゃありません」

「わたしは殉教者などになる気はないんです」

いってからふみ子は自分の言葉の厳しさに気がついたが、婦人はなにもいわず雪の降りはじめた窓を見ていた。

また遠く電車の音がする。音は雪のせいか、まるくふくらんで遠くきこえる。仰向《あおむ》けになると薄汚れて灰色になった天井に丸い電気の笠《かさ》が黒い影をつくっていた。ふみ子はまた不安になって話しかけた。

「このベッドで、わたしの前に入院していた人はどうしたのでしょうか」

「亡くなりました」

しげの言葉は落ちついていた。

「暮の二十五日に、わたしと同じ子宮癌でした」

ふみ子はそっとベッドのまわりを見廻した。

先程トイレに行った時、出合い頭《がしら》に会った老婆の姿が浮んでくる。老婆はどこを病んでいるのか、前屈《まえかが》みにお腹の下あたりを押えながら、両腕を看護婦にとられて歩いていた。目ははっきり前方を見ていたが、両の頬骨《ほおぼね》が異様に張り死相が現れていた。生きているというより死者に足をつけているといった感じだった。

トイレから戻ってくる時、看護婦詰所から二つ目の部屋の前では低い唸《うな》り声がきこえた。男なのか女なのか、低くて判別がつかなかったが、その声は獣の泣き声のように低く苦しげであった。ドアの近くに立ち止り声をうかがっていると、詰所から注射器を持った看護婦が現れてドアのなかに消えた。看護婦は丸顔のまだ若い女性だったが、ふみ子を見ても能面のように無表情だった。

看護婦が消えると、薄暗い廊下に人影はなく、まわりの病室は死を待っているように静まりかえっていた。

このままここで死ぬのだろうか……

ようやく、死がはっきりした形となってふみ子に迫ってきた。トイレで会った老婆も、廊下できいた呻《うめ》き声も、隣に横たわっている老婦人も、みな一様に死の影がつきまとっている。怖《おそ》れながらなお甘い感傷を残していた死が、いまは具体的な事実となってふみ子のまわりを取り巻いている。

「いやだ」

天井を見たままふみ子は小さくつぶやいた。

ここに入ったら、もう生きて帰ることはできない。死が訪れるまでただ順番を待つ、その暗い日々しかここにはなさそうである。

看護婦なのか、早い跫音が廊下をとおりすぎていく。音は遠く尾を引き、最後はかすかな床のきしみとなって消えていく。

闇のなかで音を追っているうちに、ふみ子は低くつぶやくような声をきいた。声はひたひたと小波《さざなみ》が寄せるように単調な抑揚をもっている。枕《まくら》から顔を上げ横を見ると、渋沢しげが再び窓の方を向いたまま聖書を読んでいる。しげはなにかに憑《つ》かれたように早口で読み続ける。

「おばさん、止めて下さい」

「………」

「そんな、聖書をあてつけがましく読むのは止めて下さい」

「あてつけがましい？」

「そんなもの読んだって助かるわけはないでしょう、読むんなら一人で黙って読んで下さい」

老婦人はわからぬ、というように首を振って聖書を閉じた。

勝手なことをいっていると知りながら、ふみ子は掛布団を顔までかぶると、小児のように声をあげて泣き出した。

4

当時、中央の有力な短歌雑誌であった『短歌研究』ではこの年から年に二度、一般投稿者から五十首詠募集の新企画をはじめた。中央ですでに名のある人は別として、地方の多くの歌人にとって、この五十首詠に入選することは、中央歌壇への有力な登竜門になると思われた。

ふみ子はこの企画をきいた時から応募することを考えていたが、落ちた時のことを思って他人にはいわなかった。

だが癌で死ぬかもしれないと知って、急に勇気が湧《わ》いてきた。病気で寿命が尽きるのは仕方がないとして、それまでになにか一つ、この世に生きたという鮮烈な証《あかし》を残したい。それを思うと落ちた時の恥や自信のなさに、こだわっている余裕はなかった。

第一回五十首詠応募の締切りは一月十五日であった。

この焦るふみ子の心を察したように、帯広にいた十二月の初めに、師の野原水嶺が五十首詠に応募するようにすすめてくれた。

「わたしなどとても無理です」

即座にふみ子は打消したが、野原はそれが本心でないことを見抜いていた。

「この後というとまた半年後になってしまいますよ」

その一言でふみ子の心は決った。

「じゃあやってみます。でもみなに落ちたことがわかると羞《は》ずかしいから、応募したことは誰にもいわないで下さい」

それから帯広を去って札幌へ来るころには、ほぼ四十首近い歌が揃っていた。不足分はあと十首であるが、それは札幌の病院でつくるつもりだった。

親子や恋する男達と別れて一人ぼっちになったふみ子にとって、生き甲斐《がい》は歌をつくることと、遠山良行と逢《あ》うことだけだった。

遠山が格別意識したわけではないが、彼の出現はまことにタイミングがよかった。死の怖れと孤独に苛《さいな》まれているふみ子が、いままた遠山に近づいたとしても、それはあながち浮気とはいいきれない。

一月の二度目の日曜日、隣の渋沢しげは日曜の礼拝で教会に行っていて、午後の医師の廻診もなかった。その日、降り続ける雪の窓を背に、ふみ子ははじめて遠山に唇を与えた。


うつうつと地震《なゐ》に揺れゐし朝あけて身内に何のなまめきか残る

あはきあはき雪幾日もふり続き自己告発のときを失ふ

ふみ子は初めて五十首詠に応募することを遠山に告げ、これまでの歌のすべてを見せた。

遠山はもちろんふみ子の応募に賛成であった。選りすぐった四十首を見て感心し、さらに急いであと十首を追加するよう励ました。

しかし札幌に移ってから、歌を詠むほうは必ずしも順調ではなかった。

札幌医大病院におけるふみ子の日課は、まず七時に検温を受け、それから髪を整え、薄化粧して朝食をとる。朝の廻診は毎朝、九時から九時半の間であった。肝腎《かんじん》のレントゲン照射は大体、二時から三時までの間に一階のレントゲン照射室でおこなわれる。照射場所は左右の乳房と右の腋窩淋巴腺の三カ所で、一カ所に一回二百ミリレントゲンずつ、一日おきにおこなわれた。

レントゲン照射は続けていると頭痛や吐き気、白血球減少など、さまざまな副作用が現れてくる。強いレントゲン線が当って皮下の癌細胞が打撃を受けるのだから、それより上の皮膚も当然傷めつけられる。照射部の皮膚がレントゲン線で灼《や》けて赤黒く着色するのは仕方がないとして、さらにすすむと潰瘍《かいよう》までつくる。一旦《いったん》、潰瘍をつくると容易に治らないから、その寸前で照射は中止しなければならない。

治療をはじめたばかりのふみ子に、まだはっきりした副作用はなかったが、照射を終えて帰ってきてしばらくは、全身がひどく疲れた感じになり、時には軽い頭痛や貧血にも見舞われることがある。それに環境が変ったことも創作意欲を鈍らせた。

だが締切りは目前であった。いま機会を逃したらまた半年待たなければならない。半年後、いまのように歌をつくれるかどうか。いやそれ以上に生きていられるものか、それさえわからない。

十一日には帯広から野原が出てきて励ました。口にこそ出さないが野原の励ましは、死の近いふみ子に、今度が最後のチャンスであることを暗示しているようであった。

ふみ子は札幌に来て、ようやく自分の病気が不治であるのをはっきりと悟った。これまでも駄目とは思っていたが、頭のなかだけで、現実のこととして理解したものではなかった。

だがここにはあまりにも生々しい事実がありすぎた。ふみ子のまわりはどこをみても、手遅れの癌の末期症状の患者ばかりであった。患者達は先輩の患者が死んでゆくのを見ながら、自分の死が訪れるまでの日数を数えていた。「あの人は一月」「あの人は三月」と患者同士で死期を噂《うわさ》しあう。医学的な知識がなくても、患者達は相手の症状からそれを察するのだった。

病めば病む秩序がありて別れたる人がとほくドア閉ざす音

外科病棟から放射線科病棟にいく廊下の境目に網で張られたドアがあった。そのドアを「開《あ》かずのドア」と患者達がいっていることも入院した翌日にふみ子は知った。開《あ》かず、とは一旦なかに入ったら二度と生きて帰れない、開くことのないドアという意味である。

ドアの上に「放射線科病棟」と表示がでていたが、人々は癌病棟と呼んでいた。治療をする側からいえば放射線科であったが、病気についていえば癌病棟という表現のほうが当っていた。

気がついてみるとふみ子は、たしかにこの「開かずのドア」のなかにいた。

売店で買物をし、人混《ひとご》みにもまれ、美容院に行って髪を整えても、帰りつくところは癌病棟であった。「開かずのドア」を押してなかへ入った途端、ふみ子は生の世界から死の世界へ引き戻される。生の仮りの世界から死のたしかな世界へ舞い戻ってくる。それは堂々と明日の約束をできる世界から、未来を語れない冷えた世界へ帰ってくることでもあった。

陽のなかを歩きながらふみ子は、ドアのなかへ戻ることを拒否していた。陰惨で暗い世界を思うとこのまま逃げ出したくなる。だがその実、ドアのなかへ入ると、ほっとす

るところもある。これでもう癌であることを隠す必要はない。ここではもう背伸びした
り強がりをいうことはない。痛み、苦しみ、死に怯えるのが絶対多数で正常者であった。
死が迫っていることを訴えたところで、ここでは誰も同情も憐《あわ》れみもしない。死は特権
にも悲しみにもならない。当然でごく平凡な事である。
逃げ出したいと思いながらふみ子が「開かずのドア」のなかへ戻ってくるのは、この
安らぎをうるためかもしれなかった。
だが病気がどうであろうと五十首詠の締切りは着実に近づいていた。
一月十三日、ふみ子はようやくまとめた五十首を清書し、夕方病院の斜め向いの郵便
局に持って行った。
「十五日までに東京に着きますね」
「速達だから大丈夫です」
局員は原稿の入った袋を秤《はかり》にのせながら答えた。

5

札幌医大病院での中城ふみ子の周辺は、暗く陰鬱《いんうつ》なムードが漂っていたが、彼女の生
活そのものは必ずしも閉ざされたものではなかった。それどころか、むしろ帯広時代よ

り、陽気で華やいでさえ見えた。

その理由の一つは、入院したとはいえ、ふみ子の外出はかなり大目に認められていたからである。

すでに手遅れとはいえ、癌のすすみ方はそう早くはない。一日とか二日という短い間でははっきりしないが、半月とか一ヵ月という長い目で見ると誰にもわかる。放射線療法は一時的な延命策ではあっても根本的な治療法ではなかった。

医学的常識からいえば、癌の末期患者は静かにベッドに横たわっていたほうがいい。それでいくぶんでも体力の消耗を防ぎ、死への道程を長びかすのが一般的な治療方針である。だが受持の野田《のだ》医師は安静にしていることを、あまり強く要求はしなかった。それは野田医師だけでなく、放射線科医師全体の傾向でもあった。

癌が死に至る病であることを知っている医師達にしてみれば、生きている間に、本人が望むことをできるだけかなえさせてやりたいというのが本心であった。

安静にしてベッドに横たわっていれば、それだけ体力の消耗は少ないかもしれないが、しかしそれで生が長引く期間といえば、せいぜい半月か一ヵ月にも満たない。考えようによっては、暗澹《あんたん》たる気持で、一日中ベッドに縛りつけておくより、うさ晴らしに街に出て、一時、死を忘れたらそれだけ気分転換になり、かえって長生きもできようというものである。

格別、医師がうるさくいわなくとも、体が衰弱してきたら患者は自然に外へ出なくなる。自分から外出を希望するのは、まだ体力のある証拠で望みはある。患者のほうから外出したいといってきたら、特別治療に支障のないかぎり行かせてやる。それが死を約束された人達へ、医師としてできる最大の贈り物かもしれなかった。

隣のベッドのクリスチャンの老婦人が、毎日曜日、教会へ出かけるのも、向いの病室の胃癌の患者が毎土曜日、家へ帰って外泊してくるのも、みんなこうした医師の配慮からなされたものである。

入院した初めの一週間は、ふみ子は遠山と外へ食事に一度出ただけで、それも怖る怖る看護婦に願い出て許可をもらった。だが医師が外出に甘いと知ると、ふみ子はたちまち大胆になった。半月も経《た》つと、朝から街の美容院へ行ったり、デパートをぶらついたり、さらには小樽の妹の嫁ぎ先へ、一時間の汽車に乗って出かけたりした。

両の乳房がなく、胸全体に癌が拡がっているとはいえ、上を包帯でおおってしまえば普通の人と変らない。一見、人妻とも独身とも見分けのつかない小柄でコケティッシュな女にふみ子はたちまち変貌《へんぼう》する。

このころのふみ子の病状といえば、少し疲れやすいことと、軽い咳がでる程度で、それ以外、きわだった症状はなかった。

癌は乳房とか胃にとどまるかぎりでは、そこだけの病気だが、転移しだすと全身病となる。医師の目からみれば、疲れやすいのは、癌細胞が増殖して体の養分を奪うためであり、軽い空咳をするのは、癌の一部が肺に移り、肺癌を起してきたためということになる。

だがふみ子はそんな細かいことまではわからない。不治とはきくが、自由に歩けるせいか自分ではさほどの重態感はない。これがはたして死に至る病なのか、時にふみ子は自分が病人であることさえ忘れた。

入院して一カ月も経つと、ふみ子は病院にも札幌の街にも馴染《なじ》んでしまった。病院はたしかに陰惨ではあったが、それはそれなりに、いくつかの楽しみもあった。受持の野田医師は小柄で眼鏡をかけた、誠実そうな人だったが、ふみ子には特に親切であった。廻診の時にはよくふみ子の訴えをきいてくれるし、「睡眠薬を下さい」と言うと素直にくれる。他の患者なら、のみすぎだといって、二度に一度は断わられるのに、ふみ子はほとんど断わられたことがない。

そこには、どうせ死ぬ、という同情とは別の、ある好意もちらついていた。

医師だけでなく、売店の売子や出前持ちなどにも、ふみ子は人気があった。小さい時から一級品が好きで、果物でもたとえば林檎《りんご》など当時としては高価なデリシャスしか買わなかったが、ふみ子がゆくと男の店員は、そっと目配せして、内緒で一つおまけをしてくれる。

食事も病院食はまずいので、毎日のように出前をとったが、寿司《すし》屋の出前持ちは、ふみ子の名前をきいただけで特上を持ってとんでくる。病室へ来ると「お元気ですか」と愛想の一つもいい、ふみ子が優しい顔をするといつまでも話し相手になって帰ろうとしない。ふみ子は若い男達が自分に好意を抱いていることを知りながら、彼等《かれら》を自由に操ることを楽しんでいた。

だが、それらはあくまで表面的なことで、知らぬ街に一人できた淋しさは癒《いや》しようもない。日中は人々も訪れ、まわりも生き生きとしているが、夜になると長い孤独の時間が押し寄せてくる。

こんなとき、ふみ子は帯広へ残してきた五百木伸介に手紙を書いた。

お手紙拝見しました。お忙しいのに書いて下さって、嬉《うれ》しいわ。でも御返事無くてもいいんです。私の方が暇なんですからねえ。とてもおかしいと思うの、なぜってあんまり他人行儀な書き方なさるでしょう。僕はあなたのためにとか何とか——。なぜ、何時もお会いしてる時のように言って下さらないの。僕は君が好きだよ、というように。もっとどんどん遠慮なく書いて。随分注文のようですけど、現在、私とても淋しいの。さびしくて、時々そっと泣いちゃう位です。それで丁寧な言葉遣いのお手紙だと、あんまりあなたがよその人のようで、物たりないの。お心は勿体《もったい》なくて、私などほんとにふさわしくない女です。あなたのため何にもして差し上げられず御心配ばかりかけてごめんなさい。出来ることと言ったら、ただ遠くで愛しているだけ。こんなに愛しているの。あなたの腕に抱いてちょうだい、何時ものように。私の髪をかき上げて、おデコのところにキスして下さった時のように。

ひどい吹雪《ふぶき》でした。電車も一日はすっかり止り、国体スケートさんざんでしたけど、今日《きょう》はよいお天気。今度、私、部屋を変りましたの。スチームがどんどんとおってあたたかいお部屋。毛布だけで寝転んでいるの。（中略）今日のお手紙ほんとに変でしょ。それはあたし、淋しいからなの。でも来て下さらなくてもいいの。お仕事第一ですもの、男の方は。淋しいのにも堪え、雪の暗さのなかで療養します。

私のハート。何時の日にも、お忘れなく　　　　かしこ

私のために風邪《かぜ》ひかせてごめんなさい。よくなって下さいね。私はまだ咳が出ます。先《せん》ほど、ひどくはないけれど。家によって下さってありがと。父母からもよろこんで来てました。でも歌の会に行ってカゼひいたなんて、おっしゃってイヤーあねえ、困っちゃった。でも自分が悪いから仕様ないのね。

愛しているを百万べん言うわ。

二月二日　　　　　　　　　　　　　　　　　　ふみ子

伸介様

この封書の宛先《あてさき》は、帯広市東三条十五丁目の坂井啓子《さかいけいこ》気付になっている。手紙は坂井啓子を介して五百木伸介に届けられた。一時、二人の結婚を認めたとはいえ、ふみ子との交際に余り好意的ではなかった五百木の両親の目を避けるため、ふみ子が考えた苦肉の手段である。

若い伸介の純粋な愛を心の支えにしながら、ふみ子は生き急ぐかのように、札幌でいろいろな人と交際した。

そのほとんどは当然のことながら、遠山を中心とした歌人仲間である。

このころ、『新墾』『山脈』『辛夷』『潮音』と、各歌誌を通じて、中城ふみ子の名は北海道ではすでにかなり知られていた。大胆、奔放な歌を発表する閨秀《けいしゅう》作家というのにくわえ、夫に背かれ、乳房を失った薄幸の女性という印象が歌人達の興味を唆《そそ》っていた。実際、当時のふみ子の知名度は、歌そのものの評価より、そうした世俗的な関心から生じた部分のほうが多かったといえる。

当時、遠山良行、宮田益子らは、新しい結社にこだわらない自由な歌誌を出そうとして『凍土』を企画していた。この主唱者である遠山と親しかったことからふみ子の周りには、必然的に『凍土』につながる人達が集まった。遠山、宮田らの他に、山名《やまな》康郎《やすろう》、古屋《ふるや》統《おさむ》、矢島《やじま》京子《きょうこ》、石塚《いしづか》札夫、鶯笛真久などがその主だった人達である。

このなかで遠山と並んで、ふみ子と最も親しかったのは石塚札夫である。

ただし遠山がふみ子の札幌での初めての恋人であったのに対して、石塚は少し違った立場での親しさであった。

石塚はこの時すでに四十半ばに達していたが、なお独身で、指先の器用なところから自分で竹細工をつくって卸し、それで細々と生活をしていた。

貧相で猫背で、いつも下から見上げるように人を見る。暗く屈折した感じの中年男であったが、家が病院に近かったところから毎日のようにふみ子の病室を訪れた。

ふみ子はもちろん、この男に好意以上のものを抱いていたわけではない。風貌からいっても、性格からいっても石塚はふみ子の好みではなかった。

石塚の歌歴は古く、昭和十四年頃《ごろ》からつくりはじめ、戦時中すでに『新墾』『潮音』に入っていて、歌の道でははるかな先輩であった。だが歌そのものは、彼の純粋だが偏屈な性格どおり、難解で、一人よがりなものが多かった。『凍土』でも、どちらかというと除《の》け者で、あまり親しくつき合っている者もいないようだった。

ふみ子も、はじめはこの陰気な猫背の男をうさんくさく思っていた。一人で音もなく、ドアをあけて入ってこられると、ぞっとする。夕方、隣の老婦人がいない時など、二人で向いあっているだけで、ノートルダムの傴僂男《せむしおとこ》と対しているような無気味な気持にとらわれる。

だが慣れて話してみると、石塚は年齢に似ず、純粋で一途《いちず》な男であった。きちんとした勤めを持たず、自分の好きな竹細工だけに専念する狭い生活を送っているため、依怙地《いこじ》で偏狭なところはあったが、根は優しい素直な男であった。

石塚は自分の容貌や性格から、女にもてないことは先刻承知しているようであった。ましてふみ子には遠山という親しい男がいたし、他の仲間達もそれぞれにふみ子に好意を抱いていた。どう頑張っても恋という形では彼等に太刀打《たちう》ちはできない。石塚の女性への愛情は、もてないというコンプレックスから、ここでも一歩退き、友情とか憧《あこが》れという形に変形していく。

鋭敏なふみ子は一目で石塚のこうした性向を見抜いていた。この男は決して自分に手出しはしない。憧れ、敬う者を前にした時、男は従順になる。かなり我儘《わがまま》をいい、下僕のように使っても、従《つ》いてくる、ふみ子は本能的にそう観察していた。

石塚にかぎらず、大体、ふみ子は男を従者のように操るのに、先天的な才能を持っていた。男性にこう言い、こう振舞うと、こう応《こた》えるといった、男性をなびかせるつぼとでもいうべきものを心得ていた。

諸岡も五百木も、いま遠山も、ふみ子に近づいた男達はみな、ふみ子のペースに巻きこまれ、かしずく一介の男になり下っていく。不思議なことに、これから登場する男達も含めて、ふみ子に近づいた男達はほとんど、結局、死んだり、失踪《しっそう》したり、落魄《らくはく》して消え、ふみ子ひとり大輪の花のように咲き誇っていく。

ましてはじめから憧れの眼差しを向け、一歩退いている男を、下僕のようにかしずかせることなど、ふみ子にとっては、苦もない簡単なことであった。

初めのうちこそ、石塚は病室にきて、とりとめもなく気候のことや、仕事のことを話し、突然、憑かれたように歌のことを喋《しゃべ》り出したりした。無口な男によくあるように、彼は一旦、気がのって喋り出すと、容易に止らなかった。

ふみ子はそういう時はほとんど口をきかず、やがて落ちつくのを待って、買物を頼んだり、棚から衣類をとってもらったり、壁にコートを掛ける釘《くぎ》をうってもらったり、身の廻りのことをいろいろ頼んだ。

石塚は本業の竹細工で編んだ買物籠《かご》やくず籠をもってきて、機嫌をとり、ふみ子の命令に素直に従う。ふみ子のために献身する時、石塚は嬉々《きき》として楽しげであった。

一月の末の雪の激しい日、石塚は頭からアノラックをかぶって病院を訪れた。部屋では隣の渋沢しげはベッドに潜り、ふみ子一人、窓際の椅子に坐って降りしきる雪を見ていた。

「ねえ、どこか神社かお寺へ連れてって」

石塚を見ると、ふみ子は半ば甘え、半ば命令するように言った。

「こんな大雪の時に無理だよ。大体、どうしてそんなところへ行く気になったの」

「今日は朝から誰もお見舞に来てくれないの、みんなあたしが死ぬのを待っているようだから、神社へ行ってオミクジを引いてみたいの」

わかったようでわからない理屈だが、石塚はふみ子のこうした我儘には慣れていた。

「雪で電車も通っていないのだから、無理だよ」

「じゃ車を探してきて」

「車だってないよ」

「じゃあ歩いていく」

一度いい出したら女王様はあとには退《ひ》かない。ふみ子はもう寝間着を脱ぎ、洋服を着始めている。

「いま外出するといったって、看護婦さんが許してくれないよ」

「いいわ、窓から逃げていくから」

窓の下は雪が積り、雪の表面まででも一メートル近い距離がある。そんなところへ飛び降りては、歩くどころか全身雪に埋まってしまう。

「駄目だよ。替りに僕が行ってオミクジを引いてくるから待っていてくれよ」

「本当にちゃんと行ってきてくれる？」

「南一条通りに三吉《みよし》神社があるから、そこに行って引いてくる」

「じゃあそれと、帰りにお寿司を買ってきて」

石塚は脱いだばかりのアノラックを再び頭からかぶった。

「本当にあたしの気持になって、お祈りして引いてくるのよ。変なオミクジならいらないわ、大吉でなければ駄目よ」

「わかったよ」

顔のほとんどをアノラックにうずめて、石塚は部屋を出ていった。

雪は一向におさまる気配はない。見舞客が来ないのは、この雪のせいだと思いながら、ふみ子は、ある日、突然波がひくように、人々が自分から去っていく不安に怯えた。降る雪を見ていると、その不安がさらに亢《たか》まる。

石塚に酷な命令をするのは、彼ならどんなことでも忠実に守ってくれるという甘えがあったからだが、その底にはさらに、彼に命令することで自分の存在を確かめたいという願いもあった。誰もが自分に従いて離れない、そういう確信がふみ子は欲しかった。死を控えているからといって自分を見捨てることは許さない。常に自分の影響力をたしかめたい、その願望の被害を石塚がまともにかぶっていたともいえる。

あきらめのつきたる午後にひとが来て病衣を吊す釘《つる》うちくれぬ

薄ら寒き独身のともが尋ね来ぬ猫の抜毛をズボンにつけて

風の夜の籠編む指先すばやくて取り残されたる燈火とわれと

歌集『乳房喪失』の終章にある、石塚のことをうたった歌である。

第六章　光《こう》彩《さい》

1

札幌は寒さの厳しい一月より、寒気のいくらかゆるむ二月のほうが雪が多い。西高東低の冬型の気圧配置が、南からの湿気を帯びた低気圧によって徐々に崩れ、それが大陸から張り出してくる冷たい高気圧に触れて、雪をもたらすからである。

二月の末のその日も、朝から雪が降り続いた。

窓から見ていると、一月の頃《ころ》より雪の結晶は大きく、まっすぐ降ってくる。二月の末になって雪は湿気を帯び、そしていくらか重くなっていた。

降り続ける雪に外出の気力がそがれて、ふみ子は終日、病院にいた。

札幌の病院に来てからは、『凍土』の仲間や、帯広の知人など、一日、平均して二、三人の見舞客があった。先週の日曜日などは帯広から出てきた、女学校時代の友達と小樽の妹夫婦が重なって、十人も越す賑《にぎ》わいだった。

客がくると、「淋《さび》しいでしょう」と同情されたくない一心から、ふみ子は必死に華やいでみせる。手紙ではへこたれたことを書きながら、面と向うと、入院もまた楽しい、みたいないい方をしてしまう。

陰気な病室を少しでも明るく見せるために、ラジオの上、窓の棚の上、小箱の上と、あらゆるところに花を飾り、壁にも色模様の壁紙を張って明るく装う。

それまで殺風景だった病室は、たちまち若い女性の棲《す》むアパートのような華やかさと優しさが溢《あふ》れた。

しかしその日は朝から降り続けた雪のせいか、来客が一人もなかった。三時を過ぎて、早くも暗くなりかけた頃、石塚が現れたが、それは定期便のようなもので、見舞客とはいえなかった。石塚はお得意の竹細工で花瓶籠《かびんかご》をつくり、なかに瓶をいれて花を飾るようにといって、帰っていった。

夕食時にも食欲はなかったが、雪のなかを出前を頼むのも大変だと思ってあきらめ、三分の一ほど箸《はし》をつけて止《や》めた。それから新しく、春の着物を送ってくれるように母に手紙を書き、新しい歌を考えながらベッドのなかで、うつらうつら過した。

ドアがノックされ、当直の看護婦が現れたのは、それから三十分ほど経《た》ってからだった。

「中城さん、電報です」

「どこから」

「東京みたいですよ」

電報と言われるとすぐ不吉なことを予感する。ふみ子は起き上ると慌てて電文を開いた。

「ゴジ ツシユエイ、トクセントナル、オメデ トウ ゴ ザ イマス ノチフミニホンタンカシヤ」

ベッドに坐《すわ》ったまま、ふみ子はそれを二度読んだ。

二度読んでようやく、電文の意味がわかってきた。

「おばさん、入選したのよ」

「にゅうせん？」

クリスチャンの老婦人はふみ子の言うことが、理解できないらしい。

「この前送った短歌が一等になったのよ、わたしの短歌が特選なのよ」

ふみ子はそのまま襟元だけ合せると、ガウン姿で内科の病室へ駈《か》け出した。そこには山田栄子《やまだえいこ》という女性が、やはり療養しながら歌を作っていた。歌歴は長いが、平凡な詠み手であった。

歌には無縁な老人に話したところでどうにもならない。山田なら五十首詠の特選に入ったことが、どんな偉大なことかわかってくれるはずである。

「これ読んで」

山田は消灯時間間際に息せききってとびこんできたふみ子に驚いた。

「すごいわね」

読み終ると山田は改めてふみ子を見た。いつも他人の目を意識し、美しく装うふみ子が、今夜は髪をもつれさせ、息を荒げている。

「すぐ皆さんに連絡しなくちゃ」

「でも、もう遅いから」

そう言いながら、山田に見詰められて、ふみ子はようやく喜びが実感となって湧《わ》いてきた。

「あなたの歌があの雑誌に載るのね」

この報《しら》せをきいたら、遠山や野原や、石塚達はどんな顔をするか、彼等《かれら》はまっ先に、「やっぱり」と言うか、それとも「おめでとう」と言うか、なかには信じられないといった顔をする人もいるかもしれない。しかしとにかく特選になったのである。誰《だれ》がなんといおうと、入ったことに変りはない。

「これは絶対たしかよね」

「日本短歌社と書いてあるのだから、間違いないわ」

もしかして誰かの悪戯《いたずら》で一時、夢を見ているのではないか。すぐ追いかけて訂正の電報など来はしないか、喜びが大きいだけに不安も大きい。

「もうあなたは、わたし達とは違う偉い人なんだわ」

山田のところから戻ると、ふみ子は看護婦詰所から帯広の家に電話をした。母がでて喜んでくれたが、やはり特選の本当の価値はわからないようだった。

さらに遠山、石塚らの顔が浮んだが、大袈裟《おおげさ》に自分一人の喜びをみなに告げて歩くのは大人《おとな》げない。明日《あした》になって、彼らが来た時に話したところで特選は逃げはしない。喜びを一人だけの胸におさえて、ふみ子はそっとベッドに入った。

この五十首詠の選は、これまでの賞のように高名な歌人によったのではなく、当時の『短歌研究』の編集長だった中井英夫《なかいひでお》によって選び出されたものである。

このことについて、のちに中井は、「何よりこれまでの経験で、全歌壇的な新人など歌壇自体が決して欲していないと知ったからである。事実、――いいにくいことだが記しておこう。後年、私の編集する前に、対抗上『短歌』も角川短歌賞というものを設けて五十首を募集したことがある。そのときの五人の選者はいずれも一流の歌人だが、五人が五人とも自分の主宰する結社の同人、つまり愛弟子《まなでし》を推して譲らず、とうとうその回の賞は流れてしまったことがある。私にはそれがいまもって苦い戯画としか思えない」と述べている。（『黒衣の短歌史』中井英夫著）

この当選作五十首詠の表題は「冬の花火――ある乳癌患者のうた」というものであったが、これを中井はふみ子の了解をえず「乳房喪失」と変更して発表した。

救ひなき裸木と雪のここにして乳房喪失のわが声とほる

失ひしわれの乳房に似し丘あり冬は枯れたる花が飾らむ

別れ来てひとり病む夜も闘ひは避けがたきかふかくベッド軋《きし》みて

花火消えし暗き空あり体臭の甦《よみがへ》りくる祝日は何時

『短歌研究』昭和二十九年四月号に掲載された、五十首詠応募、「乳房喪失」からの抜粋である。

前記、中井によれば、この作品は既成歌壇を刺戟《しげき》しないように気を配って発表したというが、発表されるや、たちまち全歌壇あげての反撃にあった。

まず当選作の載った翌五月号の「歌壇の反響」に著名歌人が一斉に意見を表明した。

「これはやりきれぬ、時代遅れで田舎《いなか》臭い……香川進《かがわすすむ》」

「ヒステリックで身ぶりを誇張している……福田栄一《ふくだえいいち》」

「女人短歌会員でふだんは冴《さ》えなかったが、素材過重で、もっと素直に取組まないと読む気がしなくなる……北見志保子《きたみしほこ》」

「表現が大雑把《おおざっぱ》だ、身ぶりが非常に眼につく。素材に中心をおきすぎ、いかにも全体がつくりものだという気がする……中野菊夫《なかのきくお》」

と、ここらは批判というより罵言《ばげん》に等しい。

大野誠夫《おおののぶお》は「恰好《かっこう》の環境に編集者がひっかかったんじゃないか……だがこの作者は精神的な勁《つよ》さはもっている」と、やや救っているが、近藤芳美《こんどうよしみ》は黙殺、まっとうに認めたのは、宮柊二《みやしゅうじ》、岡山巌《おかやまいわお》、阿部静枝《あべしずえ》の三名だけだった。

さらに尾山篤二郎《おやまとくじろう》は『芸林』に、

父母《ふも》所生眼《じよしやうげん》耳瀆穢《じじよくゑ》の輩《ともがら》が歌を詠むとも声の徹らず

と、中城作品へ面当《つらあ》ての一首を詠み、このことから長沢美津と、中城短歌について華々しい論争がくり拡《ひろ》げられることになる。

この他《ほか》、活字にはならない批判、罵言はかぎりなく、中井は当時の述懐として、「歌壇はいまも昔も、決して新人なんか欲してはいない」と断言している。

ともかく中城作品は、戦後、自然詠とリアリズムという古い殻のなかに過してきた歌壇を根底から揺るがし、その反響は（否定論のほうが圧倒的に強かったが）その後、数年間、『短歌研究』その他の誌上を賑わし、論争、批判は絶えなかった。

だがこれらの反響は、ふみ子自身には関係のないことであった。ふみ子はただ詠みたくて詠んで応募し、気がつくとそれが一位になり、歌壇あげての轟々《ごうごう》たる渦のなかにいた、というのがいつわりない実感である。

一夜明けたら有名にはなっていたが、同時に大変な敵もできていたのである。いずれにせよ、この中城作品の大反響のおかげで、同時に次席の推薦になった、川上朝比古、石川不二子《いしかわふじこ》、島田幸造《しまだこうぞう》三氏の作品は、すっかり影の薄い存在になってしまった。まことに彼らにとっては迷惑な中城論争ではあった。

ふみ子は前記の諸家の反響ののっている『短歌研究』五月号に、当選作家の抱負として「不幸の確信」という題で、以下のような文章を発表している。

最近の大方の短歌は暗く貧しく又《また》は逃避的であり装飾的であり或《あ》るいは短歌を武器として振りかざすことによって不安な現代からの訣別《けっべつ》を免れようとしている。（中略）

「歌いたいからうたうのだ。」というのびやかさや、「歌わずに居られぬ。」という必然性が欠乏していると思う。もともと大衆の文学である短歌はもっと多彩であってよい筈《はず》ではないだろうか。（中略）

短歌の限界もむなしさも承知の上でこの詩型式に執着するのは私の場合その時々の自分を再現するのにこれ程手頃な容器は無かったし、束縛された不自由の中で自由であることが私の生のスタイルに一致したからに外ならぬ。（中略）

不治といわれる癌《がん》の恐怖に対決した時、始めて不幸の確信から生の深層に手が届いたと思う。陰鬱《いんうつ》な癌病棟に自分の日常を見出《みいだ》した時どうして歌声とならずに置こうか。私の求める新しい抒情はこの凍土の性格に培《つちか》われるより外ない。そこでの歌はもう生活の一部ではなく生活そのものの表現で無くてはならない。病人の自虐に陥る危険や、自分を看視する非情のいやらしさに堪え、ひたすら自分のためのみに書く作品が普遍的な価値を持つまでに高められる試みの端緒を僅《わず》かに摑《つか》んだばかりの今である。見栄《みえ》やごまかしや独断の残渣《ざんさ》を曳《ひ》いて何時《いつ》も地上より三尺ほど浮き上っていた私の足におもりが附けられたのだ。その不自由さへの抵抗は私の内部に既《すで》にはじめられている。

この度応募作品が僥倖《ぎようこう》のように入選したが、自分の目にも稚《おさな》く誠に未完成なかたちである。よい作品は沢山あったことと思う。とにかく与えられた椅子《いす》に縛《いまし》められる事なく自分の姿勢を保ちたい。凡《すべ》てはこれからなのだ。（後略）

新人にしては、かなり気負った意識的な文章であった。

2

ふみ子の『短歌研究』五十首詠特選という吉報は、北海道の歌人仲間の間でも大きな反響を呼んだ。もっとも同じ反響といっても、東京の既成歌人の間では、中城の歌を認めるか否かの論争であったが、北海道ではそれ以前の、あの女性が特選を得たという一種の驚きと賞賛に近いものだった。

もちろん道内の歌人のなかにも、ふみ子の歌に冷淡な人もいた。それは中央の歌人とほぼ同じ理由からであったが、その人達はごく一部にかぎられていた。

いままで一地方誌のスターにすぎなかったふみ子が、一瞬のうちに全国的なスターになってしまった。その話題の人を身近にもっているということを、半ば自慢に思い半ば戸惑っているというのが、道内の歌人の偽らぬ実感であった。

五十首詠に当選後、ふみ子が『凍土』の歌会に初めて出席したのは、三月の初めの日曜日の午後であった。場所はかつてふみ子を『女人短歌』に紹介した宮田益子の家であった。もっとも『女人短歌』はこれ以前に、入会して一年で、「無精卵の歌をつくっているみたいだからやめる」といって脱会していた。

その日は明るい陽光のなかに小雪がぱらつくという、春先によくある空模様であった。ふみ子は朝のうちから入念に化粧をして、ピンクのセーターと、ジャンパースカートを調えた。

昼過ぎ石塚が現れた。

「ねえ、わたし途中で息切れがするかもしれないけど、そうしたらおぶってくれる？」

髪形をうつしている鏡の中からふみ子が言う。

「大丈夫ですよ、僕はこうみえても腕っ節は強いんです」

互いに小柄とはいえ、四十を過ぎた男が三十の女性を背負う図など、想像するだけで滑稽《こっけい》だったが、二人とも大真面目《おおまじめ》だった。男に奉仕を誓わせることでふみ子は安心し、頼られることで石塚は満足しているのだから他愛ないといえば他愛ない。

宮田益子の家は藻岩山《もいわやま》に近い南十六条にあった。病院からそこまでは電車に乗っても二十分は見なければならない。会は一時からだったが、枕頭台《ちんとうだい》の上の時計はすでに十二時半を示していた。

「さあ、もういいでしょう、行きましょう」

なお執拗《しつよう》に鏡を見続けるふみ子を石塚がせかせる。

「二十分で行けるのでしょう、だったらまだ早いわよ」

「もう十二時半ですよ」

「いいの、少し遅れていくのよ」

ふみ子はどこへ行くにも必ず定刻より十分か、二十分は遅れていく。それは五十首詠特選に入ったという思い上った気持というより、女性は男達を待たせるものだという、一種の信念に近い気持からであった。

『凍土』の会では、こうしたふみ子の態度に、反感を抱く人達もいた。五十首詠特選をかち得たとしても、たかが帯広からまぎれこんできた新人ではないか、少しきざすぎるという反撥《はんぱつ》もあった。

しかしそういう人達も、ふみ子のナルシスティックな態度に反撥を覚えただけで、歌そのものを認めないというわけではなかった。そして不快を覚えた男性達も、いやだと思いながら、やがてふみ子の廻《まわ》りをとりまく、親衛隊のような存在になっていく。

個人的な好悪の感情は別として、現実にふみ子の存在を無視することは、もはや『凍土』も、道内の歌壇も不可能な状態になっていた。

この少し前から、遠山や宮田等は、ふみ子に歌集を出すことをすすめていた。ふみ子自身も出したい気持はあったが、まださほど大きな仕事をしていない現状では気がひけていた。

だがいまはもう一地方作家の中城ふみ子ではない。評価はさまざまにわかれているとはいえ、五十首詠特選というホームランをとばしたあとである。歌集の一つくらい持ってもおかしくはない。

ふみ子は遠山達の熱意に感謝しながら、出すのなら急がなければ、死んでから出来上るということになりかねない、彼らがしきりにすすめてくれるのも、そのことを考えてのことかもしれないと、感じていた。

同情はされたくないとは思いながら、ふみ子はやはり歌集が欲しかった。自分がこの世に生きてきた証《あかし》として、残すものといえばいまは歌しかない。歌集さえあれば、子供達が大きくなった時、母がなにを考え、なにに悩んだかわかってもらえる。

改めてこれまでの歌を調べてみると、すでに四百首ほどの歌が詠まれていた。いつの間にそんなに詠んでいたのか、自分でも驚くほどだが、いま読み返してみると稚く赤面するような歌もある。がいして、初めのころのは粗く、表現も上すべりである。それが病をえてから一つの転機を見せ、死を意識してから、どっしりと腰を落ちつけたものになっている。皮肉なことだが病気がすすみ、死がさけがたくなってから、歌は研ぎすまされ、己れの心に正直になっていく。

全体から三割近く落して、歌集に入れても恥ずかしくないものとして残ったのが三百首少々ある。

『凍土』の歌会のあと、ふみ子の病室に、遠山、宮田、山名、古屋らが集まって、歌集の題について相談した。

この時、ふみ子が自分からいい出した題は「花の原型」であった。


年々に滅びて且《か》つは鮮《あたら》しき花の原型はわがうちにあり

という歌から考えついたものである。

「花の原型」とは、ふみ子が喪《うしな》って以来、哀惜を抱き続けてきた乳房そのものであり、それはまた、ふみ子という女の原点でもあった。形は失ってもなお原型は残っているという、ふみ子自身の女の主張でもあった。

他に「赤い馬」「赤い幻暈《げんうん》」などという題も候補に上ったが、「花の原型」をふみ子自身が強く望み、遠山らも賛成だった。

のちに、これは「乳房喪失」という題に変ることになるが、そんなことになろうとは、その時ふみ子は予想だにしていなかった。

歌が決り、題もきまって、さてどこから、どのように出すかということへと話がすすんできた。

まず印刷所は宮田益子が歌集を出したこともあるH印刷がいいだろうということになった。ふみ子としてはできたら中央の出版社から出したかったが、東京に顔のきく出版社はないし、無理に頼みこんだところで、離れていては何かと不便である。H印刷なら同人達はみな知っているから、無理もきくし、値段もいくらか割安にしてもらえる。考えた末、H印刷所ときまって、あとは序文であった。

「誰に頼もうか」

ふみ子のいままでの歌歴からみれば、帯広時代に教えをうけた野原水嶺か舟橋精盛に頼むのが順当なところだが、正直なところ、彼らではやや若すぎて貫禄《かんろく》が不足していた。もう少し上の人ということになれば『新墾《にいはり》』の小田観螢ということになる。あるいは『潮音』の四賀光子に頼もうという意見もあった。

できれば中央の高名な歌人がいいが、遠山や山名にしても、序文を頼むほどの親しいつきあいのある歌人はいなかった。

「誰にしようか」

遠山がもう一度、みなに相談した時、それまで黙っていたふみ子がいった。

「川端康成先生はどうかしら」

誰もが一瞬、きょとんとした表情でふみ子を見た。

「川端康成って、あの小説家の？」

「そうよ」

「君は川端康成を知っているの？」

「小説を読んだことがあるわ」

みなはもう一度、顔を見合せた。いろいろ考えてみても、川端康成の名前など思い浮べた者は一人もいなかった。なによりも彼は歌人でなかったし、実際、頼んだところで書いてくれるわけもない。

「どうして川端さんなんかに頼むの」

「だって歌人では名のある人はみんなお年寄りでつまらないでしょう。わたしは女学生のころからあの人の小説のファンなの。それに川端先生ならお顔も素敵だし、序文をいただく人としては申し分ないわ」

たしかに川端康成に序文を書いてもらえたら、最高だが、はたして書いてくれるものなのか。

「でもどうして頼むの？」

「わたし、直接手紙を書くわ」

「手紙はいいけど、それくらいで書いてくれる？」

「書いて下さるような気がするの」

このあたりはふみ子の勘にすぎない。

「あの人はいま新聞に小説も書いているし、大作家すぎてとても無理だよ」

遠山はついに笑い出した。

「そう、いま北海道新聞に小説を書いているでしょう。わたしあれを毎日読んでるの。あなた新聞記者だから学芸部の誰か、川端先生を知っている人に頼んでよ」

たしかにこの時、川端康成は北海道新聞に、『東京の人』という小説を連載していた。

「でもあれは、道新と、中日と、西日本新聞の三社が共同で流していて、東京の人が担当しているから、われわれとは直接関係ないんだ。いくら記者でもあんな大先生に序文を頼むなんて図々しすぎるよ」

「そうかなあ、でもわたしは今晩にでもすぐに手紙を書いてみるわ」

あっ気にとられている三人を尻目《しりめ》に、ふみ子はもう川端康成に頼むことを決めている。

「あの先生は優しい方だから、きっとオーケーしてくれると思うわ」

ふみ子は自信あり気にいったが、仲間の誰も信じてはいなかった。地方の無名に近い一歌人が文壇の大御所的存在の川端康成に序文を頼むなど、狂気の沙汰《さた》としか思えなかった。

だがふみ子のこの狙《ねら》いは見事に当った。川端康成は快く応じたどころか、この歌を『短歌』に発表できないものかと、わざわざ角川書店社長の角川源義《かどかわげんよし》氏に依頼したのである。

『短歌』編集部では宮柊二に見てもらったうえ、六月号に掲載することを決め、その旨、川端康成とふみ子に連絡した。

こうして『短歌』六月号には、「花の原型」と題して、巻頭に五十一首が掲載され、さらに「花の原型に」という川端康成の一文と、「小感」という宮柊二の、二つの文章が並んだのである。

この間の経緯は川端康成の文章に詳しいので、以下一部引用する。

今年の三月の十日過ぎ、中城ふみ子さんから、手紙を添へて、歌稿「花の原型」が送られて来た。未知の人である。先《ま》づ手紙を見ると、「もし癌といふ殆《ほと》んど不治の病気にさへ対決しなければ、こんな厚かましさを持たなかつたと思ひます。（中略）少女のころ、山川彌千枝《やまかわやちえ》さんの薔薇《ばら》は生きてゐるといふ遺稿集を読み心を打たれて、ものを書くことに眼《め》をひらかれました。自分も何か残せる文章を書きたい。その時には川端先生にお願ひして序を一行でも二行でもいいからと、単純な頭で思ひつめたやうでした。」このやうな書出しだつた。そして今、歌集「花の原型」を出版することになつて、私の序文をといふわけである。しかしその今、この人は癌が再発して、「ベッドの上の苦しい毎日、もう少しの命を考へて」ゐる。

私は「花の原型」を読むと心にひびいた。この人の生きてゐるうちに、少女のころからの望みの序文を書いてあげるのも、同じ日に生きた縁分だし、強い歌にたいする感応だらうが、この人の生きてゐるうちに、何首かを短歌雑誌に出してもらひたいやうに思つた。しかし私は近ごろの短歌を広く知らないし、この人の歌の形式がなまにも思へて、確信ある強制の推薦はしかねた。角川書店が「短歌」を発行してゐるのを幸ひ、角川氏に頼んで、然るべき歌人の鑑読を乞《こ》ひ、及第すればといふことにした。

角川書店では宮柊二氏の高閲の労を煩はした。そして「短歌」に掲載するとの吉報があつた。ところがその吉報の前日か同日の朝、日本短歌社の「短歌研究」四月号が、特に中城ふみ子さんの「乳房喪失」五十首を読めとの、編輯《へんしゆう》の中井英夫氏の手紙とともに、私の家にとどいた。「短歌研究」を見ると、「乳房喪失」は第一回五十首募集の特選になつてゐる。中井氏があへてそれを私に読ませようとしたのは、中城ふみ子さんの五十首が今日の短歌のなかの「狂ひ咲きめいた」生彩と考へ、「短歌そのものの夕虹《ゆうにじ》」とも思つたからだといふ。中井氏は私がすでに中城さんの歌を読み、そのために動いたとは、夢にも知らないでのことである。私は不思議な偶然と因縁とにおどろいた。しかも「短歌」では「短歌研究」の後でも、なほ五十首あまりを出してくれるといふ。

私はここで中城ふみ子さんの歌についての素人談議はひかへる。歌そのものが読者とぢかに触激するがいい。ただ中城ふみ子なる人が私への手紙による自己紹介を書いておくべきだらうか。五月五日づけの二度目の手紙で、「病床にゐて先も見えてゐますのに、(中略)何も要りません、平安のほかは。」と言ふ人に、手紙の引用は迷惑かもしれないし、あるひは最早そんなことなど迷惑でもなんでもないかもしれない。いづれは近く死ぬ人であらう。自分でもそれを知つてゐる。

初めの手紙によるとこの人は、「幸福な少女時代、更になほ幸福な東京遊学時代、暗い戦争、結婚、離婚と、めまぐるしい境遇の変化につれて長い文章をつづる時間は削られて、やうやく自分を見出したのは短歌の世界でございました。瞬間瞬間の己れを捉《とら》へて掌の上にのせて見るやうな短詩形でございました。（中略）その私が生きてゐるうちに墓を立てるにも似て歌集を出したいと思ふやうになりました。二十九歳で乳癌になり、手おくれのため再手術、今また肺癌に転移したらしく、この癌病棟でも一番の年少でございますが、この短い半生にいつたい私は何を結実として残したらよろしいのでせうか。（中略）良人に裏切られたり、出戻りとして田舎の噂《うわさ》になつたり、やうやく得た恋人には死なれたり、それらのことも決して不幸ではなく、臆病《おくびよう》にはならなかつた私でしたが、癌にはほんたうにまゐりました。（どん底）ではありませんけれど暗い牢屋《ろうおく》です。鎖を引きずつてをります。呻《うめ》きごゑそのものです。神経衰弱になり睡眠剤を飲み誰もそんな空気に感染させられてしまひます。私は多分ここで終るのでせうが、この暗さを何時までも客観視して歌作出来るか危ふいものです。これから後生きてゐられたらまうけものと思つて居《お》ります。時間を大切にしたいのですが、ひらひらと時間がたつてしまひますので何だか疲れて眠つてばかりゐるやうに思はれます。（中略）ベッドの上の苦しい毎日、もう少しの命を考へると矢張り焦つてしまひます。（中略）癌にでもならなければ歌集出版の勇気なぞもてなかつたにちがひありません。（下略）」これらのことはこの人の歌にも現はれてゐる。（表記、原文のまま）

当時、連載をかかえ、多忙だった川端康成としては異例の長い序文ではある。

このなかで『短歌』に掲載するとの吉報があった前日か同日の朝、日本短歌社の『短歌研究』四月号が、特に中城ふみ子の「乳房喪失」五十首を読めとの……というくだりでもわかるとおり、ふみ子は川端康成に『短歌研究』五十首詠の特選に入ったことは告げていなかった。

日本短歌社から特選の連絡があったのは二月の半ばであり、ふみ子が手紙を出した三月の初めには、すでに入選は決っていたのだが、ふみ子はそれについて触れることを避けた。その理由の第一は、まだ正式に発表にもなっていない特選を麗々しく書くことに気がひけたからだが、同時に、まだ誰にも認められていない無垢《むく》な新人という形で、川端康成に接したいと思ったからでもある。実際そのほうが、読む人に新鮮さと衝撃を与え、なんとかしてやりたいという意欲をかりたてられる。ふみ子ははっきりそこまで計算したわけではないが、初々《ういうい》しさを失いたくないという気持はもっていた。

川端康成はこれを「……不思議な偶然と因縁とにおどろいた……」と書いているが、一般的な礼儀からいえば、やはり報告しておくのが礼儀に違いない。地方にいて、中央のそうしたしきたりには無知であったということで問題にはならなかったが、おかげで『短歌』に掲載する歌は『短歌研究』に載ったものを除いたものから選ぶという結果になってしまった。

しかしふみ子が依頼したのは、『短歌』への転載ではなく、あくまで序文であったから、これは必ずしもふみ子の責任とはいいきれない。極端ないい方をすれば川端康成が勝手に動いた結果だともいえる。ともかく、そうした点で多少、礼に欠けるところはあったにしても、ふみ子の歌がそれを補ってあまりあるほど新鮮で魅力的であったことは疑いない。

それにしても、これほど順調にゆくとは、遠山達はもちろん、ふみ子自身さえ思っていなかった。遠山は川端康成が序文を書くのを承諾してくれたと、ふみ子からきいた時、冗談だと思って笑い、川端康成からの直筆を見せられて、ようやく信じたほどである。他の同人達もそれと同じだった。

どうしてそんなに簡単に応諾してくれたものか、遠山達は不思議でならない。

だが頼んだ当のふみ子は案外けろりとしていた。早い返事に驚きはしたが、それが彼らの思うほど突拍子もないこととは思えない。頼もうと思い立った時から、ふみ子には多分、引き受けてくれるのではないかといった、ある予感があった。それはこれといった理由があるわけではない。ただなんとなく受けてくれるのではないかという勘にすぎない。

ふみ子にはこうした理屈ではない、直感的な勘の冴えがあった。多くの人には川端康成は、目の鋭い感受性豊かな、凡人なぞ容易に近づけない文豪といった印象が強い。

ふみ子もそうは思っていたが、その鋭さのなかに、どこか優しい、女には好意的なフェミニストの面を持っていることも本能的に感じとっていた。死を前にした哀《かな》しみを訴えたらきっときいてくれる。一面識もない作家の、そうした傾向までどうして知ったかといえば、小説のファンで片っぱしから読んでいたから、としかいいようはないが、そこには天性、男性に媚《こ》びることにたけていた女の、動物的な勘が働いていたことも否めない。

実際、川端康成からの丁寧な、優しさあふれる返事を見れば、ふみ子の勘が間違っていなかったことがわかる。このあと、ふみ子はお礼に、十勝川でとれた鮭《さけ》を送っているが、それにも礼状が、体の具合はどうかという親切な見舞の言葉を添えてきている。

しかものちの小説『眠れる美女』のなかで、不眠について述べている部分に出てくる、

不眠のわれに夜が用意しくるもの　蟇《ひき》・黒犬・水死人のたぐひ

の一首はふみ子の歌からの抜粋であり、川端康成がいかに、ふみ子に関心を持っていたかがわかる。

これほどまで一作家の心を惹《ひ》いたのは、ふみ子の依頼の文章のうまさや、歌の新鮮さにもよろうが、はたしてそれだけといいきれるだろうか。この無名の閨秀《けいしゅう》作家に与えた氏の異様とまで思われる好意は、作家、川端康成の一面を知る意味でも興味深い。

こうして『短歌研究』四月号、『短歌』六月号と、矢継早にふみ子の歌が発表された。しかもいずれも五十首ずつであり、特に『短歌』では、『短歌研究』発表後の囂々《ごうごう》たる賛否両論のなかで、巻頭を飾り、川端康成の序文、宮柊二の感想という、おまけつきである。しかも当の歌人は両の乳房を失った、美しい薄幸の女性である。戦後歌壇で、まさにこれほど道具立ての揃《そろ》ったショッキングで華やかなスターの登場はなかった。

このころの歌壇の状況の概括として、『短歌』昭和四十四年十月号の「戦後短歌史」第二十一章「三十年新風の展開」のなかで、上田三四二《うえだみよじ》氏は、

昭和二十五年、疾風怒濤《しっぷうどとう》の終焉《しゅうえん》。二十四年からこの年にかけて、戦後派の退潮が目立つ。これは、社会における戦後的なものの消滅と、軌を一にしている。

昭和二十六年、魅力喪失。平和条約調印の年で、歌壇は緊張を欠き、保守的傾向が

再び主流を占めるようになる。

昭和二十七年、沈滞の深い淵《ふち》へ。昨年に引き続く保守的・伝統的機運のなかで、わずかに中堅層の活動が目立つ。

昭和二十八年、巨星隕《お》つ。斎藤茂吉《さいとうもきち》、釈迢空《しやくちようくう》の死去により、「茂吉を太陽に譬《たと》え、迢空を月に譬えて、今こそ歌壇は闇黒《あんこく》時代に入ったという文章さえ現われた」。この喪失感は、危機の自覚となり、結果として、次の年の飛躍を約束する。

昭和二十九年、新風の華麗な登場。

と記している。そしてこの華麗な登場の主役こそ、札幌の病院に臥《ふ》していた中城ふみ子その人であった。さらに上田氏は、この編年史と、新風の華麗な登場について、

本稿は、その「新風の華麗な登場」を顧みようとするものであるが、以上の編年史は、引写してあまりにもジャーナリスティックな現象的把握だという気がしないではない。しかし、新風の登場――中城ふみ子・寺山修司《てらやましゆうじ》を筆頭とする新人の登場は、すぐれてジャーナリスティックな事件だったのであり、この年、『短歌』の創刊をもって『短歌』『短歌研究』二誌競合時代に入った歌壇ジャーナリズムの確立と盛行を別にしては、その出現の真の意味を見出すことができないだろう。新人の発掘は、上

に見て来た歌壇の「沈滞」を克服するための手段として、ジャーナリズムによって試みられ、そして試みは成功を納めたのである。

と述べている。

だがそれにしても中城作品ほど歌壇の毀誉褒貶《きよほうへん》の波にさらされたものはない。昭和三十年の『短歌研究』八月号の匿名記事「三原色」では、

中城が登場した当時、戦後派と目される第一線作家のことごとくが反中城の線に立ったことは意外であった。戦後歌壇の外側から〝短歌第二芸術論〟の爆弾が投げつけられたとき、専ら楯《たて》となって短歌を文学の場へ押し進めるべく努力したのはほかならぬ彼等であった。彼等は彼等を危険視し、押しつぶそうとした歌壇の古い権威を打ち倒して出てきたのである。云うなれば彼らは歌壇の新らしき推進者なのだ。その彼らの内部に早くも新しいものの進出を阻止しようとする意識が濃厚に働き初めているのだ。

もう一つは中城の入選が発表された翌月号『短歌研究』のアンケート発言が、いかにも中城を発見した同誌編集者に気を遣《つか》っているごとき態度である。主役の中城を見て見ぬふりし、可も不可もない傍役《わきやく》をしきりに賞《ほ》めたたえる彼らの意識下には、俺《おれ》様

こそ戦後歌壇のホープなりと自負する自惚《うぬぼ》れと、その輝しき座をきょうや明日に出てきた中城ごとき無名の新人に奪われてなるものかという功名心がひそんでいるのではないか。（中略）

中城ふみ子が登場したとき、第一線の女流歌人のことごとくが、何か嫉妬《しっと》めいた血ばしった目で彼女の作品を迎えた。

「大いに露出的ですネ、そこがうけているのでしょう」（『短歌』29・9、女流短歌前進のための座談会）とか「矢張り狂い咲きネ」（『短歌』29・9、歌壇時評）など、その他、この種の言葉を僕は随分耳にしている。中城の作品の底にひそむ真実さを汲《く》みとって色眼鏡《いろめがね》のない評価の言葉を与えているものは数えるほどだ。

坊主憎けりゃ、ケサまでとばかり、中城短歌への反撥意識が、中城を押し出した『短研』への八つ当りとなって現われた。即ち石井勉次郎《いしいべんじろう》の「中城ふみ子評価への一提言」なるものが、それである。誰かがいっていたが、確かに〝短研〟の編集者が、その扱い方に少しく慎重を欠いたところがあるとは云うものの、一ジャーナリストの演技だけでは、中城の短歌がこれほどまでに騒がれるとは思われない。この石井提言は、八つ当りと一笑に片づけられるような単純なものでないとみる向きもあるが、この論の底を流れている石井の意識には坊主憎けりゃの類《たぐ》いに属する感情的なものが多分に含まれている。さてこの提言をめぐり『短歌』『短研』匿名欄に全く相反する意見が現われ、また常日頃中城短歌を心よく思っていない既成歌人の面々が一斉に石井提言に拍手を送るなど、はては中城短歌の盲目的心酔者若月《わかつき》彰《あきら》までが、どうした風の吹き廻しか石井の論は正しいなどと提灯《ちょうちん》を持ち、三つ巴《どもえ》、四つ巴と複雑怪奇にからみ合って、騒然たるものがあった。

また『短歌』二十九年九月号の女流作家座談会では、ふみ子の歌について、

とある。

生方《うぶかた》（たつゑ）　裸になるということは、観衆を無視するほどの大胆な演技者ですよ。

阿部（静枝）　泣いて見せていますもの……。泣いていることを見て悲しくないか、と言ってますもの。（中略）

編集部　だけど、あまり好感をもたれないらしいですね。

阿部　それは『短歌研究』に載った時は「農場」のほうが好評だったけれども、石川（不二子）さんのはアカデミックね。

生方　感性はすぐれたものをもっていますけれどね。とにかくあの賑々《にぎにぎ》しさは鼻もちならないと言われるんですよ。

山下（喜美子）　一度はひきずられて読むんですが、二度読むというやすらいがない。

（中略）

葛原《くずはら》（妙子《たえこ》）　歌が一ツ一ツ云《い》いたいことを手いっぱいに言っているから、最後の句が終れば、何も考えなくていいんです。（後略）

といった具合に各人によって評価は微妙なくい違いをみせている。

また『短歌研究』二十九年十二月号の「三星点」（加藤克巳《かとうかつみ》・窪田章一郎《くぼたしょういちろう》・福田栄一等）の一年の回顧では、

長いアララギの時代が続いたが、今年へ入って歌壇もそう単純なものでなくなって来た。アララギ自体が茂吉亡きあと、文明《ぶんめい》一人のつまり独壇場の形で、文明以外のアララギの活動は、もはや明確に分派、分化しつつある。（中略）

中城旋風などという言葉が出る位、今年の歌壇に中城ふみ子の話題は、華かなものだった。ジャーナリズムが先にたったという一つの特色もあったろうが、歌壇外の反響が比較的強かったということも、一つの問題を含んでいる様である。しかしまだ本質論に入る必要もあるだろうし、少しく整理要約してみると、

一、中城ふみ子の境涯とその作品との関係に於《お》いて、その境涯の特殊性にとらわれてその作品を過大評価若《も》しくは過小評価しているかいないか。

二、ジャーナリズムが先に立ち、又川端康成の序文の影響と共に歌壇外の関心の強さに対し、歌壇が反抗的に、つまり意識的に卑小にみているか否か。

三、中城の作品が、中城という特殊な女性が特殊な境涯の特殊な題材に取組んだというだけでなく、それが歌壇の沈滞に投じた問題として、その作品の不安定性を超えて文学の本質の問題につながるものでなければならないという事が、果して十分論じられているかどうか。等々兎《と》に角《かく》もう少し整理していいのではないか。

と記しているが、これらからも当時の歌壇の混乱と戸惑いぶりがよくうかがえる。

また『短歌』の九月号編集後記で、編集者の太田朝男《おおたあさお》は中城の死を悼みながら、ふみ子の生きざまは、「不徹底な現代歌壇に対し、一人、捨身なエゴイスムをふりかざして、短く散って行った魂である」と述べている。

まことに昭和二十九年の歌壇は、あげて中城旋風の渦に巻きこまれたといって過言ではない。だがこの混乱と旋風は、やがて七カ月後に「チェホフ祭」をひっさげた若きスター寺山修司の登場を促し、さらには「十代短歌」「女流短歌」の興隆という大きな道を切り拓《ひら》く、きっかけともなったのである。

3

『短歌研究』『短歌』と、当時の短歌界の代表的な二誌に、新人の歌が五十余首も、相次いで載るということは、まさに歌壇はじまって以来のできごとであった。

しかも『短歌研究』では、五十首詠を発表した四月号に次いで、六月号に、近藤芳美、塚本邦雄《つかもとくにお》らとともに、中城ふみ子を再び登場させ、各三十首を並べ、巻頭をかざるという念の入れようである。

この『短歌研究』でふみ子を最初に見出し、積極的におしだした人は、いうまでもなく当時同誌の編集長をしていた中井英夫であった。

中井は五十首詠応募の選考の時、ふみ子の歌にふれた途端、その清新さと、自己告白の荒々しさにうたれた。まさにこれこそ、沈潜した歌壇の眠りを打破るに絶好の刺戟剤と考えた。

特選ときまった翌日から、中井は矢継早にふみ子へ速達を送り、次の作品を書くよう励ました。

このことについて、あとで、ふみ子は「息苦しく、死にかけているのに、ちっとも同情してくれない」と恨みごとをいっているが、東京にいる中井にとって、ふみ子の病気がどの程度のものかは知るべくもなかった。たとえ死に瀕《ひん》していたとしても、「それならなおのこと、血を吐いてでもいい歌を残しておけ」というのが、ジャーナリスト中井の本音であった。

実際、後年、『乳房喪失』に組まれた歌の半ば近くは、このあと差し迫った死の床で歌い続けられたものであり、過酷なまでの中井の督促がなければ、あれほど充実した歌集にはならなかったに違いない。

中井は一方で、歌の督促をしながら、他方ふみ子に処女歌集を出すよう、手紙ですすめた。

初めから東京のしかるべき出版社から出したいと思っていたふみ子は、中井の申し出に異存があるわけはない。

ただちに札幌のH印刷で、刷りはじめるばかりになっていた歌稿は、取り下げられ東京へ送られた。出版の一切は、中井に一任ということになった。

中井は歌稿を受けとると、その後、詠まれた三十首等を含めて検討し、これを東京の作品社から出すことにした。

表題は「乳房喪失」、序文に前に記した川端康成の文章をのせ、最後にふみ子の「あとがき」を加える。内容は「装飾」「深層」の二つにわかれ、夫と別れた時点からこの年の五月まで、四百九十一首が収録された。

無神経な抄出の仕方だが、そのなかの最初と、最後の一首ずつをあげる。

射《さ》す如く煙るが如き猫柳の岸辺に我執もはかなくて立つ

死に近きわれに不変の愛誓ふ鎮魂歌ははやくもひびけり

この歌集の「あとがき」にふみ子は次のように書いている。

生きている中に自分の像を建てる様な用心ぶかさは愚かなことかも知れない。だが将来、母を批判せずには置かぬであろう子供たちの目に偽りのない母の像を結ばせたい希《ねが》いが、ここ四年ほどの未熟な作品をまとめさせる要因になった。内部のこえに忠実であろうとするあまり、世の常の母らしくなかった母が子らへの弁解かも知れないが、臆病に守られる平穏よりも火中に入って傷を負う生き方を選んだ母が間違いであったとも不幸であったとも言えないと思う。ただどの頁をひらいても母の悲鳴のようなものが聴えるならば、子供たちは自ずと母の生を避けて他の明るい土の上で生きる事であろうか。

遺産もたぬ母が子供たちに残す歌も、こうして歌集になると世に問う意味を生ずるのは止むを得ず、更に広い視野に立ち作歌する日数が病床の自分にも残されているならばこの不備を償いたいと思う。

前にも少し触れたが、この歌集の表題は「花の原型」と決っていた。それはふみ子の希望であったし、遠山や他の仲間達も、それでいいだろうということになっていた。それが東京の出版社から出る段になって「乳房喪失」と変ったのには、中井英夫の意向が働いたからである。

中井は五十首詠応募特選発表の時に、すでに勝手に「乳房喪失」という題をつけて発表している。

このことにふみ子は不満だったが、自分の歌を高くかって発表してくれる編集者に、文句をいうのも悪いと思って見過すことにした。

ふみ子は自分の歌が、乳癌で死を間近にしている、という特殊な境遇に依存しすぎていると見られるのが気になった。それでは歌への関心が、内容より、事象に重きをおかれることになってしまう。

とくに「乳房喪失」というのは、女が乳房を失ってしまったという悲劇性によりかかり、女であることに甘えすぎているようにさえ見える。これではいかにも物欲しげである。

中井ももちろん、ふみ子のそうした気持はわかっていた。「乳房喪失」は歌集の題としては、大胆で、ややどぎつい。だが中井は渋るふみ子を強引に口説き落して、歌集の題まで「乳房喪失」にすることを納得させた。

ふみ子は「この題は気にくわないけれど……」と言い訳しながら、知人に自分の歌集を渡した。余程ふみ子はこの題に不満だったに違いない。

だが、中井は「花の原型」のようなムード的なものでは弱い、表題から、堂々と臆面もなく恥をおし出す力強さがなければいけないという考えであった。

この中井の方針は、たしかに一部で、「身ぶりが大きく、思わせぶり」という批判を招く素地になったことは否めない。いまでは、特別どぎつすぎるとも思えないが、当時としては「乳房喪失」という題は、いかにも大袈裟すぎたのである。だがこの題のおかげで、ふみ子の歌は華やかで残酷なイメージとともに、強く人々の心をとらえることにもなった。

このあたり、よくも悪くも、ふみ子は地方にすむ一歌人であり、中井は中央にいる勘の鋭いジャーナリストであった。

「花の原型」という題は、同年の『短歌』六月号に発表された五十一首の表題になっている。そしてふみ子の死後、翌三十年四月に同じ作品社から刊行された第二歌集の書名になった。

4

春から初夏へ、ふみ子の周辺は、中央の歌壇からおし寄せる騒然とした波に揺られてすぎた。もはや誰がなんといおうと、ふみ子はスターであり、女王であった。

だがこの間も、癌は着実にふみ子の体を苛《さいな》んでいた。乳房から肺に転移した癌は次第にその拡がりをまし、ふみ子はたえず空咳《からせき》を発し、時に呼吸がつまるような苦しさに襲われた。

このころ、三月の病床日記には次のように書かれている。

三月十九日

オルゴールが鳴っている。外はひどい風。春の嵐《あらし》とでもいうべきでしょうか、静かな空です。孝や潔に会えて嬉《うれ》しかった。孝は本当に大きくなったものだこと。どうも私はこのごろ孝が可愛《かわい》くてならない。子供はそれぞれ皆可愛いけど、長男として弱虫の子がこれから苦労することを思うと哀れで。（中略）

雪子の絵（紙芝居）を見る。裏の説明がおもしろい。

「ろ」や「や」の発音が舌足らずで、幼児の可愛さだ。潔、どうも悧口《りこう》だけど心配。

どうか皆、人に甘えず頼らず生きていって欲しい。

三月二十一日

午前中、中山静代《なかやましずよ》さんと歌の話。午後譲子ちゃんが迎えにきて街に行き「アンリエットの巴里《パリ》祭」「禁じられた遊び」を観る。どちらも大変よし。

帰って来ても疲れないのでうれしかった。

留守中に畑（妹美智子さんの主人、晴夫《はるお》）氏、沢岡《さわおか》夫人、成田《なりた》先生の来訪があった。申し訳なし。どこからもさっぱり便りなくがっかり。彼岸の御中日なので、晩は赤飯。

正宗白鳥《まさむねはくちょう》、小林秀雄《こばやしひでお》の随筆集よみ終る。

三月二十六日

注射なかなか入らず痛い思いをする。毎日のことで皮膚がへんになったのでしょう。

雪子ちゃん来ないのでひかん。きっと連れてくる人がないのでしょう。帯広では忙しいから。私ばかり安穏でご免なさい。

咽喉《のど》の圧迫感で息苦しい。何時も死ぬこと考えてる。悲惨ではないけれど。

そして四月十三日は、「隣の病室の奥さん死亡」と一行だけ記し、十五日の欄には、もし万一のことがあったら知らせて欲しい人として、

歌人の小田観螢、四賀光子、野原水嶺、舟橋精盛、宮田益子とともに、帯広の鴨川寿

美子、河内都、さらに東京の古賀《こが》、浅川《あさかわ》、柴《しば》氏ら、三人の名前があげられている。

ひと死にて空きしベッドに移り来つ翳《かげ》作りゐし電球を消す

ゆつくりと膝を折りて倒れたる遊びの如き終末も見え

それまで週に二、三度は外出していたのが、四月の末には週に一度になり、五月に入っては、その一度さえ覚束《おぼつか》なくなった。全身の疲れと息苦しさが、ふみ子から外出の意欲をそいでいく。

一旦《いったん》、三月の半ばで中止されていた胸部へのレントゲン照射も、四月の半ばから再び開始された。レントゲンで赤黒く灼《や》けた皮膚や、時々襲う眩暈《めまい》などの副作用を思えば、照射は見合せたいところであったが、そうもいっていられない癌のすすみようであった。

だが、このなかでも、ふみ子は五百木への手紙を書き続ける。宛名《あてな》はやはり「坂井啓子」を使った、三月二十五日付の手紙である。そして、封筒裏の通信人の名は、小樽に嫁いだ妹さんの畑美智子の名で、住所は「札幌医大病棟東病室五」となっているが、この表書きと通信人の住所氏名は、ふみ子の筆蹟《ひっせき》とは違っている。

ごきげんよろしく。お忙しいことと存じます。春になりました。もう一週間でスプリングコートの季節になります。寝ていると、春が待ちどおしくてなりません。明るい日射しの中では生きていたい願望がもり上がります。お薬たくさん飲んで、栄養もとっていますから、ちっともやせません。お会いしたくてなりません。四月の第二日曜ころでも、来て下さらない？　御一緒に春風のなかを歩けたら、どんなに倖《しあわ》せでしょう。日帰りはいやよ。たのしみにしてますわ。ラジオもって来てほしいの。重たいのですみませんけれど、あなたとあの頃《ころ》一緒にきいたり踊ったりした曲がききたいのよ。あなたをいつも感じていたいのです。又《また》山の中に行ってしまうのではない？　今どこにいらっしゃるの、美っちゃんから色々きいたけど、色が少し日焼けしたんですって、その方が好きよ。

アンリエットの巴里祭と禁じられた遊びを、松竹座で観ました。看護婦さんに連れて行ってもらったの。指定席だから楽でした。とても、いい映画でした。御一緒にみれたらどんなにいいでしょうか。啓子さん元気かしら。札幌に気晴しに遊びにいらしたら、とめて上げますのに。あたしの夢当ってしまいましたね。あなたにお話しなかったかしら。ドライヴに行った夢みたの、へんね。今度一緒のベッドの小母さんいい人です、とってもよ。

あなたと随分、ダンスや映画みたりして遊んだけど、そんな表面のたのしみなぞ、今の離れていながらつながっている、ほのぼのとした内面的なたのしみに比べると、まるで浅かったと思います。今とてもしあわせ。でも時々あなたの腕にもたれて歩きたいなと、ぼんやり思うこともあるわ。
きっと来てね。お待ちして居ります。
これから少し眠って、又御本を読みます。お身体《からだ》大切に。

ふみ子より

伸介様

それからひと月後の四月二十六日の手紙は、前回に比べ、ずいぶんと印象が違ってきている。便箋《びんせん》に二枚、鉛筆書きである。Fというイニシャルを末尾で用いているのは、五百木宛ての他の葉書などでもみられる。文中では「伸ちゃん」と親しい名で呼んでいる。

伸ちゃん。ベッドの上で仰向《あおむ》けで書いてるので、乱筆ごめんなさい。正直な話、このごろ具合が悪くて、この分なら駄目です。五月まで何とかして生きてたい。お会いしたい。でももし生きてられなかったら、許して下さい。隣の六号室の奥さん死にました。肺も心臓も咽喉も癌が這《は》ってましたって。解剖したのよ。あたしは解剖なんかいやよ。お医者の顔を注意して見てると、自分がどんなだかすぐわかってしまうの。いやですけれど。伸ちゃんは長生きして、私の分まで幸福になって下さい。私は短い間でしたがとても幸福で言うことありません。あなたに感謝してます。ラジオの音楽、ききながら涙ぐんでしまうこともあります。私がいなくて伸ちゃんも淋しいでしょう。優しいあなたのことを思うと、辛《つら》くて仕方ありません。歌集なんか出したりして、お約束破ってごめんなさいね。私はあなたのものです、永久に。

音更《おとふけ》であなたを知っていたという人からこの間写真撮って貰《もら》いました。もう起きるのもようやくですから、最後の写真になるかもしれません。

但《ただ》しこのこと、私の悪化したことは、家の父たちに絶対秘密にしておいてね。心配させたくありません。それでなくても父達は脳溢血《のういっけつ》の気味ありますから。

もうこれから手紙も中々書けないかもしれませんから、ごめんなさい。

お元気でお暮し下さいますよう、ごきげんよろしゅう。

いつまでもあなたのFより

四月二十六日

伸介様

この半月後、五月の初めに、五百木は仕事先の糠平《ぬかびら》から帰ってきたわずかな暇をぬって、ふみ子に逢《あ》いに来ている。一泊だが、途中で、帰るならいますぐ死んでやる、と彼女は駄々をこねた。さらにその約半月余り後のふみ子の手紙。

お手紙ありがとう。随分御無沙汰しました。

あなたのお誕生日まで、忘れちまって、私どうかしているのね。ずっと前、おたより書いたのに出しませんでした。今同封します。出さなかったわけ、これから書きます。簡単に申しますと、あなたは生きているし、私はもう死者の領分に入っているからです。そこでは愛していても、もう言葉が通じません。あなたのおっしゃる言葉は私にはもう遠い世界からのようにひびきますし、私があなたに申し上げることは、暗い暗いひびきでしか伝わらないでしょう。この間の札幌では楽しかったと、あなたはおっしゃるけど、それは嘘《うそ》です。

あなたは大変淋しそうでした。私が悪かったのですが、それもあんな近くに居りながら、実はすっかり離れればなれの気持を持たずに居られない何かが、私をそうさせたのです。何かがとはさっき書いた、生と死の境い目のことです。

勿論《もちろん》、私はあなたを愛していました。若者としての条件をすっかり揃えているあなたを愛せずには居られませんでしたから。私が健康でしたら、とうに結婚していたと存じます。わがままな私を、よく面倒見て下さいました。

これ以上、あなたを縛って居ることは惨酷です。年若いあなたにはもっと楽しい幸福がふさわしいのです。

私は決して癒《なお》りはしないと思います。「大丈夫なおる」なぞと子供をだますみたいなことを言うのは、こっけいなことです。あれから色々身体の状態も変化してますし、一応あなたのこと区切りつけて置くべきだと思います。私の良心ですから、誤解しないで下さい。そして新しい倖せを祈っています。奇蹟《きせき》のように、もしなおったら、その時はいいお友達にして下さい。坂井さんから手紙いただきましたけれど、御返事かくのも中々つかれますから、よろしくお伝え下さいね。私はもうすっかり諦《あきら》めきっています。

毎日お忙しいことと思います。お身体大切にお勤め下さい。ほんとうに、私なんかのことよくして下さってありがとう。

あなたのこと、とても気になって、早く何とかして上げなくてはと、気の毒でなりませんでした。私から解放される方がいいのです。とうとう共通の話題を持つこと、出来ませんでしたけれど、あなたの優しさは何時までも忘れず大切にします。

現在の私はレントゲン放射で黄色くなりながら、檻《おり》のような病室でごろごろ寝てばかりいます。では、ごきげんよう。もうおたより、書けないと思います。くれぐれも、お身大切に。

私の決心を変らせないでね。

五月二十六日（かなしみをこめて）さよなら

ふみ子

伸介様

そのときどき、終末を見つめる心は悲痛な愛に揺れながら、それでも病は確実に、ふみ子を死の淵《ふち》へと近づけてゆく。

5

遠く五百木を想《おも》いながら、一方で、ふみ子は遠山との逢瀬《おうせ》をくり返す。

それは、浮気などという言葉では言い表せない。迫りくる死の恐怖から逃れるように、ふみ子はさらに現実の恋に命を燃やす。このころ、ふみ子はなお、かすかに残る力をふり絞るようにして外出した。

札幌に出てきた当初、ふみ子が外出して逢うのは遠山一人にかぎられていた。遠山と逢い、食事をし、さらにホテルへ行く。そこで息も絶え絶えに愛を重ねる。

逢引《あいびき》のあと、ふみ子の目のふちは黒く隅《くま》どられ、歩く足も心もとない。愛をたしかめあうというより、みずから体を苛むに似た行為であった。しかしその瞬間、ふみ子はすべてを忘れることができた。迫りくる死の恐怖も、乳房を喪ったことも、いまや歌壇のスターであることも、すべてを忘れて、純粋に一人の女になりきる。

札幌の歌人仲間の間でも、ふみ子と遠山との間はすでに公認であった。病室に遠山がいたら、仲間達はなんとなく早くひきあげ、二人だけにするように気をつかう。ふみ子自身も、そうした心づかいを知りながら、その好意に甘えてもいた。

こうした二人の特殊な関係を知りながら、歌の仲間達はなお、ふみ子のまわりに寄り集まり面倒を見た。ふみ子のためといえば、誰も力を惜しむものはいない。

そのなかで、やはり最たるものは石塚札夫であった。

石塚のふみ子への対し方は、愛というよりむしろ献身に近かった。女王様にかしずく下僕のような真摯《しんし》さであった。それだけに、ふみ子も彼にだけはかなり気を許していた。人一倍、おしゃれで、身だしなみに気をつかうふみ子が、石塚の前でだけは平然と化粧をするところを見せた。彼に見られても平気であった。彼以外の者なら、たとえ遠山でも医師でも、素顔を見られるのを嫌ったのを、彼にだけはだけは見られても平気であった。

「いくら化粧をしても白粉《おしろい》がのらないの」

体の調子が悪い時ふみ子はそう言って嘆いた。

「具合の悪い時くらいお化粧はやめなさい」

石塚がいうと、「お化粧ができないくらいなら死んじまう」と言って泣きだす。

「死んでしまう」というのは、このころのふみ子の口ぐせであった。

『短歌研究』の五十首詠と、『短歌』の巻頭五十一首と相次いで発表し、歌壇の大家から受けた批判に、ふみ子はかなりヒステリックになっていたが、その不満を直接ぶつけたのも石塚へ対してであった。

「あんなお爺《じい》さん達のいうこと、あたしは信じないわ。みんなあたしを苦しめ、いじめるためにこの世にいるんだわ、男も女もみんなそうよ」

子供のように叫ぶふみ子に、石塚は静かに訓《さと》す。

「あなたは黙っていればいいのです。黙っていれば時間が解決してくれます」

「あたしはそんな呑気《のんき》なことはいっていられないの。刻々と、いまでも死が近づいてきているのよ。死んでから認められたって、あたしにはわかりようがないでしょう」

「とにかくそんなふうに考えるのは、自意識過剰ですよ」

「あんたはなにもわからないのよ、女の気持も、死んでいく人の気持も、なにもわからないくせに、偉そうな口をきくもんじゃないわ」

石塚は黙る。喋《しゃべ》るだけ喋らせ、心の重荷がおりれば、やがてふみ子のほうから少しずつ折れてくる。

「あたし〝イヴの総《すべ》て〟のような女じゃないのよ」

思いきり罵《ののし》ったあと、ふみ子はぽつりとつぶやく。そして最後に、

「慰めてちょうだい」

と、自分のほうから降伏してくる。

それまでのあたりかまわぬ雑言《ぞうごん》は、すべて慰め弁解し、勇気づけて欲しいための誘いでしかなかった。

石塚はふみ子のこうした我儘《わがまま》に辟易《へきえき》しながら、その身勝手さと背中合せにある素直さに惹かれていた。どんな時にも臆面もなく自分を出してはばからない、そのかざらぬなかに女らしい情感が息づいている。

女の我儘は本来、厄介なものだが、ふみ子はその我儘が我儘で終る寸前で、女らしい魅力に高める不思議な幻術を備えていたともいえる。

それにしても石塚のふみ子への献身は異常なものであった。

六月の初め、アカシアの花が咲き乱れるころ、ふみ子は突然外出したいといいだした。

その時、石塚は風邪《かぜ》で熱があったのに、自転車のうしろにふみ子をのせて植物園まで行った。

楡《にれ》の巨木が芝生に濃い影を落し、リラの花の咲く園内を、石塚はふみ子を自転車の荷台に乗せながら、ゆっくりと押して歩いた。

途中、坂のところでは、ふみ子の重みで前が浮きそうになるのを必死におさえて登っ

た。ベンチに来て休む時にはふみ子を荷台から降ろし、欲しがる花や草をとってきてやる。

石塚は生きている間、ふみ子と一緒にいられるというだけで楽しかった。二人だけでいるとき、ふみ子は歌壇のスターでも、天才歌人でもなく、中城ふみ子、そのものであった。

「あなたとの愛情は無色だから有難いのよ」

ふみ子は時々、気紛《きまぐ》れのように言ったが、石塚はそれをきくたびに嬉しげにうつむいていた。

誰かを好きになるというのは間違いなく愛情である。だがそれは即、恋愛感情ではない。そう思いこむことで石塚は捧《ささ》げるだけの一方通行の愛に満足できた。

「あなたもあたしの実家《うち》に奉公するとよかったのよ、奉公した人達、みんな今ではうちよりお金持になってるわ」

ふみ子はのんびりとベンチに坐りながら、そんなことを言う。二人のいる芝生の先には橅《ぶな》や楓《かえで》の林があり、その上に白い雲が浮いていた。

「でも奉公してたら、お宅の嬢《いと》はんに懸想《けそう》したりして、あげくのはてに失恋でぐれちゃったりしてね」

「あら、なんにも初めからそんなふうにきめることないでしょう」

こんな他愛もないことを言いながら、ふみ子はふと、「女はいつも依怙贔屓《えこひいき》して欲しいものなのよ、わかっている?」などと言いだす。そしてさらに、

「要するに、女は略奪して欲しいのよ」

と言って石塚を戸惑わせる。

どんな時にも裏切ることのない石塚は、ふみ子にとって愛の対象ではなかったが、安らぎの場として、必要不可欠な存在であった。

実際、石塚もそのあたりのことはよくわきまえていた。「略奪して欲しいの」といわれても、石塚はそれが自分を対象にしていっているのではないことは知っていた。それはふみ子の心のある状態を示しているだけで、すぐそうせよ、ということではない。石塚は自分がふみ子に、それに類した行動をとれば、たちまちいまの二人の関係が崩れることを知っていた。

前から、ふみ子は自分のことを、よく「ムツコ」とか「モコ」とか「Fちゃん」といった愛称で呼んでいた。これらはもちろんふみ子がベッドのなかで、退屈なままに考えだした呼び名である。

三十を過ぎた三人の子供もある女性が、こんな愛称で自分を呼ぶなど馬鹿《ばか》げているが、それがふみ子の場合は、少しも可笑《おか》しくなかった。ベッドに小さく坐っているふみ子を見れば、年齢や境遇を忘れて、いかにもその愛称にふさわしい女のように見える。

照れもせず、みずからをそう呼ぶことで、ふみ子は、その名前どおりの、若く初々しい女学生時代に戻ったような気持になっていた。

この愛称でふみ子を呼んだのは、歌の仲間では石塚だけだった。

「なによあんた、この前、歌会のあとで、ムツコのことを彼奴《きやつ》と呼んだでしょう」

「その時はムツコがいなかったんだから、あの奴、彼奴でいいだろう」

「なにいってんのよ、ちゃんと謝んなさいよ」

「はいはい、ご免ご免」

「いや、ちゃんと床に手をついて謝らないと許さない」

「ムツコ、ご免なさい、許して下さい」

石塚はベッドの下の床に手をついて謝る。それを見てふみ子の機嫌は直る。

隣のベッドにいた渋沢しげは、この毎日のようにくり返される、遊びとも本気ともつかぬ二人の仕草に、眉《まゆ》を顰《ひそ》めていた。

なにやら立派な歌をつくり、有名な人になったらしいが、その割に喋ったり、議論することは他愛ない。娘が子供を三人産んで、そのまま大人になったような稚さがある。これがいま日本でも有名な歌人とはとても思えない。

この婦人がいつも憤慨していたことは、石塚がこれほどつくしているのに、ふみ子は遠山がくると急に甘え出し、石塚には、早く帰れ、といわんばかりの態度をとることであった。もちろん石塚はそのあたりのことを察して黙って退散していくが、その時も、軽く目を向けるだけで、「さよなら」さえ言わない。

石塚が帰ると、待ちかねたように「淋しかったの」「手を握って」「接吻《せっぷん》をして」などと遠山に矢継早にせがみ、いままで石塚と一緒にいたことなど忘れたような気の変りようである。

そのくせ、翌日石塚がくると、

「あなたはいつもどうして、あんなふうに素気《すげ》なく帰るの」

などと難癖をつける。

「そう言われたって困るんだ。さあ帰りますよと予告して、だらだらとおきまり文句など並べるのはいやだからね」

石塚が言うと、

「そんなふうにして帰るんなら、もう来てもらわなくてもいいわ」

と、そっぽを向く。

「悪かった、今度から気をつけるよ」

「じゃあ許してあげるから脚を揉《も》んで」

そこで石塚はたちまちマッサージ師になってしまう。

「あの人は石塚さんを利用している」

渋沢しげが、ふみ子のいない時に見舞にきた古屋につぶやいたことがあるが、それは二人の一部始終を見続けてきた婦人の、いつわらざる実感でもあった。

しかし当の石塚は、そんなことはいっさい気にはかけていなかった。もちろんふみ子も婦人のような一般的な感情で、石塚を見ていたわけではない。傍《はた》からどう見えようと、二人の間には二人の間にしか通じない、愛情とも友情ともつかぬ、精神的なつながりがあったことはたしかであった。

石塚がふみ子の病気の恢復《かいふく》を願って、この年の二月から、大好きな煙草《たばこ》とパチンコを断《た》ったのは、彼のふみ子への気持の純粋さを現してあまりある。石塚はふみ子が死んだのちもなお六カ月、喪に服してこれを続けたのである。

6

札幌でふみ子のまわりを取り巻いた人々は、もちろん遠山や石塚だけではない。他の者は、彼らほど深い関《かか》わり合いはなかったとはいえ、それなりにふみ子は彼らのなかにも深く影を落している。

そのなかの一人、古屋統は、『凍土』の同人であるとともに、インターンを終えたばかりの北大の精神科の医師でもあった。

実をいうと、古屋は会う前からふみ子に多少反撥していた。それは『凍土』の若きホープという自負もあったが、それ以上に、ふみ子のことを神様か天女のように説明する石塚札夫への反撥でもあった。

実際、古屋は『凍土』の三月の歌会で、ふみ子に初めて会った時も、声をかけぬどころか、挨拶《あいさつ》さえ交わさなかった。この裏には、女流歌人なにするものぞ、という気概もあったが、一方で眩《まぶ》しいばかりに脚光を浴びている女性への、ひけめ意識があったことも否めない。

古屋が二度目にふみ子に会ったのは、四月の半ば、宮田益子の家で、ふみ子の声の録音をとった時である。

これは石塚の発案だが、「ふみ子の体力が弱ってきて、そのうち外出もできなくなるだろうから、いまのうちに声だけでも録音にとって残しておこう」という提案だった。

なんとも残酷な企画だが、この企画はむしろふみ子自身がいい出したことであり、石塚がそれを仲間に忠実に伝えただけである。

四月に入ると、ふみ子は一日毎《ごと》に、自分の体力が弱ってきているのをはっきりと知った。見舞の人達が、「顔色がよくなった」とか、「元気そうだ」と言っても、それが一時の錯覚か、慰めであることを、ふみ子はよく知っていた。テープに録音して声を残そうというのは、生きていた証《あかし》を出来るだけ残したいという願いからではあるが、同時に、死後のために声を残すという悲劇的なドラマに、ふみ子自身が酔って思いついたことでもあった。

実際この時、ふみ子は人々との会話を、悲劇のヒロインそのままに甘く、時に切なげに、目に涙さえ浮べてしゃべりつづけた。

この声はふみ子の死後、通夜の席で集まった人々に披露されたが、言葉の端々に入ってくる空咳と、それに耐える声の詰りが、いかにも苦しげで、人々の涙を誘った。

この録音会に、古屋は当時ではまだ珍しかったテープレコーダーを大学から借り出して、雨のなかを運んでいった。そのころのテープレコーダーは、五十センチ立方はある重いもので、一人で持つにはかなり重い。それを大学から、三キロ以上離れた宮田益子の家まで持っていったのである。

冷たく装っていても、古屋もまた、ふみ子を大切に思っていたことに変りはない。

難儀したのは古屋だけではない。石塚も宮田家に行く途中、電車を降りた暗がりで、いきなりふみ子に、

「首を絞《し》めて、殺して……」

とせがまれた。

石塚はすでにふみ子のこういうやり口には慣れていた。自分から声を録音するといっておきながら、いざその時が近づくと、急に辛くなり、喚《わめ》き出すのである。

「生きろ生きろって、こんな苦しい目にあわせるんなら、もう生きてやらないわ」

まるで石塚のために生きているようないい方である。例によって石塚は無言のまま、ふみ子が歩き出すのを待つ。

「ねえ死んじまうわよ、いいの、もうこのまま声なんか残さないで死んでしまうから」

街灯の下で、駄々っ子のように首を振るふみ子を見ながら、石塚は抱きしめたい衝動をこらえていた。

こんなに周りの者に手を焼かせても、録音したテープにはふみ子の拗《す》ねた態度などあとかたもなく、甘くやわらかい語り口だけが残る。マイクに向った途端、ふみ子はたちまち死の席に集まる人々に語りかける、一人の薄幸の女になりきることができた。

この会が終ってしばらくして、古屋が病室を訪れた時、ふみ子に、「今度くる時、睡眠剤を持ってきて」と頼まれた。

札幌に来てから、ふみ子は眠れぬ時に、医師からブロバリンをもらって飲んでいたが、いつのまにかそれが習慣になりかけていた。

「ここの先生はくれないんですか」

古屋が言ったが、ふみ子は、

「あなたはお医者さんだから、致死量ぐらいは知っているでしょう」

と言って軽く睨《にら》んだ。

古屋はその時、ふみ子の本心を知らなかった、というより、どういう時、本当のことをいい、どういう時、嘘をいうのか、ふみ子の話術の癖を摑めなかった。

一週間後、古屋はまたふみ子を見舞った。前に頼まれた薬のことは忘れて、読みたいといわれた、ヘッセの『湖畔』だけを持って出かけて行った。

「薬はもってきてくれたでしょうね」

いきなりきかれて古屋が戸惑っていると、

「ひどいわ、あなたって本当にひどい人だわ」

ふみ子は『湖畔』には見向きもせず、

「わたしの話なんて、ちっとも本気できいていない。あの女はどうせ死ぬのだからいい、約束なんか守る必要はない、そう思っているのでしょう」

「違います。本当についうっかりして忘れてしまったんです」

「あなたはお医者さんだ、なんていっているけど、患者の本当の苦しみなんかわかっていないんだわ、どうせ死に損いの女だと思っているのでしょう」

ふみ子の目には早くも涙が溢れている。

「そんなんじゃない、悪かった。今度くる時は必ず持ってくるから」

古屋はひたすら謝るだけである。だが謝りながら、彼は職業的な勘からふみ子が睡眠剤を求める本当の理由を察していた。

ただ不眠のためだけなら、病院からもらうので間に合うはずである。それを気が狂ったように欲しがるのは眠る以外のことに使おうとしているからではないか。

だが、いまそれをいっては、ふみ子の興奮をさらに誘うだけである。古屋はひたすら謝りながら、死と対決しようとしているふみ子の気持を知って狼狽《ろうばい》した。

とにかく薬をせがまれて渡したのでは、ふみ子の自殺を促すようなものである。古屋はもうこのまま見舞には行かないでおこうかと思ったが、次の土曜日になると、また気になって行かざるをえない。迷った挙句、チクロバンとバルビタールを持って出かけて行った。

だが行ってみると、ふみ子は薬のことは忘れたようになにもいわない。あまりいわないので、逆に古屋の方が不安になって、帰りがけにそっときいてみた。

「このごろ、よく睡《ねむ》れますか」

「全然だめ」

ふみ子は他人《ひと》ごとのように言う。

「それで薬はのんでるの？」

「いや、もう薬はいらないの、自分で最後までやっていくわ」

「薬を貯《た》めていたの見付かったね」

「オルゴールのなかに入れてあったの、インターンの先生に見つかっちゃった」

ふみ子は淋しそうに笑った。

古屋はそのまま、持ってきた薬はポケットにおさめて帰った。

もっと早く薬を渡したほうがよかったのかどうか、帰り道、古屋はいろいろ考えた。早く渡しておけば、あるいは大量にのんで自殺をしたかもしれない。渡さなかったために途中で見つかり、自殺はできなくなったが、おかげで死が訪れるまで、ふみ子は生き続けなければならない。自殺より生き続けていくほうが、ふみ子にとっては残酷なことなのかもしれなかった。

この時から古屋はもう変な反撥心をふみ子に抱くことはやめようと思った。いかに華やかな脚光を浴びても、ふみ子は絶えず死を垣間《かいま》見ている。その人をただ表面からだけ批判するのは間違いだと思った。

7

現在、中城ふみ子の写真はなお幾枚か残っている。帯広の敦子さんのところはもちろん、小樽の美智子さんのところなどにも残されている。幼時、少女時代、女学校時代、家政学院時代、家庭教師について勉強しているところ、結婚して子供を抱いているところ、帯広の文化サークルの人達と一緒のもの、そして札幌医大病院の病室や、まわりの芝生や建物の前で写したものなどもある。そこにはもちろん諸岡や五百木、遠山、そして石塚など、ふみ子の周辺をかざった男達の顔も見える。

このなかで一番多いのは、やはり札幌医大に入院してからの写真である。これは歌人仲間に中田という写真好きな青年がいて、こまめに撮ったせいであるが、ふみ子自身も写真を撮られることは嫌いではなかった。

もっとも札幌に移ってからは、撮るほうも撮られるほうも口にこそ出さないが、やがてこの世から消えていく姿を、出来るだけ残しておこうという意志があったことは否めない。

中田は『凍土』の仲間としては新顔であったが、道警のエリート職員で、世話好きな青年であった。当時から彼は写真が好きで、自分で現像焼付けはもちろん、リフレクターまで持つ凝りようであった。

五月の初め、ふみ子はすでに表向きは外出禁止になっていた。肺癌が着実に肺から気管を侵し、時に激しい咳《せ》きこみの発作に襲われ、呼吸困難におちいる危険があったからである。

五月の半ば、中田は見舞に行った時、ふみ子の機嫌がよいのをみすかして、写真を撮らせて欲しいと申し出た。

前に古屋がふみ子の写真を撮ったことがあるが、自然のままを狙いすぎて一部おかしなのができてふみ子の不興をかったことがあるからである。

「いいわ、ただし撮る以上はきれいに撮ってくれなければいやよ」

ふみ子は意外に素直に承諾したが、すぐ、

「わたしが死んだあと、みんながそれを見て思い出を語ることになるのだから」

と言って笑った。

中田は一瞬、無気味な思いにとらわれたが、実際、結果はふみ子のいったとおりになった。彼女の死後、新聞や雑誌にとりあげられた写真のほとんどは、この時、中田が撮ったものだし、この写真は歌人仲間の間にも、焼増しされてかなり渡っている。

それから三日後の土曜日の午後、中田は石塚札夫を助手に、ふみ子の病室へ、カメラ、三脚、リフレクター・ランプまで持って乗り込んだ。

病院への途中、中田は石塚と、いつ死ぬか知れないんだから百枚も撮ってやろうと話しあった。

撮る以上はまず、彼女の御意《ぎょい》にかなうことが第一、すなわち美しく撮ることである。それも実物どおりというより、それ以上に美しく、という難しい命令である。

とにかく相手は人並み以上に感性の鋭い、じゃじゃ馬である。甘えたり、怒ったり、荒れ出したら手のつけようがない。機嫌がよくて、写真に乗気のうちに早く撮っておくのが得策である。

それにしてもよそゆきの、整ったポーズだけではつまらない。できるなら無意識のポーズのも撮りたい。撮るのだけはなんとか誤魔化《ごまか》せるから、あとは出来上って御意に叶《かな》いそうもないものは、見せなければいいのだと中田は考えた。

撮影の当日、ふみ子の病室には、帯広から村田祥子が見舞に来ていた。早速、石塚と祥子を助手にして、中田は撮影の準備にとりかかった。祥子にはリフレクター・ランプを持たせ、石塚には手鏡で、窓の光とランプの光を受けてふみ子の左の頰《ほお》に当てさせる。

「映画的な手法です」

中田は真剣だった。

ふみ子はまず、寝間着の上に羽織を着て、ベッドの上に坐ったところを写させた。いまその写真が私の手許《てもと》にある。髪は童女のように額の前で揃え、内側に巻き込む、いわゆるマシュマロ・スタイルである。左右は緩く内巻きにウエーブをつけ、耳元でおさえつけている。目は軽く伏目に、左下を見詰めている。一点を凝視し、なにか思いつめた眼差《まなざ》しである。

胸は平たく、肩の肉のあたりが少し落ちている感じである。顔はさほど痩《や》せてはいない。うしろのスチームのパイプの端に、ガウンが垂れ下っている。白いモールのついたエンジ色のもので、ヴィヴィアン・リーが映画のなかで着ていたのと同じデザインだといって、自慢していたものである。

その右の鏡台の上には、丸い花瓶に百合《ゆり》が飾られ、その横に、十字架をぶら下げた聖処女の像が見える。

これを見て中田が、「キリスト教になったんですか」ときくと、

「貰ったのよ、いまさら信仰なんて……」

とおかしそうに笑った。

鏡台の左手は窓になり、ガウンのある右手は襖《ふすま》で、一間《けん》ほどの押入れがある。見舞客がいて着替えする時、ふみ子はここに入って着替えるのが常だった。また客に出すお菓子や着替えの衣類などもここに詰め込まれていた。

「汚くしてあるから、見ちゃいやよ」

ふみ子はこのなかを母以外には絶対に覗《のぞ》かせなかった。

病室に襖や押入れがついていて、おかしいと思うかもしれないが、その病室は昔の当直室を改造したもので、そんな造りになっているのである。

写真のガウンと聖処女像との間の、壁の一角に、「No.5」と書いた白い紙が貼《は》りつけられている。ふみ子の病室の番号である。

「はずしましょうか」

焦点を絞りながら中田がきくと、ふみ子は、

「ナンバー五番、ここに死す、なんてことになるから一緒に写しといて……」

と言って、悪戯っぽく笑った。

ここで写したのは、ネルの寝間着に赤い帯をつけたのと、その上に羽織を重ねたのと、村田祥子と一緒との三枚である。

羽織を着たのは前に述べたように一点を凝視しているが、寝間着だけのはライトでも眩しかったのか、目を閉じ、長い睫《まつげ》と軽い受け口が、印象的である。

村田祥子と一緒に写したのは、珍しく笑っている。病室で撮った三枚中最も自然なポーズである。祥子が、

「あたしは肥《ふと》って大きいから、小さく写して」

とかなりうしろに下って写したのだが、それでも写真になると、祥子の肩幅のほうが大きく写っている。

どっしりした祥子に、左肩をもたせるようにして笑ったふみ子の表情には、死を数カ月後に控えている人の暗さはない。

そのほかにふみ子が笑ったり、立ち上ったり、うしろを向いた写真などいくつかあるが、いずれも中田が叱《しか》られるのを覚悟して写したもので、その半分はふみ子には見せなかった。

ふみ子が疲れたのと、午後から空が曇ってきたので、その日はそれだけにして、戸外の撮影は翌日にもちこされた。

翌日は日曜日だったので、中田は望遠レンズまで持ってきて撮影した。

初めに病院正面の門柱に倚《よ》りかかったところを撮った。

「人の目につくからいやよ」

ふみ子は駄々をこねながら、「札幌医科大学附属病院」と書かれた看板の下に、両手をうしろに重ねて立った。白いブラウスにお気に入りのジャンパースカートを着て、顔はかなり入念にお化粧がほどこされている。

中田は戸外の陽《ひ》を受けて、ある翳《かげ》りにみちたものをと狙ったのだが、光線が偏って少しぼけてしまった。どういうわけか、この正門前のふみ子の顔は、人を疑っているような冷やかな表情になっている。

このあと正面から裏手の木立ちのほうに廻り、そこで楓の樹《き》に右手をついて立った。

カメラの横から石塚が見ていると、

「札夫さん、いや、そっち向いて」

と言って、石塚にうしろを向かせ、その間にポーズをとった。

ふみ子はみずから薄幸の悲劇のヒロインになったつもりで、辛く、淋しげな表情をしたが、できあがった写真は、いまにもべそをかきそうで、美貌《びぼう》とはほど遠いものになってしまった。

それより中田がカメラの操作に手間どり、いじっていると、「あなたあまり自信ないのね、大丈夫?」と、からかったところを、逆にこっそり撮った写真のほうが、ふみ子の悪戯っぽい表情がよく出ていて、好もしい。

この写真はふみ子自身も気にいって、出来上ったあと、さらに十枚以上の焼増しを頼んだ。

「あたしが死んだあと、これを祭壇にかざって」とふみ子が言ったのもこの写真である。実際、通夜の席で、テープレコーダーに録音された声をききながら、出席者はこの写真を見て泣いた。

もう一枚、石の階段の手摺《てすり》に背を凭《もた》せ、少し遠くへ目を遊ばせているのがある。こちらはそろそろ疲れていたのか、優しいが、少し気怠《けだる》げな表情である。

他に当時の病院長の乗用車であった、旧式のシボレーのドアに寄りそって立っているのやら、石柱に凭れて眠ったように目を閉じているのもある。ふみ子の写真にはよく目を閉じているのがあるが、これらは概して、ポーズを意識しすぎた時の失敗作である。

さらに一枚、石段の前で石塚と並んで撮った写真がある。石塚が右に立ちふみ子が左に蹲《しやが》んでいる。石塚はよれよれのワイシャツにジャンパーを着て、少し照れたような、笑いかけたような、落着かぬ表情をしている。これに対しふみ子はいかにも楽しげに、屈託なく笑っている。石塚と並んで気が楽になったのか、カメラを意識して撮ったなかでは、この写真が最もよく撮れている。

出来ることなら、中田はふみ子が、怒ったり、泣いたりした時の写真も撮りたかった。ふみ子が最もチャーミングで可憐《かれん》になるのは、そうした感情をストレートに出した時である。だがそんな写真は、ふみ子は決して撮らせなかった。

この土曜と日曜にわたる二日の撮影が外で写した最後で、以後は、「疲れるばかりで嫌よ、一枚撮ると一日早く死にそうな気がする」といって許さなかった。

この時以後、死に至るまでの間、ふみ子の写真といえば、枕元《まくらもと》に『乳房喪失』の本を置き、ベッドにガウンを着たまま仰向けに眠っている写真が、一枚あるきりである。

これは『乳房喪失』が届いた七月の半ばに、ふみ子が自分からわざわざ近くの写真屋を呼び、自分で演出して撮らせたものである。

シーツも掛布も新しいのに替え、襟元に白いモールのついた自慢のガウンを着て、髪には白いバラの髪飾りを二つつけている。枕元には、オルゴールの蓋《ふた》を開き、そこからオーデコロンと、白いハンカチが顔を覗かせている。

ふみ子は仰向けに、深々と眠るがごとく目を閉じている。

母やまわりの人達は突然、そんな写真を撮らせたふみ子の真意を訝《いぶか》ったが、ふみ子にとっては、それが自分の死に顔の写真のつもりであった。生きながらに、自分が死んだときの顔を想像して、自ら演出して撮らせたのである。写真の前に念入りな化粧をほどこしたのはもちろんである。

「こんなあたしに、お母さんや子供達はとりすがって泣いてくれるのね」

ふみ子は出来上った写真を見て涙ぐんだ。

「あたしが死んだら、すぐ五百木さんも石塚さんも、祥子ちゃんも、孝も雪子も、みんな呼んでちょうだい。みんなにきてもらって、こんなふうに眠っているあたしの名前を呼ぶように頼んでね」

近づいてくる死に、ふみ子は自分から近づき、馴《な》れ親しむことで、その恐怖から逃れようと努めていたのである。

第七章　装《そう》飾《しょく》

1

四月から五月、華々しい脚光を浴び、歌壇のスターへの道を歩みながら、ふみ子にはいくつかの憂鬱《ゆううつ》があった。

もちろんふみ子の最大の悲しみは死が近づいてくることであった。一日一日、体が弱ってきていることは、誰《だれ》よりもふみ子が一番よくわかっていた。咳《せ》きこみの発作や息切れがきても、いままでなら数分間、じっとしているだけでおさまったのが、このごろではそう簡単にはいかない。苦しんだまま鎮痛剤をうってもらい、それで眠りに落ちてようやくおさまる。

だが変ないい方ではあるが、ふみ子にとって死は既定の事実であった。いつとは定かではないが、やがて遠からず死ぬことは、自分も他人も認めていることであった。納得といってはおかしいが、ある程度仕方のない、避けられない運命として甘受している。その悲しみと恐怖はあまりに大きすぎて、憎しみ、抗《さか》らう対象にはならない。それよりいま、ふみ子を憂鬱に落し込んでいるのは、死よりもっと小さくて他愛ない、それだけに身近で切実な問題であった。

そのことにふみ子が初めて気がついたのは、五月の初めであった。朝、起きがけに手鏡を見て気づいたのだが、鼻の下の髭《ひげ》がうっすらと伸び、少し黒ずんでいるように見えた。

以前からふみ子は毛深いほうで、眉毛《まゆげ》なぞはっきりしていて、男の子のようだといわれたことがある。女学生の時は脛毛《すねげ》が気になって、剃刀《かみそり》でこっそり剃《そ》ったこともある。だがそれは人一倍おしゃれなふみ子が気にしただけで、他《ほか》の友達とくらべて目立って濃いというほどのこともない。子供を産み、病気をえて体力が弱るとともに、そんなことも忘れていた。

それが突然、急に鼻の下のあたりが濃くなったように見えたのである。

ふみ子は、顔の位置をいろいろ変えながら、鏡を覗《のぞ》き込んでみた。

まっすぐ、陽《ひ》に向って見る時には、さほど目立たないが、横向きや斜めになり、陽が翳《かげ》った時にかえって目立つ。いままでは、うっすらと柔毛《にこげ》が生えているだけだと思ったのが、黒味を増し、太さも少し増したようである。そろそろと指先で触れてみると、かすかな抵抗感もある。手鏡を離し、遠目で見ると鼻の下全体が、ぼうと薄黒く見えるのである。

「ねえ、わたしなにかこのあたり、髭が濃くなったように見えませんか」

三十分も見詰めた末、ふみ子は隣のベッドにいる渋沢しげに尋ねてみた。しげは四月に入ってから急速に食欲が衰え、憔悴《しょうすい》が目立っていた。ベッドのなかで向きを変えるのも億劫《おっくう》そうだったが、上目ごしにふみ子の顔を見詰める。

「そういえば、少し濃いかもしれないわね」

「どうしたんでしょう」

「わたしも濃くはありませんか」

逆にきかれて、ふみ子は渋沢しげの顔を斜め上からのぞき見た。やわらかい春の陽射しのなかに、しげが仰向《あおむ》けに寝ている。肌そのものがふみ子と違って、やや黒い人であったから、さほど目立たなかったが、いわれてみるとたしかに口のまわりが黒ずんで見える。しげは五十歳くらいで、年齢のせいかとも思ったが、それだけともいいきれないようである。

「先月亡くなった十二号の内山《うちやま》さんもそんなことをいっていたけど、癌《がん》がすすんでくると、髭が濃くなってくるんじゃないかしら」

「まさか……」

ふみ子は首を傾《かし》げたが、言われてみると、たしかにそんな気もする。隣の病室の四十歳の婦人も、向いあって話しているうちに、髭が濃いのではないかと思った記憶がある。

「普通、病気になれば髪の毛や髭は抜けて薄くなるものでしょう。わたしの祖母だって毛が抜けて、死に顔はむしろ乾いたように、つるりとしていたと思うの、体が悪くなって髭が濃くなるなんておかしいわ」

「そうだとは思うんだけど」

五十歳くらいの死期を目前にした婦人にとっては、鼻の下のあたりが多少濃くなろうが、なるまいが、たいして問題ではないのかもしれないが、ふみ子はそんなわけにはいかない。余命短いとはいえ、生きているかぎりは美しくありたい。いまや歌壇のスターが鼻の下に髭が生えていては艶消《つやけ》しである。

その日、ふみ子はことさらに厚く化粧をして、朝の不安を打消した。毛髪や髭が濃くなるような現象が、死の近い病者に訪れるわけはないと自分にいいきかせた。

これまで見舞客にはもちろん、医師にも、ふみ子は化粧をして素顔は見せたことはなかった。

ふみ子の使う化粧品はすべて、高級品のマックスファクターにかぎられ、それを鏡台の抽斗《ひきだし》のなかから上まで、溢《あふ》れるほど並べて置いてある。

いついかなるときも、ドアがノックされたときは、「どなた」ときいて、相手を知ると、必ず「少し待って下さい」と言って、その間にヘアブラシとコンパクトをとり出し、顔と髪を直すことを忘れない。

顔をなおさず、そのまま部屋に入れてもらえるのは石塚札夫だけだった。

ほとんどの男性は、名前をいってから四、五分は待たされる。のちに見舞に来た『短歌研究』編集長の中井は実に、十数分もドアの外で待たされた。

ともかく一旦《いったん》、化粧で隠してはみたが、翌日、鏡を見るとやはり黒い。顔だけは毎朝どころか、日に幾度となくみるのだから、気にするな、といっても無理である。まして人一倍おしゃれなふみ子である。

よく見ると、顔の肌全体も黒ずんできているように見える。鏡のせいかと、鏡台に向い、さらに別の鏡に映してみるが、どの鏡も同じである。少女のころから自慢だった白い肌が、いまは茶褐色にくすんで毛孔《けあな》ばかりが大きく見える。

本当に黒くなってきているのか、それとも錯覚なのか、誰かにきいてみたいと思うが、折角知らないでいる人に気づかせるのも気がすすまない。ふみ子の素顔を知っているのは、石塚とふみ子の母の二人だけだったが、石塚は男性だけに、さすがにそこまではきけない。母は、帯広に戻っていまはいない。

一週間、様子を見てみたが黒味はとれるどころか、かえって濃くなってきているようである。

八日目、ふみ子は思いきって受持の野田医師にきいてみた。

「なにか、このごろ髭が濃くなってきたような気がするのですけど……」

医師はしばらくふみ子の顔を見ていたが、やがてうなずくと、

「お化粧をすれば、なんとか隠せるでしょう」

「隠せますけど、でもどうして……」

「薬のせいだと思います」

「薬が原因で髭が濃くなるのですか」

ふみ子は慌てて起き上った。

「いま服《の》んでいる癌の進行を止める薬には男性ホルモンが入っているのです。髭が濃くなってきたのは多分、そのせいだと思います」

ふみ子は手鏡をとってもう一度覗きこんだ。間違いなく鼻の下が黒い。それが気のせいではなく、男性ホルモンをとり込んだ結果だというのである。

「それでは、薬をのめばのむほど、髭が濃くなって、男の人のようになっていくのですか」

「男性ホルモンといっても、量は知れていますから、そんなに心配することはありません。せいぜい髭が濃くなって、喉仏《のどぼとけ》が少し出てくるくらいのものです」

「ここもですか……」

ふみ子は喉に触れてみた。言われてみるとたしかに少し出ているような気がする。

「あなたが服んでいるくらいでは、まだまだ大丈夫です。とにかく心配はいりません」

心配ないといっても、女のふみ子にとっては容易ならぬことである。理由がはっきりしただけに不安はさらにつのる。

「その薬を止《や》めるわけにはいかないのですか」

「冗談じゃない、止めたら病気はもっとすすんでしまいますよ」

赤いカプセルに入った薬が、癌にきく薬であることをふみ子は知っていた。最近アメリカから輸入されたもので日本にはまだ数少ない。それは抗癌剤と呼ばれてはいるが、癌の進行をいくらか遅らせるだけで、完全に治す薬でないことも聞いていた。だが、といっていまそれを止める勇気はふみ子にもない。放射線療法が皮膚を傷め、眩暈《めまい》や吐き気など副作用が多い状態では、この薬が最後の頼りであった。

「そう濃くなるもんじゃありませんから、気にしないことです」

去ろうとする医師を、ふみ子はさらに呼びとめた。

「男性ホルモンは癌に効くのですか」

医師は一瞬、戸惑ったようにふみ子を見たが、

「抗癌剤の組成が男性ホルモンに似ているのです。あの化学構造式の形がちょっと変っ

ただけで、とにかくあまり気にしないほうがいい」

医師はなだめるようにふみ子の肩口を叩《たた》くと、部屋を出ていった。

ふみ子には思いがけない事実であった。なにげなくつき合っていた、男性達の、その一人一人の体のなかを流れているホルモンが、自分の死に至る病をくい止める薬に近いというのである。

男性ホルモンと薬そのものとは同じではない、と医師にいわれても、具体的な違いはふみ子にはわからない。化学的にどう違おうと、現実に髭が濃くなり、肌がくすんできているところを見ると、男性ホルモンそのものが体に入ってきていると思わざるをえない。癌細胞に対しての働きはともかく、体の表に出てくる変化は同じである。

ベッドのなかでふみ子は手鏡を見、それからいままでの男達のことを考えた。

別れた夫の弘一も、諸岡も、五百木も、遠山も、肌を触れた男性のすべてが、いまは無性に懐かしく、貴重なものに思える。彼等《かれら》に抱かれ、燃えつきて、息も絶え絶えになったその時、ふみ子は彼等の放出するものを受けとめていた。

もしかして、抱かれることは治療そのものになるのではないか……

ふみ子の脳裏にまた思いがけない想像が浮んだ。もちろん、その時に受けとめるものが、抗癌剤そのものでないことも、それがすぐ体に行きわたり、癌細胞を破壊するというものでないことも知っている。すべて夢見がちな女の一時の空想にすぎない。

だが一度思うと、ふみ子はそれを信じ込む癖がある。

行為の時、男達から受ける愛の滴《しずく》が、自分の命を長引かす効果をもたらすらしい。男達はその薬を持った、愛すべき、素晴らしい人間なのかもしれない。

そう考えると、男性という存在が、いままでの好き嫌いとは違う、男性ホルモンを持った優しく健気《けなげ》な性に思えてくる。

癌効薬ときけば親しきヒシの実が乾きし影こぼす新聞紙のうへ

何パーセントか生き残るべし恢復のあてなきは怪しき神をも拝み

癌新薬完成とほき教室にモルモットひそと眠る夜寒《さむ》

このころ放射線科に廻《まわ》ってきたインターン生に中川純《なかがわじゅん》という青年がいた。

インターンは二人一組で、病院内の各科を順に渡り歩くが、放射線科は小さな科なので、インターンのいる一期間は一カ月である。

中川は背はあまり高くなかったが、甘い感じのする好青年だった。すでに三十二歳の遠山とは違って、まだ学生の初々《ういうい》しさがある。

インターン生は、それぞれ先輩の医師につき、患者の容態やレントゲンの説明をきいていく。時には検査のための採血をしたり、注射をしていく。癌病棟のように入院の長いところは、患者の方でインターン生であることがすぐわかる。白衣を着て聴診器をぶら下げていても、若い彼等は緊張して、どこかおどおどしている。患者からみると頼りないが、しかしそんな初心《うぶ》な態度が、かえって好ましくうつることもある。ベテランの患者は、そんなインターンを冷やかしたり、手なずけたりもする。

中川は野田医師の下について、ふみ子の病室の係だった。

初日、中川が野田医師に従って来た時から、ふみ子はその青年に目をとめた。野田医師がレントゲンフィルムを陽にかざして説明する間、その写真を見ている目が熱っぽく美しかった。

翌日、中川が一人で夜廻診《かいしん》に現れた時、ふみ子はことさらに胸の苦しみと不眠を訴え、睡眠薬を求めた。

中川はふみ子の訴えの一部始終をきき、一旦詰所に戻ると、自分から赤い包みの頓服《とんぷく》薬《やく》を持ってきてくれた。

「済みません。明日《あした》もまたお願いできますか」

「ええ……」

青年は少し困った顔をしてうなずいた。

「こんなあたしのような、死ぬときまった患者ばかり診《み》て、つまらないでしょう」

「いえ、そんなことはありません」

中川は慌てて首を左右に振る。その真剣さが、ふみ子にはたまらなく愛《いと》しい。

「自分がもう駄目だとわかっているせいか、あなたのようなこれからの人を見ると、なんとなく楽しくなるわ」

「そんなことをいうものではありません。人間はいつだって生きる希望を失ってはいけません」

中川は医師であることを思いだしたのか、急に大人《おとな》びたいい方をした。

「じゃあ、あなたがあたしの希望になってくれますか」

中川は訝《いぶか》しげにふみ子を見た。黒く大きな瞳《ひとみ》である。

「ううん、いいの。おかげで今夜はいい夢を見られそうよ、おやすみなさい」

不安そうな青年の眼差《まなざ》しのなかで、ふみ子は薔薇《ばら》の大輪がしぼむように、ゆっくりと目を閉じた。

2

患者というものは往々にして、医師にある種の甘えをもつものなのかもしれない。特に女性の患者においてその傾向は強いようである。それは医師という自分より強者への、一つの媚《こ》びでもあるが、同時に肉体のすみずみまで知られていると思う一種の安堵《あんど》感のようなものかもしれない。

ふみ子の中川への愛には、そうした、すべてを知られつくしている男への、甘えと安心があったことは否めない。他の男性はともかく、中川になら乳房のない胸も、レントゲン照射で黒ずんだ皮膚も見られている。死期近いことも隠す必要はない。

だが、もちろんそれがすべてではなかった。

中川純は小柄であったが、色白で目が優しい。外見的には、遠山良行に似たところがあった。

違うところといえば、遠山は新聞記者特有の鋭敏さと皮肉さをもっていたが、中川には、いかにも良家の子息らしい鷹揚《おうよう》さと、気取りがあった点である。

ふみ子は一度、中川を見たときから、この男は自分の意のままになると見抜いていた。インターンで耳採血や、注射をうちに来ながら、その表情には、まだ見知らぬ世代に属する年上の閨秀《けいしゅう》歌人への、好奇心と憧《あこが》れが垣間《かいま》見えた。

「好きな人と、ゆっくり札幌の街を歩いてみたいわ」

中川に静脈注射をうたれながら、ふみ子は歌うようにつぶやく。なに気なく、誰にきかせるともなくいった言葉だが、青年の揺れかけている心をひくには、それで充分だった。

翌日、夜廻診に来た中川に、ふみ子はそっと白い封筒を手渡した。

「昨夜、あなたのことを考えながらつくったのです、読んで下さい」

中川は一瞬、戸惑ったように封筒を見ていたが、それをポケットにおしこむと、すぐ顔を赧《あか》らめて部屋を出ていった。

注射器もち君が佇み居りし窓にいま静かなる雲は焼けゐつ

不安なまで青葉に染みし病室に魔法インク持ち医師は入りくる

偶然の逢ひも願ひて渡りゆく廊に大時計ゆるく鳴り出づ

これはあきらかに青年医師への相聞歌《そうもんか》であった。

翌日、消灯の終った九時すぎに、中川はそっとドアをノックして入ってくると、ふみ子へ睡眠薬を渡した。

当時、ふみ子の一番欲しがっていたのは睡眠薬であった。それを内緒で持ってくることで青年は医師の体面を汚さず、恋の歌に応《こた》えようとしたのである。

「ありがとう」

ふみ子は弱い読書灯の光のなかで、中川を見詰めたまま、そっと手を握った。やわらかいが手応えのある男の手だった。

「大きな手」

ふみ子は青年の指の一本一本をたしかめるように触れながら、やがてそれを自分の頬《ほお》へ近づけた。

「一分でいいから、こうしていて」

触れていると青年の掌《てのひら》から温かさがじかに頬に伝わってくる。間違いなくその掌の温《ぬく》もりは未来へ向って生き続けていく。

隣の渋沢しげはすでに眠り、病棟は静まり返っていた。

青年はふみ子に右手をあずけたまま目を閉じていた。

「あたしをどこかへ連れていって」

「どこかって……」

「こんな死の匂《にお》いのするところでなく、生きる悦《よろこ》びの溢れているところに」

青年は戸惑った表情で、握られた手を見ていた。

「あたしは外へ出たいの、ここから解放されたら、強くなれるわ」

早くもふみ子は駄々っ子になっていた。青年が自分への好意と医師という立場で悩む、それを見るだけでふみ子は満足だった。

「あなたのいるかぎり、あたしは生きるわ」

ふみ子はそっと青年の手を自分の頬へおしつける。

間違いなく、その仕草には一部、演技に近いものもあった。中川を困らせ、惑わせることで自分の存在をたしかめようという悪戯《いたずら》気もあった。

だが、彼の手を頬に押し当てているとき、ふみ子にはもう打算はなかった。青年の手の感触に全神経を集中するとき、五百木も遠山も、過去のもろもろの男達のことも完全に忘れていた。いまのふみ子には、しっかりと手を握り合っている中川しかいなかった。

明日になれば、また遠山が現れるのを待ち、大島や五百木からの手紙を願うかもしれない。一人になればまた、死んだ諸岡や、別れた夫のことを思うかもしれなかった。

だがいまこの時、ふみ子の頭には中川のことしかないことも、また事実であった。

誰を最も愛しているか、という問いは、いまのふみ子には無意味だった。日夜訪れてくる淋《さび》しさを癒《いや》してくれる人なら誰でもいい、誰か一人だけは常に自分の横に手なずけておきたい。

このころ、ふみ子の愛は、一般の男女の間の愛という意味をこえて、死の恐怖から逃れるための愛になっていた。

人を愛し、それに没頭している時だけ、ふみ子は死を忘れることができた。生きていく支えとして、ふみ子の愛は必要不可欠なものであった。

三日後の日曜日の夕方、ふみ子は白と紺の粗い縞《しま》のドレスを着て、病院を抜け出した。行先は駅前通りにあるグランド・ホテルであった。

表向きは外出禁止の患者と逢うのだから中川にとっても重大事である。相変らず空咳《からせき》はあったが、ふみ子の気分は悪くはない。中川に逢いに行くというだけで、体の調子はずいぶんよくなったようである。

ふみ子がグランド・ホテル前で電車を降りると、中川はその前のアカシアの樹《き》の下で靴を磨かせている。それを見ると、ふみ子はうしろから近づき、いきなり中川の目を両手でおおった。

笑い悪戯《ふざ》ける二人の姿には、もう死の影はなかった。誰の目にも二十四、五の、ほぼ同じ年齢の青春を謳歌《おうか》する似合いのカップルとしかうつらない。

簡単な食事のあとホテルへ誘ったのは、ふみ子のほうだった。

「抱いて下さい」

いまは、ふみ子は恥も外聞もなく、そう言えた。

初めは躊躇《ちゅうちょ》していた中川も、ふみ子の積極さにひかれたのか次第に大胆になってきた。接吻《せっぷん》をし、やがてしっかりと抱き寄せる。初めてとは思えないが、慣れた手付きではない。

ふみ子は胸元に触れられた時は抵抗しながら、下半身は中川のするに任せていた。

「いいの？」

抱きしめながら、中川はなお不安そうにきいた。

「いいのよ、あなたの自由にして」

突然、中川は入ってきた。それは唐突で荒々しかったが、それだけに奪われているという感覚は強かった。

ふみ子は残っている力のすべてをふりしぼって中川にしがみついた。いまこのまま命が果てても悔いはない。抱かれたまま死ねるなら本望である。

すべてを忘れる激しく短い一瞬がとおりすぎていく。そして最後に、ふみ子は小さく、「ちょうだい」と叫んだ。

一瞬、中川はぎくりとしたようだが、すぐそのまま果てた。

やがて荒い息づかいのなかから、ふみ子はゆっくりと目を開いた。中川が上から不安そうにふみ子を見ている。

たしかに彼方《かなた》の楽園を垣間見てきた、その気怠《けだる》く漂う感覚のなかで、ふみ子は青年の愛液が自分の体中にまわり、その男性ホルモンが癌細胞を駆逐する図を、ぼんやり頭に描いていた。

治療なき午後に脱け来て君と会ふまた幾日か支へむために

地下室の固きベッドに戻りゆくきみを送りて風の夜となる

ふみ子はこのまま、中川との愛のなかで死にたいと思った。やがて消える命なら、いま新しい恋が燃えている、そのさなかで、恋する男に看《み》とられて死にたい。中川ならきっと優しく、死後の自分を処理してくれるに違いない。

ふみ子がオルゴールの箱の下に睡眠薬をためていたのを中川に見付かったのは、彼に体を許した一週間あとであった。

結ばれて急に親しさを増した中川は、その夜、廻診にきがてら、なに気なく枕頭台《ちんとうだい》にあるオルゴールを手にとった。蓋を開くと、「エリーゼのために」の曲が流れた。

「陳腐でいやでしょうけど、オルゴールの曲って、みんなこうなの」

ふみ子がいいわけをしている時、中川は花模様のハンカチのもう一つ下を開いていた。

「駄目」

ふみ子が奪い返そうとしたが、それより早く、中川はなかを見届けていた。ハンカチの一段下には、これまで中川からもらったブロバリンやフェナセチンが、ぎっしりつまっていた。

中川は、荒々しく薬を白衣のポケットにつっこむと、そのまま病室を出ていった。

自殺は怖かったが、そこには甘い思いもあった。自分の死を誰が一番真っ先に見付けてくれるか。駈《か》けつけてくれる人々のために、顔は美しく化粧しておかねばならない。みんな見惚《みと》れて、溜息《ためいき》をつく。そのなかには中川もいて、そっと接吻をしてくれる。それを見て遠山も石塚も、父も母もそれぞれに接吻をしてくれる。

痩《や》せ衰え、醜くなって死ぬのはいやだ。いまならまだ美しい死に顔で死ぬことができる。どうせ死ぬなら、哀《かな》しく鮮やかで、長く人々の心に残る死に方をしたい。

毎夜、オルゴールを見るだけで、ふみ子は自殺につながるさまざまな思いに遊ぶことができた。

だが、いまはその楽しみも奪われてしまった。


生きられるだけは生きよとリンデンの厚き葉をわが掌に握らせて去る

学究のきみが靴音おだやかに廊につづかむわが死ののちも

このことがあってから中川のふみ子への態度は少し変った。いままでどおり優しくいたわり、励ましてはくれるが、その底にいつも、利用されるのではないかという警戒の目があった。中川はようやく自分が医師であることに目覚めたようである。

二人が外で最後に逢ったのは六月の半ばの土曜日の午後だった。約束の大通公園の聖恩碑の前は、初夏の陽射しが明るく、歩道の脇《わき》にはリラの花が咲き誇っていた。

二人はそのままベンチに坐《すわ》っていたが、青葉の照り返しを受けて、ふみ子の顔は蒼《あお》ざめていた。

インターンの中川は、その日が放射線科の最後の日で、翌週から内科へ移ることになっていた。

「また逢ってくれるわね」

「もちろんです」

「連絡はどうしたらいいの？」

「内科に電話を下さい」

「いや、あたしは女だからそんなことはできないわ、あなたが毎日、あたしのところにきて」

「でも、内科へ移ったのに、放射線科の病室へのこのこ行ったら変に思われます」

「いいから来ると約束して」

ふみ子は午後の光のなかで、中川へ指を絡ませた。

「月末は巡廻診療で地方へ行きます」

「いつまで？」

「半月だから、七月の十日には帰ってきます」

「その時は、あたしもう死んでいないわ」

「そんな弱気なことをいわず頑張って下さい」

「毎日、手紙をくれたら、生きられるかもしれない」

　ふみ子は咳きこみ、そのまま、ものは言えなくなった。五、六分で発作は収まったが、呼吸は小刻みで、顔は汗ばんでいた。

「今日《きょう》はこのまま帰りましょう」

「いや」

　ふみ子は肩にかかった手をふり払うと、まっすぐ中川を見た。

「ホテルへ連れてって」

「でも今日は……」

「いいから抱いて」

　ふみ子は哀願するように言うと、よろける足で自分から立ち上った。

3

ふみ子の病状がにわかに悪化したのは、この月の末からであった。

この前、五月の末にも、ふみ子は一度、激しい悪寒に見舞われ、三十八度をこす熱が三日間も続いた。この時は解熱剤や氷枕《こおりまくら》で、どうにか落ちついた。

その後、五月の末から六月の初めは、ずっと不眠が続き、時たま軽い微熱があったが、一応、落ちついていた。

そんなある日、ふみ子はなにか視力が衰えてきているような気がした。たしかにはわからないが、遠くのものが、少しかすんでいるように思える。

ふみ子はそれを中川に訴え、中川が受持の野田医師に連絡して視力検査を受けたが、結果は特別異常はなかった。

「精神的な疲れでしょう。それとあまり睡眠薬をのまないことです」

野田医師は睡眠薬ののみすぎによる一時的な衰えだと説明した。

その五日後の六月十三日の夜、激しい咳きこみがあり、それとともに首、手などに発《はっ》疹《しん》があった。赤く小さな発疹で、注射をして冷やすと二日後に痒《かゆ》みだけがおさまった。

医師は癌が肝臓にまで及び、解毒機能が下っていることを疑ったが、ふみ子には告げなかった。

隣のベッドにいた渋沢しげが死んだのはこの発疹が治った翌日の朝方であった。しげは死ぬ前の数日、お腹《なか》が苦しい、足腰がだるいといっては、夫に散々に当り散らし、背中をさすれ、足を揉《も》めと奴隷のように使った。

そこにはもう敬虔《けいけん》なクリスチャンの面影はどこにもない。ただいっときの肉体の苦しみから逃れようとするエゴしかなかった。

「死ぬ時はみんな、あんなに苦しんで我儘《わがまま》になるのかしら、わたしはいやだわ」

ふみ子は昼近く、ノックもせずに入ってきた石塚札夫に訴えた。

「どうせ死ぬのなら、わたしはきれいに死にたい」

「そんなことは考えるもんじゃないよ」

石塚はそれしか言えなかった。

ふみ子は黙って、いまは白いマットだけになった隣のベッドを見ていたが、突然怯《おび》えたように、石塚の手を握った。

「ねえ、あたしが死なないように祈って、神様にお願いして」

しっかり手を握ったまま、ふみ子は吠《ほ》えるように言った。

「いやよ、あたしの死んだあとのベッドも、こんなふうになるのはいやっ」

「大丈夫だよ、絶対大丈夫だよ」

「本当、本当に助かるんでしょう」

小刻みに震えるふみ子の瞼《まぶた》を見ながら、石塚はしっかりとうなずいた。

だが、大丈夫だと言い、助かる、と言い合ったのも、一瞬の二人の言葉の遊びでしかなかった。

やがて冷静に戻り、再び人のいなくなったベッドを見た時、昨日《きのう》まで生きていた一人の人間がこの世から去ったことは間違いのない事実であった。

木枠のベッドの上で、マットは少し灰色を帯び、しげが寝ていたと同じ形に凹《へこ》み、初夏の光のなかで静まりかえっている。

いっときの興奮から覚めたように、ふみ子は髪を直し、襟元を合せると立ち上り、襖《ふすま》のなかから一通の通帳をとり出した。

「これ、あなたが預かっといて」

石塚が見ると、八万円ほどの預金がある預金通帳であった。

「あたしが死んだら、これを中城の家に届けて」

「中城さんって、札幌の?」

別れた夫の弘一は東京に行っているときいたが、札幌の実家にはまだ老母が健在だった。

「あそこに潔がいるから、学費の足しにするようにいってあげてちょうだい」

ふみ子の三人の子供のうち、末っ子の潔だけは、中城の実家に預けられ、そのまま祖母の手で育てられていた。帯広にいる長女の雪子の二つ下だったから、来年から小学校の一年生だった。

「他の子は野江の家がついているから心配ないの、でも潔だけ、一人離されて可哀想《かわいそう》だから……」

満二歳の時、札幌の中城の家に預けてからこの春、札幌医大病院に来た折、会っただけだった。夫の弘一に似て気は弱そうであったが、祖母のもとで健康に育っていた。ふみ子を見ると、一瞬、考えるように首を傾げ、それから「ママ」と言った。

産みの母とはいえ、中城家へ渡した子供だけに、いつまでも抱いているわけにはいかない。たとえ自分の子でも、いまは野江の家にいる二人の子とは別に、中城の家を継ぐ少年であった。

このまま死ぬことがあっても、潔にだけはもう会えそうもなかった。

「僕が預かっていて、いいんですか」

「いいの。こんなこと、あなたしか頼める人はいないわ」

石塚はそれをジャンパーの内ポケットにしまいこんでから言った。

「僕が五十になるまで生きていなさい、五十になったらあんたの子を養子にもらうから」

ふみ子はその冗談に軽く笑いながら、別れて久しい子供達のことを思った。

われに最も近き貌《かほ》せる末の子を夫がもてあましつつ育てゐるとぞ

母の手に捉へがたき子よ稚魚掬《すく》ふみづみづしさを頻《しき》りに思ふ

渋沢しげの死がふみ子の心と体を弱らせたのであろうか、しげが亡くなった三日後に、ふみ子は再び高熱に襲われた。

夜、食欲がなく、なんとなく熱っぽいので看護婦に訴え、体温を測ってみると、三十九度もあった。

しかし少し息苦しいだけで、咳もなく、気分はさほど悪くはない。当直の医師は解熱剤をうち、氷枕をするように指示して、その夜は注射のせいもあってか、朝まで安眠できた。

翌朝、目が覚めると、全身に汗をかき、熱はかなり下ったようである。

ふみ子は汗ばんだ下着を着替え、また床に入った。熱は下ったとはいえ、朝の検温はまだ三十七度五分あったし、起きていると頭がふらついた。

それでも野田医師の廻診に来る九時半までには、薄く紅《べに》を塗り化粧を終えていた。

「この隣には、どなたかお入りにならないのですか」

ふみ子は渋沢しげが死んで空いたベッドを見ながらきいた。

「夜中、目覚めて一人だと、とても怖いのです」

「明日中には入るはずです」

「今度はどんな方ですか」

「やはり子宮癌の五十歳の婦人です」

「その方も助からないんですか」

「いや……」

野田医師は一瞬、顔をそむけると、そのまま部屋を出ていった。ふみ子は、露悪的なことをいい医師の機嫌を損ねたことを悔いたまま午前中を過した。

正午、丁度に昼食がでたが、ふみ子はやはり食欲がなかった。看護婦がアルミのお盆にのせて運んできたが、窓際の棚に置いてもらったまま、手をつけなかった。

午後、気怠さのなかで、ふみ子は熱が出てくるような予感を覚えていた。

ふつふつと体の奥から滾《たぎ》るものがある。高い熱が出る前はいつもこんな感覚に襲われる。

渋沢しげも、他の患者もそうだったが、癌の患者はみな末期になると熱が出ていた。

熱の高さや、続く期間は、それぞれ違うが、熱が出はじめると、二、三カ月のうちにみな死んでいく。

癌の末期になると何故《なぜ》熱が出るのか、専門的なことはふみ子にはわからなかったが、一度、熱が出るたびに、患者は見違えるほど衰え、それを数回重ねるうちに死相のようなものを帯びてくる。

ふみ子の高熱は今度が二度目であった。

「ちょっと、風邪《かぜ》をひいたのでしょう」

医師はなにげなく言うが、それが一時の慰めに過ぎないことを、ふみ子はよく知っていた。

一度目より二度目と熱は高くなり、その期間も長びいてくる。そして三度目の熱はさらに高く長く続く。一雨ごとに秋が深まるように、熱のたびに死が近づいてくる。

癌患者のこのような熱は専門的には悪液質《あくえきしつ》といわれているものだった。癌の末期、癌細胞は全身に拡《ひろ》がり、一方では健康な細胞を破壊していく。この癌細胞の活動により、消費されるエネルギーが熱となって表に現れてくる。いいかえると、癌細胞のほうが健康な細胞より、勢力をえたことを現していた。

こんな時、ふみ子は誰か来て欲しいと痛切に思う。微熱のなかで死を思うと、気が変になりそうになる。誰でもいい、石塚でも、看護婦でも、渋沢しげでも横にいてくれれば、話をして気を紛らすことができる。

初夏の陽は明るくなんの屈託もなかった。病室は、窓際の棚にも、ラジオの上にも、箱の側《そば》にも花が飾られ、その種類もチューリップ、カーネーション、リラ、グラジオラスと、色とりどりである。

明るく華やかすぎる病室が、ふみ子にある哀しみを誘った。

こうでもしなければ、わたしは生きていけない。これが精一杯のわたしの強がりなのだ……

この日、ふみ子はまた五百木に手紙を書いた。中川がいるとき、ふみ子は中川の恋人になり、遠山がいるときは遠山の恋人になる。そして相手がいないとき、ふみ子の思いは自然、五百木の許《もと》へ帰っていく。

お手紙ありがとう。そしてこの前のわたしの申し出を誤解せずに受けて下さって、何と感謝していいかわかりません。ほんとにありがとう。

この頃《ごろ》はずっと熱が出て三十八度から四十度近く上下しています。頭がぼんやりしてますので、歌どころか、気持を平静にしているだけでも一苦労です。病院に癒《なお》すために来て、悪くなっちゃったのですから、おかしなものです。

帯広でしたら、近くで看病もしていただけましょうが、私たち二人はこんなになるために愛し合ったみたい。この間、死んだ奥さんはまだ若い方でしたが旦那《だんな》さまが二カ月つききりで看病して、一寸《ちょっと》うらやましいみたいでした。

でも今はなるたけ、心を静かにして、自分を見守ってやりたい。一人で生れたものは、最後も一人の方が、さっぱりしてよろしいのでしょう。

仲介さんは糠平《ぬかびら》へいらっしゃるのですって? 山の生活は大変ね。みんなわたくしのせいね。わたくし、何もして上げられなくてごめんなさい。歌がいくら賞《ほ》められても、肝心の私はふうふう寝てて、すべては紙細工のように虚《むな》しい。何のためにわあわあ騒いでいるのでしょう。私はこんなに苦しいのに。

仲介さんは、いい結婚して倖《しあわ》せになって。

わたし、あなたと結婚して、あなたを失望させるより、死んじまった方がいいのかもしれません。二年の間、わたしはわたしの方法で誠実だったことを信じて下さい。勿論《もちろん》、愛情の点だって変っていません。

ただ、あなたより、ずっと大人の自分には、こんな書き方より出来ないことを御推察下さい。

寝て書いてますので鉛筆で失礼。同封の一カ月前の写真です。ほんとにお元気で。強く。

ふみ子

六月二十二日

仲介さまへ

手紙を書いた三日目の午後、ふみ子がぼんやり陽に映える赤い花弁を見ている時、ドアがノックされた。こつこつと二度、低くたしかな叩き方である。

「どなた」

「逢坂満里子ですが」

ドアの向うからよく透る声が返ってくる。ふみ子は反射的に床のなかで襟を合せると、枕元の手鏡をとった。

思いがけない来客であった。逢坂満里子はかつてふみ子が帯広の『新墾《にいはり》』に入ったころ、女流のナンバーワンとして、実作、批評とも、群を抜いていた女性だった。歌会に行きはじめたころ、ふみ子はこの満里子から厳しい批判を受けた。歌が甘いとも、媚びているともいわれた。当時の逢坂には、ふみ子など歯牙《しが》にもかけない自信があふれていた。

そんないきさつもあって、その後歌会で何度か顔を合せていながら、打ちとけて話し合ったことはなかった。

だがいまや立場は完全に逆転していた。逢坂は女流ナンバーワンといっても、所詮《しょせん》は一地方誌の歌人であり、ふみ子は全国的な大スターであった。歌人の地位としては大きな開きができていた。

だが実のところ、ふみ子は逢坂満里子の力を認めていた。人気としてはともかく、実力としては、自分と逢坂との間にはさほどの差はないと思っていた。デビューのいきさつから、満里子とはつい反目する形になってはいたが、一度、二人だけでゆっくり話したいと思っていた。余命いくばくもないのに、同じ郷土の歌人と反目したままで終るのは辛《つら》かった。

「どうぞ」

ふみ子は手鏡に顔をうつし、熱でうるんではいるが、乱れてはいないのをたしかめてから声をかけた。

入ってきた満里子は大柄な体を明るいクリーム色のワンピースにつつみ、胸に大きな花模様のアクセサリーをつけていた。手にはカーネーションの花束を持っている。

「わざわざ来て下さったの？」

「是非、お見舞したいと思っていながら、遅くなってご免なさい。これ、バケツにでもつけておきましょうか」

満里子はベッドの端にあったバケツに、カーネーションの束をおさめた。

「花が一杯で、いつになったら飾っていただけるか、わからないわね」

「そんなことないわ、窓際のが萎《しお》れてきたから、新しいのが欲しいと思っていたの」

「でも、とっても明るい部屋ね」

「本当は暗いのよ、そこのベッドの人も一週間前に死んだの」

来る早々驚かす人だと、満里子はこわごわうしろのベッドを振り返った。

「でも、来てくれて嬉《うれ》しいわ、帯広は変りない？」

「みんな元気よ、この前、祥子さんに会って、あなたのお話きいて急に来たくなったの」

半月前、ふみ子はやはり帯広から見舞に来てくれた祥子に、「本当は逢坂満里子さんに会いたいんだけど、わたしよりチッチャイ人に、こっちから会って欲しいと手紙を出すのは沽券《こけん》にかかわるでしょう」と言ったことがある。「チッチャイ」とは、全国的な歌人となったふみ子からみると、満里子は小さな存在である、という意味だった。

この話を祥子の口から伝えきいた満里子は、中城ふみ子という人は面倒な人だと思った。そんなことに拘泥《こだわ》らず、会いたいのなら会いたいと言ってくれればいいではないか。

迷った末、満里子が札幌まで出てきたのは、もちろん病人を慰めてやりたいという気持と同時に、相変らず自意識過剰なふみ子への競争心のようなものが働いたからである。何気ない挨拶《あいさつ》のなかに、満里子はチッチャイといわれたことへの軽い皮肉をこめたのだった。

「あなたにお会いしたくて、お手紙出そうと思っていたの」

祥子に言ったことなど忘れたように、ふみ子はけろりと、そんなことを言った。ふみ子にしてみれば、向うから来てくれた以上、来るまでのいきさつなど、もうどうでもいいことだった。

「早く来てくれてよかったわ、わたしこの夏でもう駄目かもしれないの」

タオルの寝間着の襟元を子供のようにきっちりと合せ、赤い帯をくるくるまいて、童女のようにあどけなく見えるふみ子が、数カ月後に死ぬとはとても思えない。

「そんな悪い冗談はやめて」

「本当なの、でもそんなことはどうでもいいわ。それよりその白いカーネーション見せて、白いのはお部屋が明るくなるから欲しかったの」

満里子は一旦、バケツに入れた花をとると、ベッドのふみ子に渡した。

花など持ち見舞へる客は私の脱け殻をベッドの上に見てゆく

花に顔を近づけ、そっと接吻などしながら、ふみ子はそんな意地悪な歌を、あとでこっそりとつくっていた。

4

逢坂満里子が見舞に来た夕方から、ふみ子は高熱に襲われた。実をいうと、その熱は満里子と話しているときから、すでに出はじめていた。

「熱があるんじゃないの」

満里子は、ふみ子の気怠げな表情をみて尋ねたが、ふみ子は、「少しあるかもしれないけど、慣れてるから平気よ」と、ことさらに元気に答えた。

だが熱は確実にあがってくるようである。

満里子が帯広の歌人仲間の話をしているとき、ふみ子は突然小刻みに震え出した。

「ねえ、寒いんじゃないの、先生を呼びましょうか」

「いいから、話を続けて」

口ではそう言いながら、唇は蒼ざめ布団の下の肩口が小さく震えている。

「やっぱり診てもらったほうがいいわ」

満里子は怖《おそ》ろしくなり、ふみ子が留めるのを振り切って看護婦詰所へ駈け込んだ。

すぐ看護婦が来て熱を測ると三十九度二分もある。医師は注射をうち、両の腋下《わきした》と足許へ湯たんぽを入れるように指示した。

しかし震えは止るどころか、さらに強くなる。呼吸も気ぜわしく苦しげである。医師はさらに注射を追加し酸素吸入をはじめた。

「寒い……」

ふみ子は譫言《うわごと》のように言いながら、縮こまっていたが、やがて注射がきいてきたのか眠りはじめた。それでも息苦しいのか、小さく口をあけたまま浅く早い呼吸をくり返す。時たま、美しく粧《よそお》われた顔に、横皺《よこじわ》が走る。

このまま、ふみ子一人をおいて帰るわけにはいかない。

幸い勤め先の帯広の学校のほうは土曜日まで休暇をもらってきているので、今日急いで帰る必要もなかった。満里子はそのまま、ふみ子に付き添うことにした。

外は暮れ、夜になったが、ふみ子は昏々《こんこん》と眠り続けている。ちょっと見た目には落ちついているようにみえるが、額に当てたタオルは、十分もしないうちに湯のなかに浸したように熱くなる。

熱は相変らず高いようである。特別、風邪をひいたとか、動き過ぎたというわけでもない。これといった理由もなく、突然、高い熱が出てくるのが、癌末期の悪液質の特徴だった。

風が少し出てきたのか暗いガラス窓がかたかたと揺れ、時たまドアの外で跫音《あしおと》がする。明日も知れぬ癌患者がトイレに行く音らしい。

満里子は夜の病室でふみ子の寝顔を見ながら、次第に心細くなってきた。毎夜、この人はこんなところに一人で寝ているのだろうか。そう思うと、満里子は、眠り続けるふみ子が逞《たくま》しく、強靭《きょうじん》な人に思えた。自分ならとても耐えられない。怖ろしくて大声で喚《わめ》き出してしまう。

満里子は、この数年、ふみ子の歌が勁《つよ》さと奥行をくわえてきた秘密が、いまようやくわかったような気がした。この孤独に耐え、そのなかで自分を見詰めることで、ふみ子の歌はさらに一廻り大きくなったようである。

満里子の思いをよそに、ふみ子は眠り続けている。熱のなかで夢でも見ているのか、かすかに唇が歪《ゆが》む。これが噂《うわさ》にきいた男たちが惹《ひ》かれた唇であろうか。

満里子の眼前のふみ子が、やがて数カ月以内に死ぬということが信じられなかった。まるで、妖精《ようせい》が夏の夜の眠りをむさぼっているようである。軽く開いたおちょぼの唇も、長い睫《まつげ》も、まだまだ、男を惹きつける魅力に満ちている。

枕頭台の上の置時計が八時を示していた。

それを待っていたようにふみ子がぽっかりと目覚めた。熱でうるんだ目が力なく満里子を追っている。

「どう、気分よくなった」

慌てて満里子がきくと、ふみ子は少し眩《まぶ》しげな眼差しで満里子を見上げてから、

「まだ、いたの」とぽつりといった。

「だって、とっても苦しそうだったから」

「もう帰ってもいいわ」

「でも、またいつ苦しくなるかもしれないでしょう、だから……」

「だって帰りたいんでしょう」

「そんな……」

また意地悪を言う。満里子が抗議しようとした時、ふみ子は激しく咳きこんだ。そのまま呼吸が乱れ、喘鳴《ぜんめい》をくり返す。気道でも塞《ふさ》がったのか、ふみ子の顔はたちまち蒼白《そうはく》になっていく。

再び満里子は詰所に駆け込み、急変を告げた。

医師が駆けつけた時、ふみ子は床につっ伏していた。

「苦しい、殺して……」

喉の奥から絞り出すような声で叫び、胸をひっかく。熱でただでさえ懶《だる》い体を右へ左へとゆさぶる。閉じている目からぼろぼろと大粒の涙がでて、それが唾《つば》や鼻汁とまじって化粧した顔が斑《まだら》になる。

「我慢するのよ、中城さん、すぐ楽になりますからね」

看護婦がふみ子の肩をおさえ、背中をさする。

「動いちゃ、いけません、動いたらまた熱がでますよ」

看護婦がおさえた右腕に医師が注射をうつ。夕方から、満里子が知っているだけで、五本目の注射である。

注射のあと、医師は酸素吸入のスピードをあげ、点滴をはじめた。

「助けて、助けて……」

ふみ子は叫びながらやがてまた眠りに落ちていく。三十分でふみ子は落ちついたが、発作のあとの寝顔は、急に二つ三つ老けたように見える。

発作の前は、丁寧な化粧で隠されていた素肌がいまは露出し、抗癌剤で黒ずんだ地と、増えてきた雀斑《そばかす》が浮びあがっていた。

妖精は、一瞬のうちに悪魔の形相に変り、やがていま、泣きべそをかいたあとの童女の顔に戻っている。

そのどれも偽らざるふみ子の素顔である。満里子は小一時間前、「まだ、いたの」と憎まれ口を叩かれたのも忘れて、涙で汚れたふみ子の顔をゆっくり拭《ふ》いた。

それを終えたところで、満里子は医師に廊下に呼び出された。

「ご両親に連絡しておいたほうがいいでしょう」

「そんなに悪いのですか」

「今晩はなんとか保《も》つと思うのですが、あんな状態ですから、またいつ危なくなるかしれません」

医師は満里子をふみ子の親戚《しんせき》とでも思っているらしい。

「肺も癌に侵されているから、いつまた呼吸が苦しくなるか、わかりません」

「お注射で熱はさがらないのでしょうか」

「残念ながら、体が衰弱しきって、注射にもほとんど反応しないのです」

見たところさほど痩せ細っているように見えないが、体のなかは癌細胞が猖獗《しょうけつ》をきわめているのかもしれなかった。

「すぐ連絡します」

もしかして、このまま死を看とることになるのではないか。満里子は無気味な予感にとらわれながら、詰所から帯広の野江家へ電話をかけた。

ふみ子の母、きくゑが病院に着いたのは、その翌日の午前八時だった。きくゑは満里子からの電話をきいて、その日の夜行にとび乗ったのである。

だが母が着いた朝もふみ子の熱は下らず、朝の検温では、三十九度一分だった。

医師は、喋《しゃべ》ると、また呼吸困難の発作が起るのを警戒して、ふみ子に極力ものを言わないように命じた。実際、ふみ子は話したくても呼吸が苦しくて、口のきける状態ではなかった。

いまは、ふみ子はきかれたことに受け答えするだけで、自分から訴えたい時には、手《て》真似《まね》で現すより方法はなかった。

もちろんトイレにも行けず、排便はおまるを使う。

朝、検温の時、看護婦が尿意の有無を尋ね、床のなかへおまるを入れようとするが、ふみ子は首を横に振り、

「トイレへ行かせて」と訴える。

「駄目よ、トイレまで歩いたりしたら、また発作が起きますよ」

看護婦はきっぱりはねつけると、おまるを床のなかへ突っこんでいった。

ふみ子の母が着いた日の午後、満里子は帰ることにした。

「それではふみ子さん、お大事にね、日曜日まで札幌にいますから、またお見舞に来ます」

満里子が言うと、ふみ子はうっすらと目をあけ、荒い呼吸のなかから言った。

「けしょうしていって」

初め、満里子はそれを「消して」ときいた。なにか電灯でも消すのかと、まわりを見廻したが電灯はどこにもついていない。

「みんな消してあるわよ」

「ここ……」

ふみ子が布団から手を出し、頬のあたりを叩く真似をした。そこで、満里子ははじめ

て、ふみ子が「化粧をして」と言っているのだと知った。

「なにをいうのです、ふみ子、静かに休むんですよ」

きくゑが驚いて叱《しか》ったが、ふみ子はあきらめない。

「やって……」

哀願しながら頰を叩いてみせる。その真剣な眼差しを見て、満里子は窓際の鏡台の前にある化粧品をとりあげた。

「おばさま、してあげていいでしょう」

「生きるか、死ぬかっていうのに、あきれた人だわ」

きくゑが溜息をついたが、そんな状態だからこそ、かえって化粧したがるのではないかと、満里子はふみ子に味方したい気持になった。

一旦、クレンジングクリームで顔を拭き、乳液をつけ白粉《おしろい》を叩く。高い熱で毛髪や皮膚に触れられると、総毛立つ不快感に襲われるだろうに、ふみ子は目を閉じたまま、じっと耐えている。

「どうかしら？」

手早く終えて満里子がきくと、ふみ子は手鏡をとろうとする。満里子が替りに取って、前にかかげてやると、ふみ子はそれを見ながら唇を指さした。

「もっと、濃く……」

満里子はうなずき、さらに口紅を塗る。

「どう？」

「ここも」

今度は鼻の下を示す。抗癌剤で少し髭が濃く、黒ずんできたところである。満里子は濃くなった理由がわからぬまま、そこへさらに白粉を叩いた。

化粧でふみ子の顔は見違えるようにきれいになった。目はなお熱で潤み、力はなかったが、その気怠げな眼差しが、やや濃い目の化粧に合って一種妖艶《ようえん》な美しさをかもし出していた。

「とってもきれいよ、もう大丈夫だわ」

「まって」

ふみ子がまた呼んだ。

「トイレへ連れてって……」

満里子はきくゑと顔を見合せた。ベッドの上に起き上ることさえ容易でない患者が、トイレへ行く、というのである。

「駄目よ、先生がいけませんといったでしょう」

きくゑがなだめるが、ふみ子はきかず自分で起き上ろうとする。

「お願いだから、母さんのいうこときいて」

きくゑのほうで頼むが、ふみ子はききいれない。

「ここでするくらいなら、死んでしまう」そんな脅かしまで言う。

尿がたまっているのに我慢していたのでは体に悪い。といって、おまるでは急に出来ないのかもしれない。ふみ子は小さい時から、そういうことには、異常と思われるほど、神経質な子供だった。仕方なく、きくゑはあきらめた。

満里子に手伝ってもらい、ふみ子を起してベッドに横向きにすると、二人で両脇から抱えこむようにして立たせた。

瞬間、ふみ子は眩暈《めまい》にでも襲われたように目を閉じた。

「大丈夫？」

ふみ子は答えず、しばらくその場につっ立っていたが、やがて自分から歩きはじめた。

病室からトイレまでは、五十メートル少しある。その間を、ふみ子は幽鬼のように蒼ざめた顔で、二人に抱きかかえられながら歩いた。帰りには途中で数分、廊下にもたれて休んだ。

部屋に戻ってベッドに伏すと同時に、ふみ子は再び震えだした。

「寒い……」

言いながら、すでに歯の根が合わない。縮こまった全身が震えているのが、布団の上からもわかる。

「ほらごらんなさい、無理してトイレなんかに行くから」

きくゑが愚痴ったが、すでにあとのまつりである。そのまま、熱は一気に三十九度五分にまで達した。

再び医師が駈けつけてきて、酸素吸入と点滴がはじめられた。

高熱でふみ子の意識は朦朧《もうろう》としているらしい。時たま「寒い」とか「苦しい」というが、目を閉じたまま、言葉はそれで途切れてしまう。早いテンポで、鼻孔から酸素が送られるが、呼吸は浅く早い。激しい運動のあとの荒い息のように、傍《はた》できいているだけで辛くなる。

昏々と眠り、時にうっすらと目を開けるが、またすぐ眠り込む。目を開こうとする力が、閉じる力に負けているようである。もはやトイレへ行くという気力もない。

満里子は心残りのまま、夜に病院を出た。

その日から三日間、ふみ子の呼吸困難が続いた。

「いろいろやっているのですが、これ以上は手のうちようがありません、もう二、三日、この状態が続けば危ないかもしれません」

三日目の昼、野田医師がきくゑに告げた。きくゑは直ちに帯広へ連絡し、夫に至急ふみ子の子供をつれてくるように頼んだ。

一方、ふみ子危篤の連絡を受けて、遠山、石塚、古屋、中田等も、その日の夕方、医大病院前の喫茶店に集まった。

同人達はここで、ふみ子に万一のことが起きる前に、歌集の見本刷りでもいいから見せてやれないものかと相談した。

話し合った結果、中田が警察電話を使ってその日のうちに、日本短歌社の中井に連絡することにした。ふみ子の歌集は予定では七月の初めに出来上ることになっていたが、いまはまだ六月の末である。

電話をすると、中井は快く応諾してくれた。すぐ作品社に連絡して、一冊だけでも、間に合うように、頼んでみるということだった。同人達はようやく安堵し、ふみ子の病状が落ちつくのを祈った。

だが、その翌日、ふみ子は再び強い呼吸困難におちいった。帯広からはふみ子の父の豊作が、子供の孝と雪子を連れて駈けつけたが、ふみ子は二人の子の顔を見ただけで話しかけることもできない。苦しい呼吸の合間を見て、子供達の手を握るのが精一杯だった。

さらにこの日は小樽からふみ子の妹夫妻も駈けつけ、病室は静かななかに緊張が漲《みなぎ》った。

翌七月一日も朝から三十九度台の熱が続いた。相変らずふみ子の意識は朦朧としていたが、昼過ぎ、点滴が終ったころ、幾分落ちつき、

「たかし、ゆっこちゃん」

と二人の子供の名前を呼んだ。

作品社から待望の歌集、『乳房喪失』が航空便で届いたのは、この日の夕方であった。ふみ子はそれをきくと、急に目を開き、苦しい息の下から「早く見せて」といった。

本は四六判、百九十八頁で、表紙の左半分は淡いグリーンの地に白い縦の線が入り、その上にやはり縦書きに「乳房喪失」と書かれている。右半分は白地に、同じ緑の横線と裸木の形をあしらい、その下に、横書きに、中城ふみ子の名が記されている。帯はオレンジ色で、横書きに、「昭和短歌史を飾る異色作」とあり、その下に「雪深き凍土の涯《はて》若くして癌を病みつつなほ少女の如《ごと》き指先に奏でる愛憎の五百余首」という宣伝文がのっている。

歌集の到着がふみ子に生きる意欲をもたらしたのか、その翌日から、ふみ子の熱は少しずつ下りはじめた。

呼吸はなお不安定で早く浅かったが、意識ははっきりしてきて、昼に軽くジュースを飲めるほどになった。

翌七月三日は、午後に一旦、三十九度台に上ったが、夕方にはまた落ちつき、見舞に来た長女の雪子に、

「ゆっこちゃん、なにか歌をうたってちょうだい」

と頼むほどになった。

雪子は、死ぬかもしれない母に久しぶりに声をかけられたせいか戸惑い、口を噤《つぐ》んだまま、ついに帰るまでなにも歌わなかった。

後年、雪子はそのことを、「母の思い出」のなかに、「その時、ちらっと見た母の横顔が淋しそうでした」と、後悔をこめて記している。

こうして、ふみ子は激しい悪寒の発作があってから十日にして、ようやく危篤状態から脱した。

ふみ子の生命力が強かったのか、癌はまだ一撃で死へ追い込むほど力を貯めていなかったのか、とにかく、ふみ子は、「いま少し生きて已れの無惨を」見ることになる。

第八章　落《らく》日《じつ》

1

七月の四日、ようやく小康をえたのを見届けて、父が二人の子供をつれて帯広へ帰ることになった。さらに翌日は母のきくゑが帰る。

父も母も、急をきいて駈《か》けつけてきたうえ、店をやっている関係でいつまでも、ふみ子に付いているわけにはいかなかった。悪くなったらまたすぐとんでくる、ということで、差し当りは札幌にいる歌人仲間の好意に甘えることにした。

父の豊作が子供を連れて帰る日、ふみ子はさすがに淋《さび》しさを隠しきれなかった。

「もうお別れね」

ふみ子が言うと、それまで無口だった小学校五年生の孝が、突然ドアにもたれたまま泣き出した。

「どうしたの、泣いたりして男らしくないわ」

励ましたが、孝の泣き声は一層高くなる。子供心にも、孝は鋭敏にこれが最後になるかもしれない、と察したようである。

「馬鹿《ばか》ね、お母さん死んだりなんかしないわよ、ほら、ちゃんとこんなに元気でしょう」

ふみ子は両の手を伸ばしてみせる。だがそう言っているふみ子の目にも涙が溢《あふ》れている。言っている本人も、きいている子供も、すでにその言葉の虚《むな》しさを見抜いていた。最後だというのに、結局、二人の子供は泣きじゃくったままなにもいわず、汽車の時間がきて、無言のまま祖父に手をひかれて帰っていった。

母を軸に子の駆けめぐる原の昼木の芽は近き林より匂ふ

陽にあそぶわが子と花の球根と同じほどなる悲しみ誘ふ

春のめだか雛の足あと山椒の実それらのものの一つかわが子

かつて子供達と過した日々が、鮮やかにふみ子の脳裏に甦《よみがえ》ってくる。ものごころついてから子供達はほとんど父を知らない。野や街を歩いたそのどの時にも、ふみ子は一人で子供を見守っていた。

だがいま死の淵《ふち》を垣間《かいま》見て、ふみ子はなぜか夫が身近なものに思われてきた。それは夫を許すとか、愛しなおす、といった気持とは違う。懐かしむとか、後悔するというのとも違う。間違いなく、彼と生活し、子供を産んできたという揺るがしようのない実感のようなものだった。


二三本野菊が枯れてゐるばかり別れし夫と夢に会ふ原

危篤のあと、一人ずつ去っていって、気付いた時、ふみ子は再び病室で一人になっていた。

不思議なことに危篤になり、生死の淵をさ迷う時だけ、人々は近づいてきて、少しでも快《よ》くなると、また去っていく。

こんなことなら、いつも危篤になっていたほうがいい。

なお微熱の続く頭で、ぼんやりそんなことを思っている時、東京から一人の来訪者があった。

時事新聞文化部記者の高木章次《たかぎしょうじ》であった。高木は他《ほか》に西国明《にしくにあきら》という名前で、短歌評論も書いていた。

高木の訪れた目的は、いま売り出し中の閨秀《けいしゅう》歌人、中城ふみ子を現地取材し、ルポルタージュ風に中城の実生活と歌を紹介することだった。

ふみ子は、この高木を一目見た途端、ある予感にとらわれた。

それはかつて、諸岡に逢《あ》い、五百木に逢い、遠山、中川に逢った時と同じ、男と女の間に流れる、直感的な電流のようなものだった。

危篤のあと、ふみ子の体力は急激に衰え、もはや中川と外で逢うことはできなかった。彼が病室に現れるのを待つだけだったが、ふみ子の容態を知っている中川は見舞うのを意識的に避けているようだった。

いっとき燃えだしても、それは死を目前にした狂熱であることに変りはない。

だがふみ子は最後まで燃えることを諦《あきら》めない。いま死の恐怖から逃れるためには、男へ命を燃やすことよりない。

自らを虐《しいた》げ、息も絶え絶えに男への愛に狂うことだけが、生きていくエネルギーになる。

死の床でふみ子は再び高木への愛を意識した。

現在、私の手許《てもと》には、ふみ子がかつてつき合った男性達の写真が、いろいろと残っている。あるものはふみ子と二人で生真面目《きまじめ》な顔で、あるものはみなと一緒に笑っている。よく撮れているのも、悪く撮れているものもある。

だがこれらのなかで公平に見て、最も美男子なのは高木章次である。

一枚、彼が医大病院の裏庭だと思うが、そこで本を片手に、木陰でやや横向きに撮った写真がある。少し気取った、見ようによってはキザともとれる写真だが、この横顔は俳優にしてもいいような清潔感のある美貌《びぼう》である。

だがそれにしても、ふみ子はつい数日前まで、死ぬか生きるかの死線をさ迷ったばかりである。ようやく危篤を脱し、なんとか自力でトイレに行き、化粧だけはできるようになったとはいえ、なお三十八度前後の熱があった。その期《ご》に及んで、といえば酷になるが、ふみ子は再び女に返る。

「あなたの歌をよんでいるうちに、是非お逢いしたくなって、とんできました」

最初から高木は、都会的な歯切れのよさで話しはじめた。

「インタビューの記事を時事新聞にのせたいのですが、二、三十分よろしいでしょうか」

高木は病室へ来る前詰所で、あまり長い話はいけません、と釘《くぎ》をさされてきたらしい。

「わたし、どうせ死ぬんですからかまいません」

ふみ子の少し投げやりな言葉が、高木を戸惑わせる。

午後一時から三十分という約束を、高木はすっかり腰を据えて、三時までいた。もっともその間、ずっと話し続けたわけではない。時に咳《せき》が出て呼吸が乱れ、何分か休んでまた続ける。一度は高木が詰所に看護婦を呼びに行き、苦しむふみ子の背を撫《な》ぜてやったりした。

2

その日の夕方近く、高木は病院を出てホテルへ帰った。危篤を脱したばかりの患者の病室に、二時間とは長過ぎる面会である。

だがそれは高木だけの責任ではない。話の間に空白ができ、高木が辞去しようとすると、「一人になると怖いのです。もっといてちょうだい」とふみ子のほうから頼んだ。このまま帰ってはなにか不安である。見守っていてやらなければという気持にかりたてられるうちについ時間が過ぎたのである。

夕方、ホテルに戻ると、高木は一気に原稿を書いて本社へ送った。内容はふみ子の生い立ちから闘病、そして現状まで、ルポルタージュ風にまとめたもので、それにふみ子から借りた写真を添えた。

翌日、昼すぎに高木はもう一度ふみ子を見舞った。

仕事は終っていたが、明日《あした》もう一度来る、と約束していたし、行ってみなければ安心できなかった。

ふみ子はきれいに化粧をして、例のお気に入りの臙脂《えんじ》のガウンを着て休んでいた。

「来週火曜日の紙面にのるはずです」

粧《よそお》われたふみ子を見ながら、高木は送った原稿のあらましを説明した。

ふみ子はそれをきき終ると、

「昨夜ずっと考えたんですけど、やっぱり階段のところで撮った写真のほうが、いいと思うのです」

階段の写真とは病院の横の体育館の階段にもたれて斜め横を向いて立った写真のことだったが、昨夜高木はふみ子から病院正面の壁を背にして、軽く笑った写真をもらって本社に送っていた。

「昨日《きのう》のではいけませんか」

「あれは、少し肥《ふと》って見えやしないかと思って……」

「そんなことないでしょう。明るくて、とてもいい感じでしたよ」

「そうかしら」

昨夜アルバムを全部出してきて、一時間もかかって選び出した写真である。その時は自分でもこれでいいと思いながら、あとでまた気が変ってしまった。たかが写真一枚と思いながら、そんなことに悩むふみ子が、高木にはむしろ愛らしかった。

「大丈夫ですよ、あの写真なら、誰《だれ》にも負けません」

高木は安心させたあと、中央の歌壇の現状や、ふみ子の評判などについて語った。二度目だけに、高木もふみ子も昨日からみると、ずいぶんくだけていた。

「いつ、お帰りになるのですか」

「一応、仕事は終ったんですが、折角北海道まで来たので、二、三日、見物して帰ろうかと思っています」

「あなたは帰るところがあるんですね」

ふみ子は虚《うつ》ろな目を夏の雲の浮く窓に向けていた。

あと幾日もなく、限られた命の人には、当り前の言葉が、また哀《かな》しみの原因になるらしい。高木はなにか悪いことを言ったような気がした。

「できたら、いつまでもいたいのです」

「じゃあ、今夜、また来て下さい」

待っていたようにふみ子が言った。まっすぐに縋《すが》るような眼差《まなざ》しで見る。

「夜に入れますか？」

「病院の守衛さんに、面会といわずに、付添いといえば、入れます」

「でもここの看護婦さんに……」

「九時を過ぎたら、看護婦さんには滅多に会いません。もし会ったら、大切な忘れものをした、といえばいいでしょう」

夜の、しかも九時過ぎに忍んでこい、という誘いに、高木は戸惑った。

「夜は怖いんです。あたしが目を閉じようとすると、死神も一緒に横に来て坐《すわ》るのです」

訴えるふみ子の目を見ているうちに、高木は、自分がこの女性と夜を過すのが、なにかの縁に結ばれた義務のような気がしてきた。

「本当に、来ていいんですね」

「待ってます」

微熱にうるんだ目で、ふみ子はもう一度、見上げるように高木を見た。

この日七月の六日、東京はすでに梅雨《つゆ》あけの暑さが襲っていたが、北海道はまだ初夏のような爽《さわ》やかさであった。

高木は午後、北大や植物園を巡り、夜、『新墾《にいはり》』の歌人達と会ってから、九時過ぎに再び医大病院へ行った。

丸いドーム型の正面玄関を入ると、左手に守衛がいるボックスがある。高木はそこにいって、付添いにきたことを告げて許可を得ると、脱いだ靴を片手に持ち、スリッパを引っかけて、夜の病院の廊下を病室へ急いだ。暗い外来を抜け、渡り廊下を過ぎると旧館の木造の病棟に出る。その先を左へ曲ったところに、もう一つ観音開きのドアがあり、その上に「放射線病室」と書いた木札がでている。なかにいる癌患者たちが、「開《あ》かずのドア」と秘《ひそ》かに呼んでいたドアである。

高木はそのドアの前で一旦《いったん》立ち止り、あたりを見廻《みまわ》してから、そっとドアを押した。鈍く軋《きし》む音とともに、ドアが開き、正面にまっすぐ暗い廊下が延びている。すでに消灯のあとで左右の病室は静まり返り、ところどころ開け放たれたドアや窓から白いカーテンが覗《のぞ》いていた。そのなかを高木は足早にすすんだ。右手に一カ所だけ明るく見えるのは看護婦詰所である。ふみ子の病室は、その三つ先だった。

小走りに夜の病室を抜けながら、高木はふと、自分が左右の病室から無数の目に見詰められているような錯覚にとらわれた。それらはいずれも息を潜め高木を追っている。死に呻吟《しんぎん》する人か、あるいは亡者達の怨嗟《えんさ》の眼差しのようでもある。ようやく五号室にたどりついた高木は、ドアをノックもせず、いきなり病室にとび込んだ。一刻といえども暗い廊下に立っているのが怖《おそ》ろしかったのである。

「どなた?」

瞬間ふみ子は顔をあげたが、高木と知ると、すぐ安心したように頭を枕《まくら》にうずめた。

「きて下さったのね」

「遅くなりました」

「ありがとう」

ふみ子は布団から手を出すと、そっと高木の手を握った。

「図々しい女だと思っているのでしょう」

「いいえ……」

「でも一人では怖いのです」

ふみ子はそのまま、胸元に高木の手をのせた。そのまましばらく目を閉じていたが、やがて小さくつぶやいた。

「ください……」

「えっ……」

「あなたが欲しいのです」

書見灯の淡い光のなかで、ふみ子がまっすぐ高木を見詰めている、黒い瞳《ひとみ》のうえの睫《まつげ》が小刻みに震えている。

「でも……」

「いいの」

ふみ子は命じるように言うと、体ごとぶつけるように、高木の胸元へ上体をおしつけた。

高木が病室に泊っているのを最初に発見したのは夜勤の看護婦であった。

朝の検温の時、一つのベッドにしっかり抱きあっている二人を見て、看護婦は仰天した。

「中城さん」

看護婦の声にふみ子が目覚め、続いて高木が目をあけた。

「あら、ご免なさい」

ふみ子は悪びれもせずぺこりと頭を下げたが、高木は慌てて布団のなかにもぐりこんでしまった。一緒に寝ている現場を見せつけられて、看護婦のほうがかえって驚いたらしい。体温計だけを置いて、逃げるように部屋を出ていった。

どうなることか、高木はそろそろと顔をあげると、途端にふみ子が叫んだ。

「見ないで」

いつのまにか、ふみ子は手鏡を持ったまま、化粧をしている。高木はそれを見ないようにうしろ向きでベッドを降りると、服を着はじめた。

婦長がきたのは、それから三十分あとだった。

「どういう関係かしりませんが、女性の病室に男性が泊ることは許されません。一体、この方はどなたなのですか」

た。

「付添いです」

ふみ子は天井を見たまま平然と答えた。高木は窓ぎわにつっ立ったまま目を伏せてい

「付添いなら、付添いらしくしてもらわなければ困ります」

付添いは、床にマットを敷き、その上に布団を敷いて眠るか、隣の空きベッドを借りるのが普通である。いずれにせよ、付添いが患者と一つベッドに寝るということは、もってのほかである。しかも女の患者のベッドに男が潜り込んでいる。

「昨夜は急でマットがなかったんです」

「なかったら、帰っていただくのが当然でしょう」

「でも、二人で寝られたのですから、いいじゃありませんか」

高木は項垂《うなだ》れているのにふみ子は抗《さか》らう。

「たとえ二人で寝られても、病院のベッドは一人用です。狭いところに二人で寝ては、体が窮屈で疲れるでしょう。こんな規則が守れないようじゃ退院してもらいます」

「ベッドに二人で寝たら退院させる、なんて規則があるんですか」

「そのとおりには書いてありませんが、療養生活に差障《さしさわ》りのあることをしたり、私達のいいつけを守れない人は、帰ってもらうことになってます」

「ベッドに二人で休むと、どうして療養生活に害になるんですか」

「なにを言うのです」

ふみ子の反抗的な態度に、婦長はますます怒りを煽《あお》られたらしい。

「あなたは病院をなんと心得ているのですか」

「牢獄《ろうごく》です」

「牢獄……」

「わたし、眠れないのです」

「だったら、ベッドでは当然一人で休まなければ」

「わたし、二人のほうがよく眠れるんです」

婦長は呆気《あっけ》にとられたように、ふみ子を見た。

「抱かれていたほうが安心するのです」

婦長は目を瞬《また》き、それから視線を逸《そ》らした。ぬけぬけと喋《しゃべ》るふみ子より、きかされた婦長のほうが赤面していた。

「療養と仰《おっ》しゃるけど、わたしはどうせ、死ぬのを待つだけでしょう。お願いです。もうじき死ぬのですから、あの人と一緒に休ませて下さい」

今度は、ふみ子は哀願するように言った。

「わたし、昨夜みたいに、ぐっすり眠れたの、初めてなのです」

婦長はなにもいわず、ふみ子を睨《にら》みつけると、

「先生と相談してきます」

と言って、病室を出ていった。

この一件は、婦長から早速、医師に報告されたが、ふみ子は担当の医師に、「あまり無茶をしてはいけません」と言われただけで、それ以上、問い詰められることはなかった。表向きはともかく、実際はふみ子のいうことはもっともであったし、なによりも、あといくばくもない命であることが、医師達を寛容にさせていた。

「先生、なにも怒らなかったわよ」

夕方、病室に現れた高木に、ふみ子はそう言って肩をすくめた。

「わたし達、もうずっと一緒のベッドに寝ていても平気よ」

勝ち誇ったように訴えるふみ子の姿には、新妻のような初々《ういうい》しさがあった。

「ねえ、もっとゆっくりしていったら」

初めの予定では高木は今日《きょう》の夕方、札幌を発《た》つはずだった。だが、思いがけないことからふみ子に近づき、一夜をともにして、高木はこのままふみ子を捨てておけないような気持になっていた。いま帰ったら死んでやる、そんな一途《いちず》さと、哀れさがふみ子の眼差しに溢れていた。

折角、病室で寝泊りすることを許された仲である。東京へ帰ってまた仕事に追われるより、いまこのまま、ふみ子という天才と幾日か過して生をたしかめあうほうが、充実してはいないか。

このところ仕事の単調さに飽きてきていた高木は、会社に逆らってみたい気持にもなっていた。若い高木の心は急速に傾いていった。

「じゃあ、いようか」

「うれしい」

子供のようにふみ子が手を叩《たた》く。

「本当にいてくれるのね」

高木はうなずくと、病院の向いの郵便局から社へ「少し遅れる」という電報を打った。その足でホテルを引き払い、ボストンバッグ一つを持ってふみ子の病室へ移ってきた。

3

歌集『乳房喪失』が全部刷りあがり、ふみ子の手許《てもと》に届いたのは、高木が病室に泊ると決めた翌日の昼すぎだった。重態のふみ子の許に、中井が一冊だけ、航空便で送ってくれてから、丁度七日経《た》っていた。

ふみ子は、この歌集を主だった歌人や仲間達に送るため、一冊ずつ丁寧にサインした。

遠山ら歌の仲間は、はじめ、高木を中央から来た歌壇にも明るいジャーナリストということで、丁重にもてなした。

ふみ子とのインタビューが終った翌日は高木を囲んで一席もうけ、中央の歌壇の現状や将来について、いろいろ話をしてもらった。評論家であり、中央に顔もきくということで、歌人達はみな高木に一目おいていたのである。

しかし仕事が終っても帰らず、それどころか荷物まで持ち込んでふみ子の病院に寝泊りする段になって、彼等《かれら》の高木を見る目は変った。

東京から取材に来たようなふりをして、その実、死の近いふみ子を自由に操っているのではないか。

彼等は自分達のアイドルであるふみ子を、突然現れた男に奪われたことに、ある割切れなさを感じていた。彼等の目には、高木が東京人の如才なさと、図々しさを兼ね備えているように映った。事実、石塚は、のちにふみ子の追悼文に、高木を、「一目、うさんくさい男であった」ときめつけている。

こうした気持は、当時、ふみ子をとりまいていた歌人達の誰もが抱いたもので、とくに、札幌でのふみ子の第一の恋人と、自他ともに許していた遠山のショックは大きかった。

遠山は病室に行っても、高木がいると露骨に不快な顔をし、ものもいわず出てくる。

たかが中央で顔がきくと思って、いい気になっている。だが、ここは札幌だ。遠山にはそんな気概があった。同人達も、遠山一人がふみ子に近づいていた時には、多少の不満もあったが、高木に奪われたとあっては、そんなこともいってはいられない。ふみ子が、どうせ誰かと近づくのであれば、遠山や中川といった地元の人間のほうが、まだ救われる。ハンサムで口の巧《うま》そうな東京の人間にだけは奪われたくない。

鋭敏な高木やふみ子が、そうした地元の仲間達の空気を知らぬわけはなかった。高木はともかく、ふみ子はいち早く彼等の態度が冷やかになってきているのに気付いていた。遠山に「もう少し大きな気持でみて」と頼んでみたが、遠山は返事もしない。実際それは遠山の面子《メンツ》からいっても出来ることではなかった。

本が出来上った翌々日、村田祥子が再び帯広から札幌へでてきた。その時、祥子は、ふみ子のかたわらに夫のように寄り添っている高木を見て驚いた。

「東京からいらした高木さんよ」

ふみ子は悪びれもせずに紹介したが、祥子はその美男子ぶりと、親しげな二人の仕草にかえってどぎまぎした。

「あなた、祥子さんにお菓子を出してあげて。昨日、いただいた美味《おい》しいのがあったでしょう」

ふみ子は夫に言うような甘え方をする。高木はベッドの横の押入れをあけ、なかからシュークリームを皿に二つ並べてさし出した。押入れにはふみ子の下着類がつめこまれていて、母以外には見せなかったのが、高木には平気で見せている。

途中で高木が中座したとき、ふみ子は悪戯《いたずら》っぽく笑いながら祥子にいった。

「あの人、ずっとこうして付添って世話をしてくれているの」

「きれいで、優しそうな人ね」

「そうでしょう、でも二人とも、このお部屋に石ころを二つ、転がしたように眠っているのだから、変なふうに思わないでね」

「そんな……」

祥子は慌てて首を左右に振った。生きるか死ぬかという人が、そんな淫《みだ》らなことをしているとは思わない。それなのに自分のほうから言い出すとは、この人のほうが余程淫らではないか。

祥子はなにか生臭いものを垣間見たような気がして目をそらせた。

「あの人、どうして部屋を出ていったか、知っている？」

ふみ子は仰向《あおむ》けに寝て、胸元に持ったノートに悪戯書きをしながらきいた。

「散歩でしょう」

「それはそうだけど、本当は衝突を避けるためなの」

「衝突?」

「今日は土曜日でしょう。午後から歌の仲間が必ずくるの。彼等、あたしがあの人と仲良くしているのが面白くないらしいの。あの人がいると、いろいろ嫌味をいうから、彼、可哀想《かわいそう》に先手を打って出ていったのよ」

祥子は窓際の釘《くぎ》にぶら下っている男物のシャツを見て溜息《ためいき》をついた。これでは本人がいなくても、男が泊っていることは歴然としている。

「男同士の嫉妬《しっと》って、結構、凄《すご》いのよ」

ふみ子は思い出したようにそんなことを言って笑っている。相変らず祥子は振り廻されるる。

「五百木さん、どうしている?」

突然ふみ子は話題を帯広に戻した。

「このごろダンスは、ぜんぜんやっていないようだわ」

「あの人、几帳面《きちょうめん》な人で、いまでも一週間に一度は、きっと手紙をくれるの。この前はどんなになっても待っているって、あの人の純粋さには頭が下ってしまうわ」

そう言ってしんみりしたかと思うと、すぐ、

「大島さんは、いま上川《かみかわ》の農事試験場にいるの。あの人も、あたしの手紙を全部、大切にとっているんですって」と話題は移る。

五百木の時も、大島の時も、その逢引《あいびき》のために、祥子はずいぶん利用された。歌会がないのに、あるようなふりをして迎えにいったこともある。そしてふみ子が相手の男性に首尾よく逢えると、もうあなたは帰っていいわ、と言う。ずいぶん勝手な人だなと思ったが、いまとなっては、その一つ一つが懐かしい。

「ねえ、もっともっと、いろいろなことを話して」

少しでも話が途切れると、ふみ子は催促した。

祥子に、一刻も黙っていることを許さない。自分は喋りすぎると咳きこみ呼吸が苦しくなるので、祥子にばかり喋らせる。

部屋のなかに絶えず人がいて、話し声や笑い声がないと、ふみ子は不安になるのだった。

やがて午後からふみ子の予言どおり、石塚をはじめ、宮田、古屋、中田など、『凍土』の仲間がやってきた。危篤になってから歌人仲間がまとまってくるのは、土曜日の午後と、いつのまにか慣例になっていたのである。

彼等は部屋に来て、高木がいないのをみて一様に、安心したようにうなずく。高木がいては、ふみ子はそちらのほうにばかり気をとられて、話にものってこない。それが彼等にとってはつまらない。

ふみ子は高木に替って祥子にお菓子を出すように頼むと、早速客達の相手をする。初め、二言三言話すが、あとはほとんど聞き役である。歌人達に勝手に喋らせておきながら、寝たまま、ノートの端に時々指示を書いては祥子に渡す。

〈抽斗《ひきだし》の上にあるセンベイと駄菓子でいいから〉

祥子は指示どおり、煎餅《せんべい》を差し出す。ふみ子の好物のシュークリームは奥の小箱にとってある。

〈斜め横にいる猫背の男、あたしに惚《ほ》れている。目つきが違うでしょう〉

祥子は紙片を見ては、その男を窺《うかが》う。たしかに、男の、ふみ子を見る目が熱っぽい。

〈いま喋っている男、理屈屋で、自分でもなにをいっているのかわからないの〉

そんなことが伝えられているとも知らず、真剣に喋っている男の顔を見ていると、祥子は吹き出したくなる。

〈左横の男、ものをいわなければいい男〉

ふみ子がノートに書いているのを、歌の仲間達は、自分の喋っていることをメモしていると思っているらしい。議論はますます熱が入ってくる。

〈お茶をあげて〉

〈押入れの、二段目の抽斗から歌のノートを取って〉

祥子から新しいノートを受けとると、ふみ子は、その中程の頁を開いて同人達に差し出した。

「ねえ、この歌、どう思う、ちょっと批評してくれない」

ノートの歌は次の一首だった。


ひざまづく今の苦痛よキリストの腰覆ふは僅かな白き粗布のみ

歌の仲間達は二、三度、口で誦《ず》してから、考えこむ。

「現実の体の苦痛と、キリストの苦痛とを対比させて、詠んだわけだな」

まず石塚がいう。

「苦しさの余りすべてを掻《か》きむしって、残すのは白い粗布だけだ、というわけで、苦痛の表現はよく出ていると思うな」

「そうじゃなくて、僕はこの苦痛は、むしろ精神的なものと解釈すべきだと思うな。苦痛の果てに、人間は赤裸々となり、表をおおっていた虚飾や見栄《みえ》は、すべて消えてしまうということだろう」

「僕はね、白き粗布というのがちょっとひっかかる。ここだけ精神的でないというか、生々しいでしょう」

「しかし、痛みでひざまずく姿と、十字架のキリストの姿はぴったりだな」

「そんなんじゃないの」

突然、ふみ子が苛立《いらだ》った声で言った。

「この歌はなにもそんな難しい歌じゃないのよ、そのとおり詠んでくれればいいの」

「そのとおりって……」

「キリストだって、男性でしょう」

同人達は互いに顔を見合せていると、ふみ子はじれったそうに、

「どんなに苦しくても、男は男で、女は女なのよ」

そう言うと、自分からノートをとりかえし、素速く祥子へ戻した。

同人達が帰ったのは夕方だった。帰ると、波が退《ひ》いたように、病室に夕暮が訪れた。

ふみ子はほとんど話をしなかったが、顔はやや黒ずみ、目に疲れが滲《にじ》んでいた。

「少し休んだら」

「あなたがいてくれるなら、眠るわ」

「悪いけど、あたしお友達と約束していて、六時までに、四丁目まで行かなければならないの」

「そう」

ふみ子は素っ気なく言うと、横を向いた。夜にはまだ間がある、静かな夏の宵のひと時であった。

「じゃあ、そこの鉛筆削っといて。わたしが死ぬまでの分……」

ふみ子は枕頭台《ちんとうだい》の端にある四本の鉛筆を指差した。

「ご免なさいね」

祥子はなにかひどく悪いことをしたような気がしながら、窓際に坐り、鉛筆を削りはじめた。やがて四本削り終えたところで、祥子は立ち上った。

「じゃあ、悪いけど帰るわ」

「明日また来てくれるんでしょう」

「あなたのキリストさんに邪魔じゃないかしら」

「平気よ。あのキリスト、女には優しいの」

祥子が高木のことを皮肉まじりに言ったのに、ふみ子はけろりとしている。

「午後にくるわ」

祥子がドアのところまで行くと呼び止めた。

「待って。これから、お友達に会って、どこへ行くの」

「今日、豊平《とよひら》川の川原で花火があるの」

「そう……」

ふみ子は寝たまま窓を見た。東向きの窓にはすでに夜の影がしのび込み、木材置場の板塀だけが電柱の明かりで白く浮き出ていた。

「もう花火の季節なのね」

ふみ子の脳裏に一年前の十勝川の花火の夜が甦った。

その夜、ふみ子は五百木にすべてを与えていた。

「人間って花火みたいなものね」

「あなたは美しくて華やかで、本当にそうだわ」

「花火のようにすぐ消えると言いたいのでしょう」

「あら、そんなつもりで言ったんじゃないわ」

祥子は慌てて打消した。

「でもわたしは花火でも、冬の花火ね」

ふみ子はふと、自分が誰ひとり見る人もない雪の片隅に消えてゆく、冬の花火のように思えた。

祥子はふみ子の横顔が淋しげなので出かけるわけにもいかず、なお立っていると、

「あなた達は、わたしにできない、いろいろなことをしているのね」

窓を見たまま、ぽつりと言う。

「あなた達は外に出たら、どんなところにいって、どんな人に会うの。そしてどんな話をするの」

「急にそんなことをきかれても……」

「あなた、わたしに隠しているのでしょう。隠しているから、いえないのでしょう」

「なにを？」

「そうだわ、あなた方は、わたしのような病人は早く死ねばよい、と思っているのでしょう。あんな我儘《わがまま》で、意地悪で厄介な女はいないほうがいい。死ぬまであと幾日か、指を折って数えているのでしょう」

「ふみ子さん……」

「わかってるわ。早く帰って、花火でも見ながら、わたしが死ぬのを祈るといいわ」

ふみ子はヒステリックに叫ぶと、顔まで布団を引き上げて泣き出した。

4

部屋を出た祥子は落着かなかった。

死を間近に控えて、傍《そば》にいて欲しい、というふみ子の願いをふり切ってきたあと味の悪さは消すことができない。

花火は北海道新聞社の主催で、豊平川の川原で開かれ、豊平橋から幌平《ほろひら》橋までの両側の堤は、見物客で溢れていた。

みな白い半袖《はんそで》や浴衣《ゆかた》姿で、短い北国の夏を惜しんでいる。祥子は夜空に打上げられる火の輪を見ながら、また病室に残してきたふみ子のことを思った。

まったくふみ子は機関銃のように意地悪な言葉をぶつけたが、それらはすべてふみ子の勝手な勘ぐりであった。それが思い過しであることはおそらく、ふみ子自身も気付いているに違いない。

だが気付いていても、ふみ子はなお、そう叫ばずにはいられなかったのかもしれない。やがてこの世から消える人として、一人だけ距《へだ》てられている孤独と恐怖が、ふみ子にそんな言葉を吐かせたのかもしれない。

花火が佳境に入り、人々の嘆声が高まるにつれ、祥子は気が滅入《めい》る。

一人で残してきたふみ子は、いまごろ病室でなにをしてるだろうか。高木は遅くなる、といっていたから、まだ帰っていないかもしれない。ふみ子はあのまま泣き崩れて、いまは微熱にうるんだ目を宙に浮せ、ぼんやり花火の音をきいているかもしれない。

祥子はもう一度《ほう》、病院に行ってみようかと思った。

死の近い人を放《ほう》って、自分だけ賑《にぎ》やかな川原で花火を楽しむなど勝手すぎる。あと幾日もこの世にいない人を慰めてやるのが、生きている人間のせめてもの務めではないか。

祥子は一緒の友達に、ふみ子が心配なことを告げて別れることにした。

川原から歩いて薄野《すすきの》まで戻り、そこで菓子折りを買うと、祥子は電車に乗って、医大病院前で降りた。

夜の病院は黒く静まりかえり、花火の歓声はもうここまではきこえない。

祥子は夜間用入口でスリッパにはきかえ、靴を片手に持つと、小走りに癌病棟へ向った。

病棟入口のドアを押し、さらに暗い廊下を行く。

五号室の前で、祥子は軽くドアをノックした。もし高木が帰ってきているなら、菓子折りだけ、置いて帰ろうと思った。

「村田祥子です」

祥子は廊下で名乗ってから、ドアをあけた。

「どうしたの？」

ふみ子は髪に無数のアミカラーをぶら下げたまま、バックレストに背を凭《もた》せている。

しかもそのうしろには美容師が立って、残った髪を梳《す》いている。

一人になったふみ子は美容師を呼んでセットをはじめたらしい。

「なにか忘れもの？」

「お友達が早く帰ったので、また来てみたの」

「そう」

ふみ子は手に持った鏡にうしろ髪を映したまま平然としている。

「これ、お土産《みやげ》」

祥子が菓子折りをそっと差し出す。

「へえ、申し訳ないと思ったの」

「申し訳ない？」

「わたしを一人にして置いてって」

ふみ子は菓子折りを一瞥《いちべつ》しただけで、相変らず鏡を見ている。

「どう、セットすると若返るでしょう。これで七人の侍みたいだ、なんていわれなくてすむわ」

「七人の侍」とは、当時人気のあった黒澤明《くろさわあきら》監督の映画で、髪をぼさぼさにした野武士の集団のことである。

一人で淋しく、花火の音でもきいているかと思っただけに、祥子はなにか、はぐらかされた気持だった。こんなことなら無理に戻ってくるまでもなかった。

「じゃあ、わたし失礼するわ」

祥子が鏡ばかり見ているふみ子に言うと、

「花火はきれいだった？」

「ううん、たいしたことなかったわ」

無理に祥子はつまらなそうな顔をした。

「わたし、花火はきらいなの、わかるでしょう」

「花火を見るなんて残酷よ、あなたもいまにわかるわ」

「ええ……」

「ごめんなさい」

祥子は訳もなく頭を下げた。

「帯広にはいつ帰るの？」

「明後日《あさって》にしようと思っているんだけど」

「じゃあ、明日、もう一度見舞に来てちょうだい、髪がきれいになっているから」

髪を見に来いとは、どこまでおしゃれな人なのか、祥子はこれが半月前に生死の境をさ迷った人かと、不思議に思った。

「帯広はいま亜麻《あま》の盛りね」

ふみ子はもう一度、髪を鏡に映しながらつぶやいた。

「あなた、あの紫の花が、見渡すかぎり咲き揃《そろ》っているところを、見たことがある？」

祥子は亜麻畑が帯広の郊外にあることはきいていたが、咲いているところは、まだ見たことはなかった。

「わたし、クマさんに案内してもらって見に行ったことがあるの」

「そう……」

帯広畜産大学の学生だった大島と、ふみ子の逢瀬にも、祥子は何度か利用されたことがある。

「もう一度、あの花を見たいな」

十数本のアミカラーをぶらさげたまま、ふみ子は彼方《かなた》を見るような眼差しをした。

「やっぱり明後日、帰ってしまうの」

また思い出したように、ふみ子が言う。

「来月、また来るわ」

「じゃあ、ついでに、歌集持っていってくれる？」

ふみ子は目で押入れの襖《ふすま》を示した。

「そこにあるから、父さんと、敦ちゃんと、野原先生と、舟橋先生と、それにあなたの分と、五冊、帰りに持っていって」

祥子は言われるままに、押入れのなかから歌集をとり出した。

「この題、気にくわないけど、刷り上ってしまったから仕方がないわ」

ふみ子は未練あり気に、押入れから出された本を見た。

「重いけど頼むわね」

「いいわよ」

祥子は風呂敷《ふろしき》に歌集を包んだ。ふみ子はその手許を黙ってみていたが、包み終るのを待っていたようにつぶやいた。

「あなたは帰るところがあっていいわね」

「……………」

「わたしも一緒に帰ろうかな、でもいま帰ったら、汽車の途中で死んでしまうだろうな」

軽く首を振ったのか、ふみ子のアミカラーが、灯《あか》りを反射して光った。

「キリストさんはまだ？」

祥子は沈んだ雰囲気を引き立てるように高木のことをきいた。瞬間、ふみ子は鋭い目を向けると、

「あなた、彼に逢いたくて、また戻ってきたの」

「そんなことないわ……」

「あの人は駄目よ、あの人はわたしに忠実なんだから」

「違うわ、変な誤解しないで」

祥子は否定しながら、ふみ子の目の鋭さに狼狽《ろうばい》した。

「あの人は、絶対に他の人なんかに見向きはしないわ」

「わかってるわよ、わたしそんなつもりでいったんじゃないわ」

「でも、わたしが死んだら、あなた達はどうにでもなるのね。もう邪魔者はいないから、彼と逢う気になれば自由に逢えるわけね」

「そんなこと、わたし絶対しないわ」

「死んだら、なにも見えないんだから、信じられないわ」

「わたし失礼します」

祥子は風呂敷包みを持つと立ち上った。


祥子が少し落ちついて、ふみ子のことを考えられるようになったのは、病院を出て、大通りに出てからだった。

花火はすでに終っていたが、人々は夏の夜を惜しむように、なお戸外を散策している。

祥子は微風に吹かれながら、ふみ子の気持を考えた。

あの人が勝手気儘《きまま》なことをいい、他人を疑うのも、すべて死を意識しているからに違いない。あの人にはべったりと死神がついている。花火に行かないで、とせがんでおきながら、すぐそのあとで美容師を呼んで、パーマネントをかけさせたのも、死が怖いからに違いない。

いまこのときも、あの人は死と闘っているのだ。

そう思うと、祥子はふみ子のすべてを許してもいいような気持になっていた。

5

七月の初めから半ばまで、約半月の期間がふみ子に訪れた最後の小康の時期であった。もっとも、小康といってもすでに癌は両肺に拡がり、絶え間ない微熱と咳は続いていた。時に咳が長びくと、そのまま顔面蒼白《そうはく》になり呼吸困難におちいる。

だがこの期間、ふみ子はまだ他人と少しずつではあるが話をすることができた。短い時間ではあるが、バックレストに背を凭れて、ベッドに起きていることも可能だった。

この期間は高木がふみ子の病室に泊り込んだ時期とほぼ一致する。

七月五日に、ふみ子のインタビューに訪れ、その日のうちに、原稿を本社に送った高木は、そのまま札幌にとどまり、すでに二週間を経過していた。

多少は自由のきく新聞社とはいえ、取材に出たまま休暇をとり、半月も帰らないのは普通ではない。たとえ休暇をとったとはいえ、こちらから一方的にとっただけで、向うで許すといったわけではない。

高木は一度帰京しなければならないと思った。このままでは、なんらかの処分を受ける。ふみ子の病室に泊りこんでいることもあかるみに出る。ふみ子への好意は好意として、一旦帰って上司に説明し、それからまた戻ってくるのが筋である。

だが高木の帰京の気持を引き戻すように、二十二日から、ふみ子は再び発熱し、夜には三十九度一分にまで達した。

するすると、特別の理由もなしに体温が上っていく。六月の末の危篤の時と同じパターンである。熱とともに咳が激しくなり、その度に呼吸が乱れる。

高木の目にも、ふみ子の死が迫っていることはわかった。そんなふみ子を一人で置いて帰るのは忍びない。

高木は美男で女性にもてたことから、ふみ子を取り巻く歌人達は、彼を女たらしのドン・ファンだと見ていた。事実、東京でも高木は多くの女性関係があった。だが彼は女好きではあるが、いわゆるプレイボーイではなかった。一人の女性を好きになったら、すべてを忘れて没頭する、向うみずなひたむきさもあった。

ふみ子が一目で高木に惹《ひ》かれたのも、外見のスマートさとともに、そうした好きになると一途になる情熱的な性格を見抜いたせいかもしれない。

一晩中、苦しみ咳きこむふみ子に、高木は帰るとはいい出しかねた。このまま残っていると馘《くび》になるかもしれぬと覚悟しながら、一方でその堕《お》ちてゆく感覚に酔ってもいた。

二十三日になると、再び帯広から逢坂満里子が訪れたが、満里子は一目で、ふみ子の容態が容易でないことを察した。一カ月前、花を持って見舞に来たまま、ふみ子の危篤を目《ま》のあたりにしたが、いまはそれ以上に逼迫《ひっぱく》している。

満里子は早速、帯広へ電報をうち、ふみ子の母に明日にもすぐ病院に来てくれるように頼んだ。

ふみ子の母が来ては、高木はもう病室に寝泊りしてはいられない。高木の決断を迫るように、その日の午後、東京の社から「スグカエレ」という電報が入った。ついに上司も、堪忍袋の緒を切ったらしい。

翌二十四日には、日本短歌社の中井英夫が近く来札するとの連絡があった。中井は先の五十首詠の選者だが、ふみ子が死期近いと知って、生きているうちに一度会って、励ましておこうと思ったのである。

高木は中井と会うことにも、なんとなく気が進まなかった。同じ短歌関係のジャーナリストとして知っているだけに、その自分が、ふみ子にまとわりついているとみられるのは辛《つら》かった。

これ以上、札幌にいることはできない。

二十四日の夕方、高木はふみ子に、東京へ帰ることを告げた。

「明日ですって」

ふみ子はそのことをきくと熱のある目で高木を見た。

「明後日からはお母さんもくるし、もう心配はないでしょう」

いま帰るのは辛いが自分なりにできるだけのことはした、という満足感が、高木にはあった。

「母さんがきたって、いいじゃないの」

「そうはいかないよ」

「あなたがいなくなったら、あたしは死んでしまうわ」

「大丈夫だよ、また、すぐ帰ってくる」

「どうしても駄目なの」

「会社で帰ってこいと、うるさいので……」

「そう、あなた会社があったのね……」

ふみ子は初めて思い出したようにうなずいた。

「もうじき死ぬ女にかかずりあって、会社を馘にされてはなにもならないわね」

「僕はそんなことを怖《おそ》れているわけではない、誤解しないで下さい」

高木はそれだけはわかってもらいたかった。時事新聞社を辞めたところで、その気になればまたどこか働き場所はある。場合によっては退職金をもらってフリーになってもいい。実際このあと、高木は帰京して間もなく辞職した。

「じゃあ、どうして帰るの」

「でも、お母さんがくるし……」

ふみ子の母が来て、ふみ子と離れ離れに生活するのなら、ここにいる理由もなくなる。

「だから、一緒にいたってかまわないって、いっているでしょう」

「とにかく、一旦、帰って、またすぐ戻ってくる。一度でも帰れば、会社のほうでも安心するから」

「じゃあ、一週間以内に帰ってくると、誓って」

高木はうなずくと、同じことを復唱した。

「あたし、あなたが帰ってくるまでは絶対生きているわ」

そのあとふみ子はしばらく目を閉じていたが、やがて軽く顎《あご》をつきだすと、

「接吻《せっぷん》をして」

高木はいわれるままに、ふみ子の熱で少し乾いた唇を、静かにおおった。

その夜、高木はふみ子のベッドの横の床に茣蓙《ござ》を敷き、その上に布団を敷いて眠った。

二日前、熱が高くなり、胸閉苦悶《くもん》を訴えはじめてから、同じベッドに眠ることを禁じられていた。

初めの夜は、床から見上げるとベッドの脚しか見えず、寝つかれなかったが、二日目からは、疲れとともに眠れるようになってきた。

「ベッドは別々でも、二人一緒につながっていたいわ」

ふみ子の考えで、夜は二人の手首を、それぞれ紐《ひも》で結びあって眠った。

夜中、ふみ子が激しく咳きこむと、その紐の動きで高木は何度か目覚めた。見ように

よっては、一種の連絡紐でもあったが、眠っている間も結ばれているという実感は強かった。

その夜も、高木はふみ子の手首と自分の腕とを結んで床についた。

これでしばらく別れなければならないと思うと、古びた木造の病室も懐かしい。高木は床からベッドの底を見上げ、この半月余の日々を思い返しながら、仮睡《まどろ》んだ。

高木がふと胸苦しさを覚えたのは、それから数時間あとだった。べったりと、なにか重いものが胸元にはりついているようである。

胸苦しさで目覚めると、横にふみ子が忍びこんできている。胸元に熱く重いと感じたのは、ふみ子のすりつけてきた顔であった。

「どうしたの」

高木は慌ててふみ子を抱きしめた。

「しっ。もう、これが最後ね」

「そうじゃない、また来るよ」

「嘘《うそ》よ。あなたはもう来ないわ」

よくみると、ふみ子は寝間着の前を解き、裸になっている。

「ちょうだい、最後にもう一度だけあなたをちょうだい」

そう哀願すると、ふみ子は熱で火のようになった体を、高木の上におおいかぶせてきた。

6

二十六日、高木の帰京と入れ替りに、ふみ子の母親が帯広から出てきた。

この時、ふみ子の体温は三十九度前後であったが、それ以上に呼吸困難が激しく、時々咳の発作とともに呼吸が途切れるという状態だった。

この朝から新たに酸素吸入が続けられ、四時間おきに強心剤と解熱剤がうたれた。さらに咳の発作による胸閉苦悶のため、命を縮めるのを知りながら、医師はロートポンなど麻薬の連用を余儀なくされた。

「今度は駄目かもしれません」

医師は正直に母のきくゑに告げたが、死期が迫っていることは、きくゑにもわかった。

病室のドアには「面会謝絶」の紙が貼《は》られ、周囲には緊張感が溢れた。

朝から夜まで、高熱と咳に悩まされながら、うつらうつらと眠る。時に呼吸が途切れそうな苦しさに、ふみ子は酸素チューブを握りしめ、喉《のど》をかきむしる。

ひゅうひゅうと笛を吹くような音だけが、辛うじて呼吸を支える。気管から肺門のすべては癌に侵され、そこから分泌された粘液が気道を閉鎖するのである。横についているだけで、きくゑは自分が息づまるような苦しさにとらわれた。

だが、こんななかでも、ふみ子は一瞬の落ちつきを見つけては歌をつくった。


ダリアあまり紅かりければ帰京せし人を悲しみゐし瞳をひらく

青葉にほふ闇にかへりゆくきみも白き顔もてばやがて背かむ

いずれも東京へ帰っていった高木を思って詠んだ歌である。

表には「面会謝絶」の貼り紙が出たが、ふみ子はいっときの小康を見ては人に会いたがった。

実際、この時、ふみ子はすでに病室から外へ出ることはできなかったのだから、自分が面会謝絶になっていることは知らなかった。遠山良行、石塚札夫、逢坂満里子、小樽の畑夫妻等、この危篤時にも会った人は数多い。だが、それにもましてふみ子が最も会うことを願っていたのは、日本短歌社の中井英夫であった。

中井は先に一度、来るといったまま、風邪をひいて延び延びになっていた。

「中井さんはまだ来れないの」

苦しい息のなかで、ふみ子はそれを何度も言った。

ふみ子は生きているうちに、中井にだけは是非会っておきたかった。とやかくいっても、中井はふみ子を世に出してくれた恩人である。もし中井という、よき理解者がいなければ、ふみ子は一介の地方歌人として埋もれてしまったかもしれない。

ふみ子は一度会って礼を言いたかった。

「乳癌に侵され、若くしてこの世を去るのはいかにも心残りだが、あなたに見出《みいだ》されたことは幸せであった。それでわたしは納得して死んでいける」と言いたい。

だが、このままでは会う前に自分が先に死んでしまうかもしれない。まわりのものは、まだまだ大丈夫だ、と励ましてくれるが、死が近いことは、ふみ子自身が一番よく知っていた。

いままでなら、どんなに苦しくても、きっと生きてやろうと思ったが、このごろはふっと、このまま死んだほうが楽だ、といった気持になる。少しでも気をゆるめると、たちまち死の深みにおちこむような不安がある。

「中井さん、いつきて下さるのか、きいて」

たまりかねて、ふみ子は遠山に東京へ問い合せるように頼んだ。

このころ、中井はふみ子の容態が、これほど進んでいるとは知らなかった。遠山から、あと二、三日ときいた中井は、風邪が治りきらぬまま、急遽《きゆうきよ》北海道へ向うことにした。

自分が見出した時、すでに死の床にあった女流歌人に、中井のほうでも是非、会っておきたいと思ったのである。

札幌ではふみ子がまだ必死に頑張っていた。

熱と呼吸困難は一向におさまらない。いま、ふみ子を支えているのは気力だけだった。

中井英夫がくるまで、高木が戻ってくるまで、もう一冊歌集を出すまで、孝と雪子と潔が大人になるまで、さまざまなことが、頭に浮んでは消える。それを思い、まだまだ死ねないと自分にいいきかすことで、生にしがみつく。


中井英夫が札幌についたのは七月二十九日の朝であった。中井は千歳《ちとせ》空港からまっすぐ、タクシーをとばして札幌医大病院へ駈けつけた。

放射線科の看護婦詰所へ行き、病室をきく。

「五号室、中城ふみ子」と書いた札が下っている。

中井はしばらくそれを見てからドアをノックした。

「はい」

年輩の女の人の声がして、ドアが開かれた。

小さく開かれたドアの隙間《すきま》からベッドが見えた。

「東京からきた中井と申す者ですが」

母親のきくゑが喜んで、招き入れようとした瞬間、病室のなかから「いやっ」という声が響いた。

それは鋭く異様に甲高《かんだか》かった。中井は一瞬、どうしたものかと、入口で足を止めた。

「待ってもらって」

再び女の声がする。顔は見えぬが、ふみ子の声のようである。ドアを軽くあけたまま、なにごとか、いい合っている様子である。

やがて母のきくゑが戻ってくると、申し訳なさそうに、

「まだ起きたばかりで変な顔をしていますので、ちょっと廊下でお待ち願えませんでしょうか」

と言う。

中井はうなずき、自分からドアを閉めると廊下に立った。

朝の病院の廊下は、朝食が終ったばかりなのか、中央に配膳車が止り、看護婦や付添婦が、あいた食器盆を運んでくる。癌とはいっても歩けるのか、ネグリジェや、寝間着姿の患者もいる。

中井はそれらをぼんやり見ながら、なかにいるふみ子のことを考えた。

朝食が終った時間だから、面会時間としてさほど早すぎるわけでもないと思うが、こ

の時間まで、ふみ子は朝食もとらずに寝ていたのか、だが起きたばかりにしては、あの「いやっ」という声は鋭かった。

その声には死を数日後に控えた人間の、脆《もろ》さや弱々しさはまったくなかった。死とは無縁の激しく、ヒステリックな叫び声であった。

再びドアが開かれ、母親が顔を出したのは、それから十数分あとであった。

「お待たせしました、どうぞお入り下さい」

母親は恐縮しきっている。

中井は、一礼して病室へ入った。枕元の鏡台の上と、窓際の棚に花が飾られている。香水でもまいたのか、部屋全体に、甘い匂《にお》いがする。

小さな花柄の布団のなかに、ふみ子は蝶《ちょう》のように横たわっていた。送られてきた写真で見たより、顔はひと廻り小さく、床の上に出された手も細い。

だが、顔は少女のように愛らしい。丁寧にお化粧され、髪も前髪と横のウエーブがきれいに揃えられている。

「中城ふみ子です」

辛うじてききとれる低い声で、ふみ子が答える。熱で潤んだ気怠《けだる》げな目がまっすぐ、中井を見詰めている。

「いま着いて、空港からまっすぐ来たのです」

「ありがとうございます」

ふみ子は枕のなかで深く頭を下げた。

中井はその白い顔を見ながら、十数分、廊下で待たされていた間に、ふみ子が最後の力を振りしぼって美しく粧ったことを知った。

死の床にうずくまりながらなお粧おうとする、ふみ子のその執念に、中井は女の美しさと哀しみを見た。

終章

1

六月の危篤状態から脱して一カ月半、ふみ子はただ気力だけで生きてきた。三十キロ少しの体重で、肺のすべてを癌に侵され、放射線療法で極度の貧血に陥りながら、これまで生き続けてこられたのは、ひとえにふみ子の生きたいという執念の結果であった。

だが命には所詮《しよせん》かぎりがある。人間はどこかであきらめをもたなければならない。悔いは悔いとして、ともかくここまで生きてきた、と自分にいいきかせ、納得しなければならない時がくる。

歌の恩人である中井に会えたことで、ふみ子の心にようやく一つの区切りがついた。

それまでは、生きたい、という執念だけがほとばしっていたのが、そこに一瞬の安らぎが生れた。

執着なくなりし日夜を睡るのみ睡りはシーツにピンで止められ

だがこの一瞬の安らぎを狙《ねら》っていたように、再びふみ子の容態は悪化した。

中井に会った翌日、ふみ子はさらに激しい呼吸困難をともなった発作に襲われた。

その時、ふみ子は顔面蒼白《そうはく》となり、空気を求めるように口をつき出し、両手で虚空《こくう》をまさぐる。いまにも息絶えるかと思われる喘鳴《ぜんめい》が、時に低く、時に高く、震える笛の音のように続く。

慣れたとはいえ母のきくゑも、この発作の度に病室にいたたまれなくなり、娘がこの責苦《せめく》から逃れられるなら、殺してもやりたいと願いたくなる。

発作はそのまま一時間続き、昼近く、一旦《いったん》落ちついたが、午後また断続的に二度、苦しんだ。

発作の度に全身を藻掻《もが》いて苦しむため、そのあとはさらに高い熱がでて、意識は朦朧《もうろう》となる。

「母さん……」

うつらうつらと譫言《うわごと》を言いながら、熱と疲れで目を閉じる。

医師は二時間おきに強心剤をうって、心臓だけは保とうとしたが、眠っている間にも震えが襲い、呼吸が止りかける。

夕方、医師はきくゑに、

「もうこれ以上、手段はありません」と言い、さらに夕闇《ゆうやみ》が近づいたころ、

「今夜中かと思います」と最後の宣告をした。

きくゑはすでに覚悟はできていた。

父の豊作も、長男の孝も、すでに札幌に来ていたし、歌の仲間もいつでも連絡がつくようになっている。きくゑは医師の宣告をきいて、夫のいる旅館と、石塚に連絡した。

急をきいて夕暮時から、豊作をはじめ、親戚《しんせき》、歌の仲間達が次々に病室を訪れたが、いずれも入口から一目、眠り続けるふみ子を見ただけで、あとは病室の前の廊下にうずくまっていた。

みな、ふみ子がこの世から去る時が近いとは知りながら、なおその時がくることを信じかねていた。

やがて遅い夏の夕暮が終り、癌病棟に夜が訪れた。

病室には医師と看護婦だけが気忙《きぜわ》しげに出入りし、見舞の人々は廊下で息を潜めて待っていた。

人が死ぬのを待つ、それはなんとも気が重く息苦しい時間である。

九時になって病室の灯はすべて消された。いままでかすかにきこえていた、近くの病室のラジオの音もきえ、かすかな咳払いを残して病棟は完全に静まりかえった。


灯を消してしのびやかに隣に来るものを快楽《けらく》の如くに今は狎《な》らしつ

ふみ子が快楽のごとく、と詠んだ死が、いままさに訪れようとしている。

だがふみ子はなお生き続けた。

今夜中といった医師の言葉に抗《あらが》うように、途絶えてなお呼吸が甦《よみがえ》る。おそらくふみ子自身にもわからない生への執着が、ふみ子を生かし続けているのかもしれなかった。

夜から明け方へ、北国の夏にわずかな涼しさが訪れて三十一日の朝が明けた。

この日、中井英夫は帰京の予定だったが、生死の境をさ迷っている人をそのままにするのに忍びず、帰るのをもう一日だけ延ばすことにした。

悲しいことだが、もし息絶えたら、一瞬でも仏になったふみ子に合掌して帰りたいと思ったのである。

だがふみ子は、人々のそうした予感に逆らうように、さらに生き続けた。

八月一日。薄曇りのなかにまた一日が明けた。

相変らずふみ子の危篤状態は続き、酸素吸入と点滴が一瞬の休みもなく続けられた。

昼過ぎ、『新墾《にいはり》』の主宰者である小田観螢氏が見舞ったが、ふみ子はうなずいただけで話をすることはできなかった。

中井は仕事の都合もあり、その日、午後五時千歳発の航空便で止《や》むなく帰京した。

一旦、死を予告した医師は、ただただふみ子の生命力に驚嘆した。

再び死線をさ迷いながら一日が終る。

八月二日。この日、空は朝から特有のうろこ雲がおおい、熱気が宙に満ちていた。

酸素吸入を受けながら、ふみ子は時に昏睡《こんすい》状態に陥ったが、午後六時わずかな呼吸の落ちつきを見て、『凍土』の宮田益子と面談した。

正直なところいまこの場合であっても、宮田はなにもいうことがなかった。低い呼吸の下から、見上げるふみ子を見ただけで涙が溢《あふ》れた。

「わたしが死ぬと思って悲しんでいるの？」

ふみ子はむしろ慰めるように益子にいった。

「わたし死なないから大丈夫よ」

益子はなにもいえず布団の端から覗《のぞ》いているふみ子の痩《や》せ衰えた手をそっと握った。

「さっき、眠っているうちに、諸岡さんに逢《あ》ったような気がしたの」

「………」

「場所はたしか、十勝川の近くなのだけど、橋がないの」

益子は諸岡を直接は知らないが、ふみ子の最初の恋人であり、肺を患ってすでに亡くなったことは知っていた。

三年前鬼籍に入った人が、ふみ子を呼んでいるのであろうか。益子は宙に向けているふみ子の目が、自分とはまるで別の世界を見ているような気がした。

「あの人、死んだはずなのに、そこに伸ちゃんも、クマさんも、中川さんも、高木さんもみんないるの」

いまふみ子の頭の中には、諸岡、五百木、大島、遠山、中川、高木と、愛の遍歴を重ねた男達が、一堂に会しているのかもしれない。

「諸岡さん、なにか言ったの？」

「ううん、ただ少し笑っただけ」

ふみ子は痩せ衰えた頬《ほお》にかすかな笑いを浮べた。

母のきくゑにでもしてもらったのか、ふみ子の顔にはうっすらと化粧がされている。

「高木さん、まだかしら」

しばらくの沈黙のあと、ふみ子が思い出したように言った。死に近いベッドのなかで、ふみ子はなお高木が帰ってくるのを待っていたのかもしれない。

「今週中には、きっとくると思うわ」

益子はあてもなく嘘《うそ》をついた。

「じゃあ、もう逢えないわね」

「なにいってるの、まだまだ、あんたは大丈夫よ」

「いいの、あの人はあの人の仕事があるんだから」

喋《しゃべ》りすぎると口が乾くのか、ふみ子はしきりに唇を舐《な》めた。それからしばらく、呼吸を整えるように目を閉じてから言った。

「みんないい人だったわ」

「………」

「諸岡さんも、クマさんも、伸ちゃんも……」

ゆっくりと、ふみ子は唱《うた》うようにいった。益子は答えず額に軽く浮いた汗を拭《ふ》いてやった。

「ねえ……」

最後の恋人であった高木の名までいったところで、ふみ子は静かに目を開けた。

「わたし、もうみんなに会えないけど、あんた会ったらよろしくいってね」

「大丈夫よ、頑張るのよ」

「いいの、もういいの」

初めの気の強さとは反対に、枕《まくら》のなかでふみ子はかすかに首を左右に振った。

「もう手紙も書けないけど、わたしが、とっても感謝していたといっといて」

「わかったわ」

いまは益子も素直にうなずくより仕方がない。

「それから……」

ふみ子は出かかった咳をおさえるように息を吞《の》んだ。

「主人にも……」

「ご主人？」

遠い過去を思い出すように、ふみ子は目を宙に向けて、うなずいた。

「いま、多分、東京だと思うけど……」

「伝えとくわ」

答えながら益子は、別れたはずの夫をなお主人と呼ぶふみ子が哀れだった。

奔放な恋をくり返したのも、実をいえば夫を失った淋《さび》しさから逃れるための、一つの手段であったかもしれない。

「もう、全部終っちまったわ」

「そんな……」

「だって、みんなが好きで、みんなが同じように見えてきたんだもん」

一人の男に熱中しとらえようとする、そうした愛のエネルギーを、ふみ子はすでに失っているのかもしれない。

「それから、もう一つお願いがあるの」

「なあに」

「この枕の下にノートがあるの」

ふみ子は左手で、そっと枕の下を指さした。

「ここに歌集にのっていない歌が書いてあるけど、できたらこれをなにかにまとめて……」

「もう一冊、歌集を出すのね」

「一冊にするほどないと思うけど、もし出来たら……」

「わかったわ」

『乳房喪失』の歌稿を集めたのが、五月だから、それ以来三カ月余に、かなり詠まれたものがある。あとのほうが病状は重かったが、歌はさらにいいものがあるともいえた。

「もう、これでなんの心配もないわ」

「駄目よ、まだ頑張らなくっちゃ、そんなことで弱気にならないで」

「あんたはまだ、わたしに生きれ、っていうの」

「そうよ。もっと生きて、もっともっと、いい歌をつくって」

「恋をして……」

「そう……」

「もう疲れたわ」

喋りすぎたのか、小さな咳がたて続けに三度続いた。

益子はそこでもう一度、額の汗を拭いてやり、「また来るわ」と言って病室を出た。


やがて前日と同じ、曇天の下の蒸し暑さのなかに八月三日の朝が明けた。ふみ子は朝から二度の発作に襲われ、十時近く注射で一旦、落ちついた。

そのまま酸素吸入と点滴が続けられたが、午前十時四十分、再び激しい呼吸困難がふみ子を襲った。

横についていた母のきくゑは、すぐ詰所に連絡したが、偶然医師と看護婦は廻診《かいしん》中で見当らず、母は狼狽《ろうばい》して人を呼んだ。

だがふみ子は布団から手を出し、かすかな呼吸の下から、「騒がないで、騒がないで」と二度訴えた。

それから数分後、最後の発作がふみ子を襲った。

病室には母と駈《か》けつけた看護婦の二人しかいなかったが、ふみ子は空気を求めるように軽く口をあけ、苦しげに閉じた目一杯に涙を溢れさせたまま、

「死にたくない……」

と一言だけつぶやいた。

ふみ子にようやく死が訪れたのは、その直後の午前十時五十分だった。

直接の死因は呼吸困難からくる喀痰《かくたん》による気道閉塞《へいそく》であったが、いま少し早く医師が駈けつけたところで、結果は同じだった。

すでに生の限界をこえ、死の直前の発作が数分で済んだことが、せめてもの慰めであった。

スチームの冷えしあけ方腕のなかに見知らぬわれがこと切れてをり

冷えしるき骸《むくろ》の唇《くち》にはさまれしガーゼの白き死を記憶する

死後のわれは身かろくどこへも現れむたとへばきみの肩にも乗りて

2

その日、ふみ子の死体は清拭《せいしき》され、一旦、医大病院地下の霊安室に移された。

死をえて、ふみ子の顔はかえって安らぎ、おしゃれだった娘にかわって、母がほどこした薄化粧が、さらにふみ子を生き生きと甦らせた。

かつて、ふみ子は自分の死んだ時の姿を想像して、お気に入りのナイトガウンを着て、枕元に『乳房喪失』の歌集とオルゴールを置き、写真を撮らせたことがあるが、いま霊安室でのふみ子の姿は、それとまったく同じであった。

人々はその死に顔を見、静かに閉じられた目と、軽くつき出た唇を見て、いまにもふみ子がとびついてきそうな錯覚にとらわれた。

まことに呼吸を止めても、ふみ子には男を惑わすような妖《あや》しさがあった。

その日、午後から、ふみ子の死を悼むように小雨が降りはじめた。

死体はそのまま霊安室に置かれ、午後七時三十分から、両親、子供、親族をはじめ、多数の焼香者をえて仮通夜がいとなまれた。

出席者は『新墾』『凍土』など、短歌の同人、仲間を中心に、三十名をこえたが、同時に、日本短歌社、角川書店、作品社、新墾社、主婦之友社、主婦と生活社、女人短歌会、中井英夫、葛原妙子など、多数から弔電がもたらされた。

翌四日も、相変らず小雨が続いたが、仮葬し、九時から告別式を挙行した。

ここにも、通夜に出席した歌人達はもとより、新聞で知って駈けつけた一般の会葬者も数多かった。

このなかを遺体は午前十時に出棺し、札幌の平岸《ひらぎし》火葬場へ向った。

遠山良行、石塚札夫、宮田益子、中田弘、古屋統、山名康郎、鶯笛真久など、ふみ子とさまざまな形で接し、近づいた人達が、そのまま霊柩車《れいきゅうしゃ》に同乗し、野辺の送りにくわわった。

火葬にふされたあと、この日、午後六時から、両親はじめ親戚達の希望により、病院に近い石塚の家に集まり、生前のふみ子の声を吹きこんだテープを再現した。

それはまだふみ子が外出できたころ、ふみ子自身の希望で、宮田益子の家で録音したものである。

この時、石塚はふみ子を泥濘《ぬかるみ》で背負い、苦しいから殺して、とせがまれ、古屋は雨のなかを重いテープレコーダーを北大から電車で運んでいった。

内容は「独創の美しさ」と題し、『凍土』二号の座談会に収録したが、なまの声はまた印象が違う。

ふみ子が独特の、少し甘えたような、少しきんきんした声で喋る。同人達が時に冗談をいい、笑い声のなかに、ふみ子の空気が抜けたような軽い咳がまじる。

淡々と廻り続けるテープレコーダーが、いまさらのように、人々に、生きていることの虚《むな》しさと、死んだ人への哀《かな》しみをかりたてた。

写真といい、テープといい、まことにふみ子は茶目っ気たっぷりなことをしていったものだが、それはまた無気味なまでに、人々に死の重さを意識させた。

テープをきいたあと、ベッドのあいだにあったノートから、遺詠として「夜の用意」と題した十首が参会者に披露された。

遺骨はこの夜、家族の人々とともに石塚の家に泊り、翌五日朝の汽車で帯広へ向った。

息きれて苦しむこの夜もふるさとに亜麻《あま》の花むらさきに充《み》ちてゐるべし

かつてふみ子が夢見たとおり、ふみ子が故郷に戻った時、十勝の野は見事に晴れ渡り、果てしない野面《のづら》の果てに、藍《あい》色の亜麻の花が一面に咲き乱れ、夏の微風に波打っていた。

あとがき

中城ふみ子さんが札幌医大病院で亡くなった時、私はその大学の医学部の一年生であった。その時、私は中城さんの歌のことも、恋のことも、死のことも知らなかった。ただ、偶然先輩の医師を訪ねて放射線科の詰所に行った時、暗い病棟と、そのなかで迫り来る死を待っている人々の群を見ただけである。

まことにあの頃《ころ》の放射線科の病棟は、暗く陰鬱《いんうつ》であった。みしみしと鳴る木の廊下も、灯《あか》りが一つある廊下の先の大時計も、絶えず低い呻《うめ》き声の洩《も》れる病室も、そのすべてが近づく死のための装飾であった。

私と中城さんとのつながりといえば、わずかにこの病院の思い出しかない。後年、中城さんの歌を読み、その歌をあの病院の一隅に置いてみたとき、私ははじめて中城さんの歌の華やかさと、哀《かな》しみと、したたかさを知った。

いま、かつての暗く古びた病室は壊され、すべてが新しい鉄筋の近代的な建物に変り、当時を思うよすがはない。

だが私の頭の中には、あの地の底とも思われる一本の廊下と、死を約束された人達がいた病室の記憶がある。私が中城さんを書き、いま新しく甦《よみがえ》らせたいと願ったのは、ただ一つこの地の底でのつながりがあるからにほかならない。

それにしても、実在の人物をモデルとして小説を書く場合には、資料としての事実と、作家がイメージとしてふくらませたい部分とのギャップに悩むことが多い。とくに、中城ふみ子の場合、没後二十一年経《た》ったとはいえ、夭逝《ようせい》してなお日も浅く、彼女をとりまいた人達の大半が、現在、なお健在でいらっしゃるということが、いろいろな面で制約になり、書きにくい点が多かった。

こういう時、いちいち関係者の方にお逢《あ》いし、了解をとればいいのかもしれないが、それでは個人的に知りすぎて、小説としてかえって書きにくいというおそれもあった。そんなわけで、お逢いした人は一部の人にかぎり、事実を知りながら意識的に違えて書いた部分もある。

なかでも彼女の恋愛や病気の部分は、慎重にしたつもりだが、それでも一部の方々に、ご迷惑をおかけしたかもしれない。またご家族や歌人仲間の方では、それが誰《だれ》それと、はっきり指摘できる場合もあろうかと思う。

それらの人達には、いずれ改めてお詫《わ》びをしなければならないが、いまはこの紙面を借りて、お許しを願うだけである。

なお当然のことながら、本稿を書くに当って、多くの方々から、いろいろお話をうかがい、その折り折りに発表された資料を参照させていただいた。

とくに、中城ふみ子の令妹、畑美智子・野江敦子の両氏をはじめ、子息の中城孝氏、長女の厚美雪子氏、さらに、野原水嶺氏、舟橋精盛氏、高橋豊氏、木野村英之介氏、大塚陽子氏、山田和子氏、炭谷江利氏、鴨川寿美子氏、小林正雄氏、河内都氏、坂井一郎氏、中山周三氏、菱川善夫氏、古屋統氏、故宮田益子氏、鶯笛真久氏、中田弘氏、原清氏、丸茂一如氏、山名康郎氏、中井英夫氏、宮柊二氏、太田朝男氏などには、直接、間接の形で、種々お世話になった。

ここで厚くお礼を申し上げる。

昭和五十年十月

著者

解説

金沢碧（女優）

北海道・札幌《さっぽろ》の中島《なかじま》公園に面した「渡辺淳一文学館」の地下のコンサートホールにチエロの演奏が流れた。ラフマニノフの「ヴォカリーズ」。その音色に私は言葉を重ねていった。

『冬の花火』の一文から。

〈六月、長い一日の残照が、雲のきわみに止ったまま動かない夕暮であった。神社の裏から、ふみ子と五百木《いほぎ》は十勝《とかち》川の堤に出た。ひろがる夜のなかで、川面《かわも》だけが白く見える。それを見るうちに、ふみ子はふと、このまま抱かれ滅茶苦茶にされたい衝動にかられた。（略）

だが温泉旅館に入り、部屋に二人きりになってふみ子ははじめて、自分の立場が必ずしも優位でないのを知った。

乳房がない……

それがいまはじめて、現実のこととなってふみ子に襲ってきた。だがそれはいまには

じまったことではない。ふみ子は充分承知していたことでいまさら狼狽《ろうばい》するのはおかしかった。（略）

すべてが終ってからふみ子は胸元を見たが、ブラジャーはほとんど移動せず、しっかりと取り残された乳首をおおっていた。〉

昭和二十七年四月十六日、女流歌人中城《なかじょう》ふみ子《こ》は左乳房切断手術をうけた。その年の六月に五百木にはじめて体を与えた時の一首である。

音たかく夜空に花火うち開きわれは隈《くま》なく奪はれてゐる

その場面はこの歌でくくられていた。曲はバッハの「無伴奏チェロ組曲」に変わっていった。

二〇〇八年七月四日、「チェロと朗読の夕べ」を開催した。文学館のホールで、渡辺淳一作品の「朗読の会」を実現させたいと申し出たのがきっかけだった。ちょうどその年は渡辺淳一文学館の十周年であった。その記念企画に入れていただき機会を得たのだった。私はチェロと語りで作品をつくった。副題は「男はチェロを抱き、女は愛を囁《ささや》く」。渡辺先生の作品にはチェロの音色がとても良く似合う。チェロには力強い激しさがあり躰《からだ》の芯《しん》を震わし、深く豊かな低い音色は静かに語りかける。聞く者はそれに包まれる。チェロのもつ響きに作品をゆだねてみたいと思った。

朗読したいという思いが、作品を読み直すきっかけとなった。改めて読む渡辺淳一作品は、ひと作品、ひと作品がとても新鮮だった。初期のものから今日まで、膨大な量の作品であった。多くの時間を要したが、その作業は私を夢中にした。

渡辺先生は北海道の風土をこよなく愛し、その四季を限りなく美しいことばで綴《つづ》られている。植物、樹木に向けられた穏やかなまなざしを感じる。自然にたいして寛容で、大地を空気の流れをめでる景色の色彩を繊細に描き切る。人間の営みが風景のほんの一部であるようだ。もしかしたら渡辺先生は、人間より自然のほうが好きなのではないかと思ったりする。人間どうしの機微につかれると、ふと遠くの自然に視点を移すのではないだろうか。時として先生はすごく遠くを見ていると思えてならない。

「朗読の会」は季節が初夏であったので、それに合わせることにした。語りの中には白い雪は出てこない。紫色の冷え冷えとしたリラの季節から始まった。

作品は『冬の花火』を選んだ。

渡辺淳一作品を声に出して物語を音だけで綴ると、そこはかとなく柔らかい。性の描写も声に出して語ると、活字を目で追うのとは違ったかたちで作品が迫ってくるのだ。語る方も聞く方もとても勇気が、時には覚悟がいることもある。私は観客と、濃密な空気の澱《おり》のなかで不思議な時間を共有することになった。

〈生前のふみ子の声を吹きこんだテープを再現した。(略)ふみ子が独特の、少し甘えたような、少しきんきんした声で喋《しゃべ》る。同人達が時に冗談をいい、笑い声のなかに、ふみ子の空気が抜けたような軽い咳《せき》がまじる。淡々と廻《まわ》り続けるテープレコーダーが、いまさらのように、人々に、生きていることの虚《むな》しさと、死んだ人への哀《かな》しみをかりたてた。〉

ふみ子の生の声が聞こえてくるようである。テープに声を吹きこむことは、ふみ子が自分で申し出たことであるが、声が伝えるものは一度空気に触れるとより現実味をおびる。

〈生きていた証《あかし》を出来るだけ残したいという願いからではあるが、同時に、死後のために声を残すという悲劇的なドラマに、ふみ子自身が酔って思いついたことでもあった。〉

〈死の席に集まる人々に語りかける、一人の薄幸の女になりきることができた。〉

短歌は歌会の席で皆の前で歌が詠みあげられる。音で聴く、それはまるで短い一人芝居の様相を持ちあわせる。ふみ子のドラマチックな行動の原点を見たように思えた。

今、私の本棚には付箋《ふせん》がいっぱいついた渡辺淳一作品が並んでいる。

数ある作品の中に語ってみたいと思う多くの文章に出会うことができた。

『愛《あい》の流刑地《るけいち》』という作品を読みすすめるうち、中城ふみ子の歌が詠まれている場面がある。「花火」という章に、

〈「中城ふみ子という北海道で生まれた女流歌人で、もうずっと前に亡くなっているけど、やはり夫がいるのに、若い男性と不倫をした……」

菊治《きくじ》はそこで記憶をたしかめてからいう。

「音高く夜空に花火うち開きわれは隈なく奪はれてゐる」

いま一度、菊治がくり返すと、「素晴らしいわ」と冬香《ふゆか》がつぶやく。〉

この一節は電話でのやりとりで、二人の性愛が描かれている。主人公の菊治が中城ふみ子のこの歌を冬香に聞かせる場面である。電話という声だけのやりとりは、お互いのとても奥深いところまでとどいて行くのが、はっきりとわかる。

『冬の花火』に描かれた、歌人・中城ふみ子の激しい生命の燃焼は、愛と死のはざまを凝視した、闘いだと思えた。人は突然「近いうちにあなたは死にます」と言われても、それがどういうことであるのか知る由もない。肉体の衰弱と精神の衰弱は同じ速度でやってこない。不治の病をもつ人の多くは、このちぐはぐさのなかで生命の終局を迎える。

〈死の恐怖から逃れるためには、男へ命を燃やすことよりない。
自らを虐《しいた》げ、息も絶え絶えに男への愛に狂うことだけが、生きていくエネルギーになる。〉

ふみ子が愛欲をあからさまにすればするほど、哀しさが増す。ふみ子を愛《いと》おしく思える。

『冬の花火』という題名はふみ子という女を慈しむ作家の愛情だと知った。

〈「人間って花火みたいなものね」
(略)ふみ子はふと、自分が誰ひとり見る人もない雪の片隅に消えてゆく、冬の花火のように思えた。〉

と書かれている。私は激しさと静寂、冷たい空気の流れを肌に感じた。

この小説は伝記的小説である。

ふみ子は執着心があって独占欲がつよく、わがままで、自己中心的な気性、派手で早熟、負けん気が強い、一途《いちず》な、気性のはげしい、よく言えば天真爛漫《らんまん》、悪く言えば向うみず、人並み以上に感性の鋭い、じゃじゃ馬、数限りなくつづくふみ子像はぐいぐいと作品を引っ張っていく。こんな気性の主人公は今までいただろうか。繰り返される性愛に関しても、〈創作意欲をかきたてる刺戟剤《しげきざい》としてプラスにこそなれマイナスにはならなかった〉と書かれている。短歌であれ小説であれ、作品を生みだすということの生半可でない厳しさを、知らされた思いがした。

私の『冬の花火』の語りは、どのくらい渡辺淳一の世界を伝えることが出来たのだろうか。チェロの音色が高揚した頂点で、こと切れるように「ぷつっ」と終わり、暗闇《くらやみ》にゆっくり幕はおりた。

私は一九七五年、渡辺淳一作品『北都物語《ほくともものがたり》』ではじめてテレビドラマに出演した。ドラマの舞台は札幌であった。二十歳《はたち》になったばかりの女性が描かれた作品で、主人公絵梨子《えりこ》は女子大生であった。無垢《むく》で原石そのものの若い女が、すでに女の性を秘め、それに本人が気付くか気付かずか、塔野《とうの》という中年の男性の人生に歩み入る。今、当時を振り返ると二十歳の私は渡辺文学を理解するには幼すぎた。何をどう演じていたのか、いや何も演じていなかったのではないかと、摑《つか》みどころのない男と女の愛の入口であったように記憶する。すでに三十五年の年月が過ぎている。

偶然にも私は中城ふみ子と同じ、東京家政学院《とうきょうかせいがくいん》を卒業している。私の誕生日は中城ふみ子と二日違いの十一月二十七日である。とても些細《ささい》なことだが、気になると頭から離れない。

私は二〇〇六年四月二十六日乳癌《にゅうがん》のため右乳房の手術をした。

それ以前に子宮の全摘出をしており、子宮もなく右の乳房もない。私の躰を手術跡が横断したとき、なんだか私の躰の中がカラッポになったような気がした。男とか女とかいうのではなく、なにか新しい生物に生まれ変わったように実感した。さびしさからか、何処《どこ》にもぶつけることのできない怒りが、大きなわだかまりとなって渦巻いていたのを覚えている。

『冬の花火』に描かれた時代は今から五十年以上も前のことである。もちろん医学は進歩して、現在ではその当時と比べものにならないほど、多くの患者は命を落とすことなく生きている。乳癌の手術も治療も格段の進歩を遂げたと言えるだろう。しかし乳癌患者の乳房を失う悲しみがなくなったわけではない。歴然と悲しみは残り人を苦しめている。私は乳癌になったとき、この作品が真っ先に頭に浮かんだ。「もしも……」が現実になって、私は取り乱した。

改めて多くの女性にこの作品が読まれることを願っている。それは時には悲鳴にも似て、ちりばめられた短歌は必ず読む人の心に突き刺さることだろう。

数ある渡辺淳一作品の中からこの『冬の花火』に一筆添えさせていただけることができ、私は心から感謝の気持ちでいっぱいである。

初出誌　「短歌」一九七二年四月号〜一九七三年十二月号

単行本　一九七五年十一月　角川書店

この作品は一九七九年五月に角川文庫、一九八三年四月に集英社文庫、一九九七年十二月に文春文庫から刊行されました。

渡辺淳一

ひとひらの雪　上・下

著名な建築家の伊織は、妻と別居中。部下の笙子という恋人がいながら、人妻の霞と出会い、秘かに旅に出て愛を育んだ。二人の女性のはざまで揺れる男心。切なくはかない男女の関係を描いた代表作。

集英社文庫

集英社文庫

冬《ふゆ》の花火《はなび》

2010年11月25日　第1刷　　定価はカバーに表示してあります。
2015年12月12日　第3刷

著　者　渡辺淳一《わたなべじゅんいち》
発行者　村田登志江
発行所　株式会社　集英社
東京都千代田区一ツ橋2-5-10　〒101-8050
電話　【編集部】03-3230-6095
【読者係】03-3230-6080
【販売部】03-3230-6393（書店専用）

印　刷　凸版印刷株式会社
製　本　凸版印刷株式会社

フォーマットデザイン　アリヤマデザインストア　　マークデザイン　居山浩二

ISBN978-4-08-746629-4 C0193